U0534046

冯骥才 著

散文新编

散漫的天性

人民文学出版社

图书在版编目(CIP)数据

散漫的天性/冯骥才著.—北京:人民文学出版社,2016
(冯骥才散文新编)
ISBN 978-7-02-012035-2

Ⅰ.①散… Ⅱ.①冯… Ⅲ.①散文集—中国—当代 Ⅳ.①I267

中国版本图书馆 CIP 数据核字(2016)第 227603 号

责任编辑　杜　丽
装帧设计　刘　静
责任印制　徐　冉

出版发行　人民文学出版社
社　　址　北京市朝内大街 166 号
邮政编码　100705
网　　址　http://www.rw-cn.com

印　　刷　三河市鑫金马印装有限公司
经　　销　全国新华书店等

字　　数　187 千字
开　　本　880 毫米×1230 毫米　1/32
印　　张　9.125 插页 3
印　　数　6001—9000
版　　次　2018 年 2 月北京第 1 版
印　　次　2018 年 9 月第 2 次印刷

书　　号　978-7-02-012035-2
定　　价　35.00 元

如有印装质量问题,请与本社图书销售中心调换。电话:010-65233595

总序:我的散文书架

冯骥才

　　我将这"散文新编"的选题称之为一种"散文书架",然后放上我为此精选的五本散文小书。

　　在我的文字生涯中,小说写作之外,便是散文。其实这也很自然,我们日常随手写下的文字:随感、随笔、笔记、日记、手札,不都是散文吗?小说是虚构出来的,是无中生有,要是说得"伟大"一些,是一种艺术创造;散文则是有感而发,信手拈来,要是说得"高贵"一些,是一种心灵实录。小说看重文本,它表现作家的本领;散文则更重人本,它直接显示作家本人的气质。这么一说,散文更难了吗?

　　要说难,还是难在散文的历史上。中国是散文的大国。唐宋时期的小说还处在故事传奇阶段,散文已是大师巨匠如巨峰林立,名篇杰作似满天星斗。这可能与那时候崇文有关。那时连选取官员都要看文章写得优劣。不像近现代,没什么文化也能做官,甚至还可以做大官。从文学史的另一方面说,诗歌的成熟又在散文的前边,散文辄必受诗歌的影响,讲究方块字的使用,甚至追求一点诗性了。这么一说,在中国写散文就更不易了。中国人太懂得散文,一读就知道文笔如何。我不知深浅,即兴操笔,涂抹为快,一路下来竟写了这么多散文,数一数,长长短短总有几百篇,幸好人文社这套书要求的字数不多,可以尽量去粗取精。

编撰这种散文集在分类上有两种方式:一是由体裁分,一是从题材分。我采用后一种,这是因为我的体裁太杂,样式迥异,长短随性,由题材划分便易于理出头绪,因成抒情(《花脸》)、人物(《四君子图》)、游记(《散漫的天性》)、艺术(《关于艺术家》)、田野(《南乡三十六村》)五卷。抒情卷多是感物时伤,人物卷为怀念故人,游记卷是异域情怀,艺术卷乃艺术感悟,田野卷是我这些年来文化抢救时,在大地深处的文化见识以及种种忧思。编选之时尽力"矬子中拔将军",将心中尚觉有点味道的东西奉献给读者,同时也是将自己小说外的写作,做一次总结与筛选吧。是为序焉。

2016.7.4

目 录

逆光里的午宴 ………………………………… 1
精神的殿堂 …………………………………… 4
翁弗勒尔 ……………………………………… 9
巴黎的天空 …………………………………… 14
地铁中的乐手 ………………………………… 18
春寒中的法国人 ……………………………… 22
从奥斯威辛到诺曼底 ………………………… 24
地中海的菜单 ………………………………… 28
拉丁区，我们那条小街 ……………………… 32
活着的空间 …………………………………… 50
家庭的遗产 …………………………………… 54
巴黎的历史美 ………………………………… 57
秋天巴比松 …………………………………… 62
燃烧的石头 …………………………………… 68
孤独者的自由 ………………………………… 78
最后的梵·高 ………………………………… 90

浪漫的灵魂 …………………………………… 104

天籁 …… 108
维也纳生活圆舞曲 …… 111
散漫的天性 …… 124
维也纳春天的三个画面 …… 127
亲吻春天的姑娘 …… 131
如梦的瓦豪 …… 135
萨尔茨堡的性格 …… 139
雪山上的音乐 …… 148
又跳又唱又一年 …… 153
维也纳怀旧 …… 157
月光里的舒伯特小楼 …… 162

看望老柴 …… 168
在俄罗斯,谁更接近大自然的灵魂? …… 174
绿色的手杖 …… 183
谁把托尔斯泰留了下来? …… 195
梅里霍沃契诃夫的写作小屋 …… 199
一个天才的悲剧 …… 204
列宾故居探访记 …… 208
深秋花开应未迟 …… 213

今天的布拉格 …… 217
离我太远了,皮兰 …… 221
勃朗特三姐妹 …… 226
在莎翁故居看到了什么? …… 228

苏格兰风景 ………………………………… *231*

细雨品京都 ………………………………… *232*
御影堂上的云影与涛声 …………………… *236*
穿西服的日本人 …………………………… *243*
四说美国人 ………………………………… *247*
三千道瀑布 ………………………………… *254*
从简朴到简约 ……………………………… *259*
剪纸与安徒生 ……………………………… *263*
在芬兰的感想 ……………………………… *268*
古希腊的石头 ……………………………… *272*
永恒的敌人 ………………………………… *280*

逆光里的午宴

毛磊大使是一位情调主义者。他为我们摆设的送行午宴，没有在餐厅，而是将一张不大的圆桌放在客厅的落地窗前。秋天正午的光线从长长垂落的纱帘透进来，柔和地笼罩着我们这一桌人。毛磊大使背着光线，他的发丝很亮，儒雅的面孔却很朦胧。他问我们此行法国的打算。我说，从十九世纪中期到二十世纪中期的一百年，法国是世界美术的中心，许多国家的画家在法国获得了成功，包括中国的赵无极。这对我是个谜。

毛磊在虚幻的光线里露出笑容。他不回答我。他知道我的答案应该由我自己去寻找。

然后聊起我们去年去巴黎南部卢瓦河一带旅行的印象。谈到古堡的奇观、一些传说，以及今天对它们的保护方法。

毛磊大使和我同样地钟爱历史建筑。曾在我送给他一大套《天津老房子》画集时，他回赠我一本精美的画册。这是他在俄罗斯做大使时，请人精心拍摄的大使馆官邸——这建筑是十七世纪的一件俄式古建筑的经典。

同样之所爱能使人们成为知己。

我请他们每人推荐一个这次我们最应该去的地方。戴鹤白说必须去拉雪兹公墓，巴尔扎克、莫里哀、肖邦等人都在那里；大使夫人说第一应该去圣贤祠,去了圣贤祠就了解了法国;博安说不要总待在巴黎,应该去南部地中海边上看看;毛磊却说诺曼底地区与卢昂很美。我笑了,我说莫奈画过不同光线照耀下的卢昂大教堂。

我相信朋友们的介绍,那些地方肯定美丽又非凡。后来这些地方我们全去了,并把对这些地方震惊的感觉全写在这本书中。

在朦胧的光线中吃东西富于诗情。朦胧使事物之间色彩与轮廓相互融合,中和的气息令人适然。没有黑白分明,没有咄咄逼人,最耀眼的便是镀银餐具偶尔一闪,好像晨雾中飞翔的海鸥的翅膀。

大使夫人很细心。她向我妻子顾同昭一样样交代怎么乘地铁,参观博物馆的最佳时间,如何去外省等等;然后把她家的地址电话和三个孩子可爱的名字写在纸上。她说,你们可以请他们帮助,他们都会说一点中国话。

我说:"这简直是送家里的人出远门了。"

都笑起来。笑最容易把人连在一起。

告别毛磊他们之后,我问同昭,今天午餐我们吃的什么?她想了想,一笑。她说:"好像没吃东西。"

心中记住的只是逆光中那融融的感觉,并不知不觉一直记到今天——这大概因为我太喜欢一件事开始时先有一种很美的感觉了。一种既是内心的又是可视的感觉。

此外我要说,我写这本书原是在赴法前就心怀的一个打算。我想弄明白法国的文化环境。切入点是我与毛磊交谈中所说的那个"心中的谜"——我很想搞清楚为什么那么多异国的画家都在法国获得成功。故此我们在法国的版图上来回奔波。比方为了考察梵·高,我们从巴黎的奥维尔跑到南部的阿尔,再一直北上到梵·高的故乡荷兰。我们先后两次跑到法国,最终——我相信我找到了法国所拥有的一种人文精神——它就是精神至上!开始我把本书题目确定为《巴黎·精神至上》。后来,我想这题目有些直白。更美和更恰当的题目应该是《巴黎·艺术至上》。

　　写到此处,我忽然感觉,现在我的读者很想翻开书了,我一抬手腕,就此住笔。

2001.8.20

精神的殿堂

人死了,便住进一个永久的地方——墓地。生前的亲朋好友,如果对他思之过切。便来到墓地,隔着一层冰冷的墓室的石板"看望"他。扫墓的全是亲人。

然而,世上还有一种墓地属于例外。去到那里的人,非亲非故,全是来自异国他乡的陌生人。有的相距千山万水,有的相隔数代。就像我们,千里迢迢去到法国。当地的朋友问我们想看谁。我们说:卢梭、雨果、巴尔扎克、莫奈、德彪西等一大串名字。

朋友笑着说:"好好,应该,应该!"

他知道去哪里可以找到这些人,于是他先把我们领到先贤祠。

先贤祠就在我们居住的拉丁区。有时走在路上,远远就能看到它颇似伦敦保罗教堂的石绿色的圆顶。我一直以为是一座教堂。其实,我猜想得并不错,它最初确是教堂。可是在法国大革命期间,曾用来安葬故去的伟人,因此它就有了荣誉性的纪念意义。到了1885年,它被正式确定为安葬已故伟人的处所。从而,这地方就由上帝的天国转变为人间的圣殿。人们再来到这里,便不是聆听神的旨意,而是重温先贤的思想精神来了。

重新改建的建筑的入口处,刻意使用古希腊神庙的样式。宽展的高台阶,一排耸立的石柱,还有被石柱高高举起来的三角形楣

先贤祠的大厅穹顶采用希腊式十字结构,并由许多美丽的柯林斯式石柱支撑,气势巍峨而宏大。它始建于 1758 年。

饰,庄重肃穆,表达着一种至高无上的历史精神。大维·德安在楣饰上制作的古典主义的浮雕,象征着祖国、历史和自由。上边还有一句话:"献给伟人们,祖国感谢他们!"

这句话显示这座建筑的内涵,神圣又崇高,超过了巴黎任何建筑。

我要见的维克多·雨果就在这里。他和所有这里的伟人一样,都安放在地下。因为地下才意味着埋葬。但这里的地下是可以参观与瞻仰的。一条条走道,一间间石室。所有棺木全都摆在非常考究和精致的大理石台子上。雨果与另一位法国的文豪左拉同在一室,一左一右,分列两边。每人的雪白大理石的石棺上面,都放着一片很大的美丽的铜棕榈。

我注意到,展示着他们生平的"说明牌"上,文字不多,表述的内容却自有其独特的角度。比如对于雨果,特别强调由于反对拿破仑政变,坚持自己的政见,遭到迫害,因而到英国与比利时逃亡十九年。1870年回国后,他还拒绝拿破仑第三的特赦。再比如左拉,特意提到他为受到法国军方陷害的犹太血统的军官德雷福斯鸣冤,因而被判徒刑那个重大的挫折。显然,在这里,所注重的不是这些伟人的累累硕果,而是他们非凡的思想历程与个性精神。

比起雨果和左拉,更早地成为这里"居民"的作家是卢梭和伏尔泰。他们是十八世纪的古典主义的巨人,生前都有很高声望,死后葬礼也都惊动一时。1778年伏尔泰送葬的队伍曾在巴黎大街上走了八个小时。卢梭比伏尔泰多活了三十四天。在他死后的第十六年(1794年),法兰西共和国举行一个隆重又盛大的仪式,把他迁到先贤祠来。

将卢梭和伏尔泰安葬此处,是一种象征,一种民族精神的象征。

这两位作家的文学作品都是思想大于形象。他们的巨大价值,是对法兰西精神和思想方面做出的伟大贡献。在这里的卢梭的生平说明上写道,法兰西的"自由、平等、博爱"就是由他奠定的。

卢梭的棺木很美,雕刻非常精细。正面雕了一扇门,门儿微启,伸出一支手,送出一支花来。世上如此浪漫的棺木大概惟有卢梭了!再一想,他不是一直在把这样灿烂和芬芳的精神奉献给人类?从生到死,直到今天,再到永远。

于是,我明白了,为什么在先贤祠里,我始终没有找到巴尔扎克、斯丹达尔、莫泊桑和缪塞,也找不到莫奈和德彪西。这里所安放的伟人们所奉献给世界的,不只是一种美,不只是具有永久的欣赏价值的杰出的艺术,而是一种思想和精神。他们是鲁迅式的人物,却不是朱自清。他们都是撑起民族精神大厦的一根根擎天的巨柱,不只是艺术殿堂的栋梁。因此我还明白,法国总统密特朗就任总统时,为什么特意要到这里来拜谒这些民族的先贤。

1955年4月20日居里夫人和皮埃尔的遗骨被移到此处安葬。显然,这样做的原由,不仅由于他们为人类科学做出的卓越的贡献,更是一种用毕生对磨难的承受来体现的崇高的科学精神。

读着这里每一位伟人的生平,便会知道他们中间没有一个世俗的幸运儿。他们全都是人间的受难者,在烧灼着自身肉体的烈火中去找寻真金般的真理。他们本人就是这种真理的化身。当我感受到他们的遗体就在面前时,我被深深打动着。真正打动人的是一种照亮世界的精神。故而,许多石棺上都堆满鲜花,红黄白紫,芬芳扑鼻。这些花是来自世界各地的人天天献上的。它们总是新鲜的。有的是一小支红玫瑰,有的是一大束盛开的百合花。

这里,还有一些"伟人",并非名人。比如一面墙上雕刻着许多人的姓名。它是两次世界大战中为国捐躯的作家的名单。第一次世界大战共五百六十名,第二次世界大战共一百九十七名。我想,两次大战中的烈士成千上万,为什么这里只是作家?大概法国人一直把作家看做是"个体的思想者"。他们更能够象征一种对个人思想的实践吧!虽然他们的作品不被人所知,他们的精神则被后人镌刻在这民族的圣殿中了。

一位叫做安东尼奥·圣修伯利的充满勇气浪漫派诗人也安葬在这里。除去写诗,他还是第一个驾驶飞机飞越大西洋、开辟往非洲航邮的功臣。1943年他到英国参加戴高乐将军的"自由法国"抵抗运动,在地中海的一次空战中不幸牺牲,尸骨落入大海,无处寻觅。但人们把他机上的螺旋桨找到了,放在这里,作为纪念。他生前不是伟人,死后却得到伟人般的待遇。因为,先贤祠所敬奉的是一种无上崇高的纯粹的精神。

对于巴黎,我是个外国人,但我认为,巴黎真正的象征不是艾菲尔铁塔,不是卢浮宫,而是先贤祠。它是巴黎乃至整个法国的灵魂。只有来到先贤祠,我们才会真正触摸到法兰西的民族性,她的气质,她的根本,以及她内在的美。

我还想,先贤祠的"祠"字一定是中国人翻译出来的。祠乃中国人祭拜祖先的地方。人入祠堂,为的是表达对祖先的一种敬意、崇拜、纪念、感谢,还有延续下去并发扬光大的精神。这一切意义,都与法国人这个"先贤祠"的本意极其契合。这译者真是十分的高明。想到这里,转而自问:我们中国人自己的先贤、先烈、先祖的祠堂如今在哪里呢?

2001.6

翁弗勒尔

我之所以离开巴黎，专程去到大西洋边小小的古城翁弗勒尔，完全是因为这地方曾使印象派的画家十分着迷。究竟什么使他们如此痴迷呢？

由于在前一站卢昂的圣玛丽大教堂前流连得太久，到达翁弗勒尔已近午夜。我们住进海边的一家小店，躺在古老的马槽似的木床上，虽然窗外一片漆黑，却能看到远处灯塔射出的光束来回转动。海潮冲刷堤岸的声音就在耳边。这叫我充满奇思妙想，并被诱惑得难以入眠。我不断地安慰自己：睡觉就是为了等待天明。

清晨一睁眼，一道桥形的彩虹斜挂在窗上。七种颜色，鲜艳分明。这是翁弗勒尔对我们的一种别致的欢迎么？

推开门又是一怔，哟，谁把西斯莱一幅漂亮的海港之作堵在门口了？于是我们往画里一跨步，就进入翁弗勒尔出名的老港。

现在是十一月，旅游的盛季已然过去。五颜六色的游船全聚在港湾里，开始了它们漫长的"休假"。落了帆的桅杆如林一般静静地竖立着，只有雪白的海鸥在这"林间"自在地飞来飞去。有人对我说，你们错过了旅游的黄金季节，许多好玩的地方都关闭了。然而，正是由于那些花花绿绿、吵吵闹闹的"夏日的虫子"都离去了，翁弗勒尔才重现了它自始以来恬静、悠闲、古朴又浪漫的本色。

古城就在海边,一年四季经受着来自海上的风雨。这就使得此地人造屋的本领极强。在没有混凝土的时代,他们用粗大的方木构造屋架。木头有直有斜,但在力学上很讲究,木架中间填上石块和白灰,屋顶铺着挡风遮雨的黑色石板,不但十分坚固,而且很美,很独特,很强烈。翁弗勒尔人很喜欢他们先辈这种创造,所以没有一个人推倒古屋,去盖那种工业化的水泥楼。翁弗勒尔一看就知:它起码二百岁!

那么,印象派画家布丹、莫奈、西斯莱以及库尔贝、波德莱尔、罗梭等,就是为这古城独特的风貌而来的吗?对了,他们中间不少人,还画过城中那座古老的木教堂呢!

我在挪威斯克地区曾经看过这种中世纪的完全用木头造的教堂,它们已经完全被视作文物。但在这里,它依然被使用着。奇异的造型,粗犷的气质,古朴的精神,非常迷人。翁弗勒尔的木头不怕风吹日晒,木教堂历经数百年,只是有些发黑。它非但没有朽损,居然连一条裂缝也没有。

我注意到教堂地下室的外墙上有一种小窗,窗子中间装一根两边带着巨齿的铁条,作为"护栏"。这样子挺凶的铁条就是当年锯木头的大锯条吧!那么里边黑糊糊的,曾经关押过什么人?这使我们对中世纪的天主教所发生的事充满了恐惧的猜想。

教堂里的光线明明暗暗,全是光和影的碎块,来祈祷的人忽隐忽现。对于古老的管风琴来说,木头的教堂就是一个巨大的音箱。赞美圣母的音乐浑厚地充满在教堂里。再有,便是几百年也散不尽的木头的气息。

教堂里的音乐是管风琴,教堂外的音乐是钟声。每当尖顶里的铜钟敲响,声音两重一轻,嘹亮悦耳,如同阳光一般向四外传播。

晨曦初照的翁弗勒尔港湾,看上去像一幅油画。

翁弗勒尔的房子最高不过三层，教堂为四层楼房；钟声无碍，笼罩全城。最奇异的是，城内的小街小巷纵横交错。这空空的街巷便成了钟声流通的管道。无论在哪一条深巷里，都会感到清晰的钟声迎面传来。

最美的感觉当然就在这深巷里。

我喜欢它两边各种各样的古屋和老墙，喜欢它们年深日久之后前仰后合的样子，喜欢它随地势而起伏的坡度，喜欢被踩得坑坑洼洼的硌脚的石头路面，喜欢忽然从老墙里边奔涌出来的一大丛绿蔓或生气盈盈的花朵……我尤其喜欢站在这任意横斜的深巷里失去方向的感觉。在这种深巷里，单凭明暗是无法确认时间的：正午时会一片蓝色的幽暗，天暮时反而会一片光明——一道夕阳金灿灿地把巷子照得通亮。

在旅游者纷纷离去之后，翁弗勒尔又回复了它往日的节奏与画面。街上很少看见人，没有声响，常常会有一只猫无声地穿街而过。店铺不多，多为面包店、杂品店、服装店、酒店、陶瓷店、船具和渔具店，还有几家古董店，古董的价钱都便宜得惊人。对于钟情于历史的翁弗勒尔来说，它有取之不尽的稀罕的古物。

在那个小小的城堡似的旧海关前，一个穿皮衣的水手正在挺着肚子抽着大烟斗，一只猎犬骄傲地站在他身边；渔港边的小路上，一个年轻女子推着婴儿车悠闲地散步，婴儿的足前放着一大束刚买来的粉色和白色的百合；堤坝上，支个摊子卖鱼虾的老汉对两位胖胖的妇女说："昨天风大，今天的虾贵了一点。"

这些平凡又诗意的画面才是画家们的兴奋点吧！

我忽然发现天空的色彩丰富无比。峥嵘的云团堆积在东边天空，好似重山叠嶂。有的深黑如墨，有的白得耀眼，仿佛阳光下的积雪。它们后边的天空,由于霞光的浸入,纯蓝的天色微微泛紫,一种很美很纯的紫罗兰色。这紫色的深处又凝聚着一种橄榄的绿色。绿色上有几条极亮的橘色的云,正在行走。这些颜色全都映入下边的海水中。海无倒景,映入海中的景物全是色彩。海水晃动,所有色彩又混在一起。这种美得不可思议的颜色怎么能画出来呢?

我的伙伴问我什么时候去参观"布丹美术馆"。他说那里收藏着许多印象派在翁弗勒尔所作的画。我说,现在就去。他笑了,说:"你真沉得住气,最后才去看画。"

我说:"要想了解画家,最好先看看吸引他们的那些事物。"

2001.8

巴黎的天空

大自然派到巴黎的捣蛋鬼是雨。尤其进入了秋天。如果出门时天晴日朗,为了贪图轻便而不带雨伞,那一准就会叫雨儿捉弄了。巴黎的雨是捉摸不定的。有时一天你能赶上五六次雨。有时街对面一片阳光,街这边却雨儿正紧。有时你像被谁在楼上窗口浇花时不小心将一片水点洒在背上,抬头一看原来是雨,一小块巴掌大小的云带来的最小的、最短暂的、惟巴黎才有的"阵雨"。巴黎很少大雨瓢泼,很少江河倒灌,也很少阴雨连绵。它的雨,更像是一种玩笑,一种调皮,一种心血来潮。

它不过是一阵阵地将花儿浇鲜浇艳,叫树木散出混着雨味的青叶的气息,把大街上跑来跑去的汽车小小地冲洗一下。再逼迫人们把随身携带的各种颜色和各种图案的雨伞圆圆地撑开。城市的景观为之一变。这雨原来又是一种情调。

然而,雨儿停住,收了伞,举首看看云彩走了没有。这时,有悟性的人一定会发现,巴黎一幅最大的图画在天空。

这图画的画面湛蓝湛蓝,白云和乌云是两种基本颜料。画家是风,它信马由缰地在天上涂抹。所以,擅长描绘天空的法国画家欧仁·布丹的一幅画,题目是《10月8日·中午·西北风》。

巴黎的白云和乌云来自大西洋。大海的风从西边把这些云彩携来,随心所欲地布满天空。风的性情瞬间万变,忽刚忽柔,忽缓忽疾,天上的云便是它变幻无穷的图像。大自然的景观一半是静的,一半是动的。宁静的是大地,永动的是天空。当十九世纪后半期,法国画家们的工作从画室搬到田野后,天空便给画家以浩瀚和无穷的想象。在大西洋沿岸那座著名的古城翁弗勒尔,我参观前边所说的那位名叫布丹的美术馆时,看到了他大量的描绘天空的速写。在大自然中,只有天空纯属自然,最富于灵性。于是,大自然的本质被他表现出来了,这便是生命的创造和创造生命。在布丹之前,谁能证明天空是一个巨大的创造力无穷的生命?一个被布丹称作"美丽的、透明的、充满大气"的生命?所以,库尔贝、波德莱尔都对这位画友画天空的才华推崇备至。巴比松画家柯罗甚至称他为"天空之王"。

在荷兰的阿姆斯特丹,我去看梵·高美术馆,研究他从荷兰到法国前后画风的变化。我发现他最初到巴黎开始他的艺术生涯时期的一幅作品,便是用一大半篇幅去表现动荡而激情的云天。任何艺术家都会首先注意不同的事物。"不同"往往正是事物的本质。那么巴黎奇异的天空自然会吸引住这位敏感的艺术家的心灵。而且这种吸引力一直抵达梵·高一生的终结处——巴黎郊外的奥维尔。看看梵·高在奥维尔画的最后一批作品,天空被他表现得更富于动感、更深入、更动人,并成为他不安的内心的征象。

可是,我想,为什么我们中国人的绘画从来不画天空,不画光线?即使画云,也是山间的云雾,或是为了陪衬天上的神仙与飞行的龙,从来不画天空上的云。清代末期上海画家吴石仙擅长画雨景,但他不画乌云,他只是用水墨把天空平涂一片深灰色,来表示阴云密布。也许中国文人的山水画,多为书斋内的精神制品——

不是自然的风景,而是主观或内心的山水意境。即使是"师造化"的石涛,也只是"搜尽奇峰打草稿"而已。故此,中国的山水多为"季节性",缺乏"时间性"。不管现代山水画如何发展,至今没有一个中国画家画天上的云彩。难道天空在中国画中永远是一块"空白"?

现在我们回到巴黎中来——

天空莫测的风云,不仅给巴黎带来多变的阴晴,还演变出晦明不已的光线。雨儿忽来忽去,阳光忽明忽灭。在巴黎,面对一座美丽和典雅的建筑举起相机,不时会有乌云飞来,遮暗了景色,拍照不成;可是如果有耐心,等不多时,太阳从云彩的缝隙中一露头,景色反而会加倍地灿烂夺目!

阳光与云彩的配合,常常使这座城市现出奇迹。

我闲时便从居住的那条小街走出来,在塞纳河边走一走,看看丰沛而湍急的河水、行人、船只,以及两岸的风光。尽管那些古老的建筑永远是老样子,但在不同的光线里,画面会时时变得大大不同。一次,由于天上一块巨大的云彩的移动,我看到了一个奇观。先是整条塞纳河被阴影覆盖,然后远处——亚历山大三世桥那边云彩挪开了,阳光射下去,河里的水与桥上镀金的雕像闪耀出夺目的光芒。跟着,随着云彩往我这边移动,阳光一路照射过来。云行的速度真不慢,眼看着塞纳河上的一座座桥亮了起来,河水由远到近地亮起来,同时两岸的建筑也一座座放出光彩。这感觉好像天空有一盏巨大无比的灯由西向东移动。当阳光照在我的肩头和手臂上,整条塞纳河已经像一条宽阔的金灿灿的带子了。然后,云彩与阳光越过我的头顶,向东而去。最后乌云堆积在河的东端。从云端射下的一道强烈的光正好投照在巴黎圣母院上。在接近黑色的峥嵘的云天的映衬下,古老的圣母院显得极白,白得异样与圣洁。

不知为什么,在这一瞬,竟然唤起我对圣母院一种极强烈的历史感受。我甚至感觉加西莫多、爱斯梅拉达和克罗德现在就在圣母院里。

可是就在我发痴发呆的时候,眼前的景象忽变,云彩重新遮住太阳。一盏巨灯灭了。圣母院顿时变得一片昏暗,好似蒙上重重的历史的迷雾。忽然,我觉得几个挺凉的水滴落在我的手背上,我抬起头来,一块半圆形的雨云正在我头顶的上空徘徊。

2001.5.4

地铁中的乐手

倘若到了纽约,想听听音乐,内行的人一准会带你去曼哈顿岛南端那些小咖啡馆。几个黑人,两三件亮闪闪的铜管乐器,一架老掉牙的立式白钢琴,再加上一杯苦味的浓咖啡,就可以领略到地道又醇厚的美国黑人的爵士乐了。

那么到了巴黎想听听当地特色的音乐呢?更好办,不用任何人做向导,去买张地铁票到里边东南西北地转一转吧!

只要随着地铁中的人流走起来,便会自然而然进入音乐之中。你走着走着,便感到音乐出现了,并一点点离你愈来愈近。忽然,在一个拐角处,你看见一位乐手在拉琴。这乐手似乎很瘦,脸有些苍白。但他给你的印象也只是到此为止,因为你被流动的人群裹在中间,很快就会走过去。小提琴如泣如诉的声音在你的身后愈来愈小。不等你识别出这似曾相识的有一点凄凉的旋律出自什么曲目,前边——一个金属般男人的歌声迎面把你笼罩起来。你进了另一个同样动人的音乐空间。

整个巴黎下边全是地铁,它通往城中任何地方。在这纵横交错的地铁通道中,处处可以碰到乐手和歌手。他们往往在两条或多条通道的交口处,有时也在通道中间。大多时候只是一个人,拉提琴,或吹黑管、萨克斯管、风笛,有的连拉带唱,甚至加上一个鼓,连接上带蓄电池的小喇叭,演奏起来极有气氛。偶尔也会有两个人一起演奏,他们用不同的乐器美妙地搭配着。甚至还有三四个人一组,有说有唱,还有伴奏,够得上一支有声有色的小乐队了。他们通常把琴盒打开放在脚前,有的则把帽子反过来撂在地上。过路赶车的人群中,时时会有人一猫腰,把几个法郎放在里边。他们并不一定被演奏的曲子感动了,才掏这几个钱。全巴黎的人都会这样做,以表示对艺术和艺术家的敬重与支持。而且,也别以为这些乐手都是在卖艺乞讨。他们有的是出于对音乐的爱好,为了让公众共享他们演奏的乐曲;有的则是喜欢这种流浪汉式的自由自在的艺术家生活。他们自娱自乐,当然也需要你的理解与帮助。在他们中间有很棒很棒、甚至很杰出的乐手。

一次,我们乘四路车,在夏特莱站准备换乘一路去往拉·德芳斯。在穿过一个低矮的通道时,有一个黑人乐手挎着吉他,边弹边唱。这黑人沙哑的嗓子粗犷有力,听起来宛如大漠上的飓风。他的吉他也弹得有滋有味。更绝妙的是,他一只脚踩着一个踏板,敲打着一面弹簧鼓;同时,弹吉他的右手的食指上套着一个铁箍,时不时举起来,"当、当"敲两下脑袋上边一根露在外边的金属水管。歌声,吉他声,鼓声和敲水管清脆悦耳的声音,彼此相配,极有节奏感,新奇而又美妙。他声音的感染力、穿透力和演奏时随手拈来的创造性,都表现着一个民间乐手和歌手非凡的乐感与才华。我当时就想,国内歌坛上那些用媒体和电声包装起来的嗲声嗲气的"天王巨星"们,如果来到这位地铁中无名的乐手面前,恐怕连嘴都不敢张开呢!

我遇到一位来巴黎学习音乐的留学生,她说逢到周末常常买张票钻进地铁站。巴黎的地铁很自由,只要你不出来,在里边乘着车可以来回来去跑上一天。她就一站一站地去听这些民间乐手们的演唱。巴黎是个国际化的都市,乐手也像旅客一样来自世界各地。不用去辨认他们的模样,只要一听乐曲就知道谁是法国人、西班牙人、意大利人、奥地利人、苏格兰人,谁是阿拉伯人、非洲人和墨西哥人。近几年俄罗斯人和东欧人渐渐多起来。那些额头的头发向上翻卷着的小伙子,把挂在胸前的手风琴起劲地一拉,便使我们搞过几十年"中苏友好"的中国人感到亲切万分。在香榭里舍站上,我见过一位中国姑娘坐在那里弹琵琶,她黑黑的披发瀑布一样从额头垂下来,弹得很投入。可是匆匆走着的乘客很少有人停下来听一听。也许这种古老的乐声对于法国人来说太遥远了。不同文化是很难快速沟通的。但她的琴桌上却放着一支深红色的玫瑰。说不定这是哪位执花去看情人的年轻男子,将手中的花儿转而献给了这位如奏天音的东方神女了。

我相信,把玫瑰放在这里的,一定是巴黎人。

巴黎的地铁简直是一个巨大的网状的音乐厅。地铁的通道四通八达。这些长长通道便是传送着动听的乐曲的管道。上百个乐手分布在各个站口,演奏着他们各自心中的歌。如果他们相遇,相互总要保持着一定距离。当这个乐手的乐曲在通道的某个地方将要消失时,另一种悦耳的歌曲便会及时地送入你的耳鼓。对于那些步履匆匆的乘客来说,如果这支乐曲没有引起他们的共鸣,他们便一掠而过;如果被哪一支曲子打动了,他们便会站下来,欣赏一阵子。那么,人们在地铁中走来走去,不只是为了赶车,也是为了寻找和选听音乐吗?而这些乐手们经常要"转移阵地",从这个地铁站迁到另一个地铁站,换一换对场地的感觉。当他们提着乐器上车之后,忽然兴之所至,便端起乐器,即兴地把一支欢乐的乐曲撩人兴致地吹奏起来,整个车厢顿时一片光明。这时你会感到,整个巴黎全是音乐。

所以我说,巴黎的地上是绘画的世界,地下是音乐的世界。

音乐的世界五光十色。在这世界里你会感受万千。也许你的心被工作中的烦恼填满,但乐手们的几个闪光的音符会把你那些沉重的块垒挪开,他们哪来的这般魔力?也许你刚刚失恋,心灰意冷,空无所依,乐手们一段柔情的倾诉便给了你深切的抚慰。这支曲子原本你就熟悉,但它缘何此时竟成了你的深切的知己?

一片欢快的节奏,可以为人助兴,使人奋发,激发生命的活力,中止心中一种黑色的抑郁的漫延;而一支感伤而多情的曲调,使人柔和和敏感,使人珍惜往事,还可以让空泛的心忽然丰富起来,生出一些美好的心境与爱意。音乐比任何艺术都伟大之处,在于它能够直接地进入与参与人的心灵。

于是,这看似寻常的地铁文化,这些无名的民间乐手,实际上处在巴黎生活的深层。这里不是高不可攀的艺术殿堂,却是人间真正的音乐生活的场所;这些乐手不是日月星辰般的音乐大师,但他们可以毫不费力地走进每一个巴黎人的心中。巴黎的地铁已经有一百年的历史,巴黎人每天的生活全都离不开地铁,他们的心灵早与这流动在地铁通道中的乐曲融为一体。你去问一问巴黎人,他们会告诉你,每个巴黎人至少被这些乐手难以忘怀地感动过一次、两次、三次……

2001.4

春寒中的法国人

我站在塞纳河边的冷风里,脸颊冻得居然有点发疼,耳朵里却听着伦敦的朋友在手机中描述着那边的奇冷,并说这是半个世纪来英国最冷的春天,其实根本还看不到春天,已冻死5000人了;我的下一站就去那里,我仍不相信在英国会用可以冻死人的寒冷迎候我。春天到达人间从来都是艰难的,最初总是遇到一道冰墙死死挡在前面,而隔墙的那边,一准是柔和的春之绿,但此时此刻我们看不见也感受不到。不知在哪一天它忽然坍塌——你见过松花江和黄河坚冰崩溃时惊天动地的凌汛吗?随后春天就在我们的面前神奇地发生了。

法国人今年流行瘦腿裤,这种裤子更像两条细细的套筒,紧巴巴套在他们本来又细又长的腿上。女孩子下边多穿长筒靴,上边一件半长外套,一条长长的单色的围巾在脖子上绕来绕去,最后一团堵在领口上。她们从来对自己的长脖子十分爱惜。法兰西人种的脸正面窄侧面宽。迎面看秀气的一双小眼深陷在高高的鼻梁两边;嘴唇不厚,下巴尖尖。她们崇尚自然美,不刻意于修饰,衣服的颜色讲究谐调,很少穿花。如今这个时尚之都的名牌大多被四方游客买光——尤其是口袋塞着大把欧元的中国人买走。她们喜欢把包斜挎身上,包放在胸前。她们说这样安全——这是我所看到的法国女孩惟一不是惟美而是实用的生活方式。自从法国左派当政，治安不好，没学会斜挎包又好带现金的中国游客常常是盗贼猎取的目标。中国游客到巴黎只去几个景点外加老佛爷。老佛爷是超大的时尚名牌的卖场。每天都迎来阔绰的中国买家。很少见法国人进进出出。我问法国朋友做何感想。他们说，你们买我们的东西当然好呀。但法国最好的东西并不在老佛爷。

这话很中肯。我想，谁懂得这句话谁就懂得了法国人。

2013.3.25

从奥斯威辛到诺曼底

从卡昂的诺曼底战役和平纪念馆走出来,我心里有句话:世界上有两个历史博物馆应该连起来看,前一个是波兰的奥斯威辛集中营,后一个是法国纪念诺曼底战争的和平纪念馆。前一个是邪恶统治下的世界,后一个是人类正义的反攻。

奥斯威辛集中营博物馆建在原址上,但这"建"字上没有半点添加。当年纳粹从欧洲各地押解来的成千上万平民、犹太人、抵抗者与战俘的列车停靠的车站,荒草中成排的牢房,令人发指的"杀人工厂",一切如旧,没有渲染,只有实景实物才能证明历史。除去大批大批由死囚手里和身上夺下的假发、假肢和孩子的布娃娃与玩具,还有三个细节令我刻骨铭记,至今难忘。

一是纳粹强迫成批的囚犯集体脱光衣服后进入的一大间"浴室"。这间浴室的天花板上有许多光秃秃的水管的管口,说是用来放洗澡水的,实际是放毒气,将囚犯无声地杀掉,然后将尸体运进一排排黑色的卡车一般大的焚尸炉中烧掉。

这管口已经锈烂,但含着杀气,令我胆寒。

二是集中营一间间四四方方牢房的墙上写满各种文字,都是囚徒们最后的遗言。那些离地只有一米来高的字,是孩子们写的。这使我想起那本令人心碎的书《安娜·弗兰克日记》里边的话。

诺曼底战争和平纪念馆的大门

忽然我从墙上发现一些白道道,好似用什么尖利的器物乱画上去的。博物馆的工作人员告诉我,这是一个绝望的女人内心疯狂时尖尖的指甲留下的抓痕。

我马上想起肖洛霍夫在小说《一个人的遭遇里》中的那句话"它像一个柔软而尖利的爪子抓住我的心。"

三是一张照片。照片上一个全裸而十分美丽的女子斜卧在雪地上,她死了,眼睛却没有闭上,空洞地向前望着,望着人类的良知。

面对法西斯暴行,我相信天理不容。

但是,人的问题只有人自己解决。天理要人自己来阐明。

于是,诺曼底战役和斯大林格勒的战役——这是二十世纪中期人类走出这场空前的悲剧伟大的历史转折。

和平纪念馆远看像一块横卧在大地上城墙般灰黄色的碑石,平整异常,没有装饰。中间裂开一个黑色的巨缝,像是炸开的。从这裂缝可以走进六十年前惨烈的时空里。

大厅墙上写着一行大字：

向那些为人类的自由与和平而牺牲的战士致敬。

且不说纪念馆极其丰富的实物细节、珍贵的照片、文献与影像,也不说它如何确切地将诺曼底登陆的全过程清晰地再现出来。一部只有二十分钟的短电影比任何票房数亿数十亿美元的大片都令我心灵震撼。

这部影片没用任何虚构,没有解说,也没有配乐;全部是诺曼底战役中交战双方战地记者实况拍摄的影片。银幕一分为二。左边是盟军,右边是德军,一攻一守,分别展开,同步进行。交战双方从准备、行动、攻防、到登陆与阻击、冲锋与堵截、炮战与空战,中弹与死难,胜利与撤退,伤员与俘虏,烈火与硝烟、瓦砾与废墟,一起冲入眼睛。快速而短暂的蒙太奇与战场上巨烈而真实的射击、轰炸、车履与嘶喊的声音扰在一起,从头到尾便是诺曼底登陆并最终告捷的全过程。

影片结尾时,银幕上这两个画面渐渐从中分开,中间插入一连串的画面是平静而漫长的诺曼底海滩,伴随着忧伤又沉郁的音乐。层层潮汐冲刷的海滩向前无尽无尽地伸展,然后是一片又一片草原上一排排整齐、雪白和十字架形状的墓碑。这画面这音乐一直在我心里。我坐在车里。那密密的一排排墓碑又跑到车窗外,这正是至今完好地保存着的诺曼底战场与一片片烈士墓地。我想——

诺曼底战役盟军总共出动近三百万兵力,牺牲了十二万人!这些年轻的生命最终是为解放奥斯威辛牺牲的。

如果这样人类就能洗去了自己的罪过,永不再来,这场战争才是一次真正值得的伟大的生命支付。

2013.3.27

地中海的菜单

如果想从一种食物来认识一个地方的风物与文化，就去法国南部蓝色海岸边的尼斯，吃一盘取自地中海的海鲜吧！

这种盘子最小也得六十厘米，大的接近一米。但决不是什么精工细制，更没有巧手巧做，它只是从地中海蓝绿色的海水中捞出这些海鲜，比如龙虾呀，乌鱼呀，海鳗呀，海贝呀，狼鱼呀等，然后用水煮一煮，决不煎炒烹炸，也不放任何作料，捞出来就满满地堆在一个大铁盘子上。下边铺了一层冰，冰儿冒着烟。海鲜又热又凉，非常适口。煮熟的贝壳甲皮赤红如醉汉，煮熟的虾肉蟹肉嫩白如娇娘。只要吃过这种海鲜，这鲜味至少要在嘴唇上挂一个月！随时一吮嘴唇，味儿鲜鲜地还在。我家在津门，近海吃海，常见海鲜。但与地中海的海鲜一比，我这里的只能称做海货。

南部法国人这种海鲜的吃法十分原始。但是他们知道，惟其这样，才见海鲜本色。这红彤彤亮闪闪的一盘，就是地中海奉献给他们的全部精华。而南部海岸那一串珍珠般的城市，蒙顿、尼斯、安提布、戛纳、土伦、马赛、蒙彼利埃等，不都是这辽阔又富饶的地中海养育出来的么？地中海有多富？吃过这海鲜盘就会知道。每根龙虾的须子里，都可以剥出一根面条似的虾肉来！

于是，这些懂得享受海鲜的南部法国人，自然也就懂得享受生活的至美——纯朴。他们同样只要生活的原汁原味,不加作料,不尚豪华与流行,不向往"高楼平地起"和"夜里亮起来"。一位马赛人对我说,高楼大厦和灯火通明是美国方式。一种暴发户的文化。所以在马赛很少见到玻璃幕墙。如果南部人富了,他们反而更喜欢离开城市,归返乡间。比如搬到圣托贝(ST TROPEZ)去,那里的窗子全部面对大海,窗框中终日是一片温和的蓝色。除去蓝色一无所有。偶尔才会有一种黄嘴灰翅、白肚黑尾、胖胖的海鸥落在窗台上,隔着玻璃傻傻地向屋里看。那便是地中海送来的问候了。

　　大自然对人的恩赐,无论贫富,一律平等。所以南部人对于大自然,全都一致并深深地依赖着。尤其在大地田野上,上千年来人们一直用不变的方式生活着。种植庄稼和葡萄,酿酒和饮酒,喂牛和挤奶,锄草和栽花;在周末去教堂祈祷和做礼拜,在节日到广场拉琴、跳舞和唱歌;往日的田园依旧是今日的温馨的家园。这样,每个地方都有自己的传说,风俗也就衍传了下来。

　　最能展示这种乡间风情的便是周末的农艺市场。这一天,人们总是把自己手工制作的食品、器具和手工艺品用车拉到市镇上,在大街上临时摆起一个集市。蜂蜜、面包、斧头、木桶、草帽、陶器、台灯、烛碗、糖果、雨伞、钟表,以及各式各样的摆件与壁挂等,五花八门,应有尽有。他们出售这些物品的同时,彼此之间也买也卖,保持一种原始的以物易物的交换方式。这些日常用品,又是他们的生活艺术。应用物品的艺术化是他们的传统。每个地方器物的造型、图案、色彩,都带着他们独有的地域印记,以及那里诱人的风格与魅力。比如普罗旺斯的陶瓷全是黄色的。黄得像蛋黄,鲜亮又芬芳。可是只要一离开普罗旺斯,马上就再也看不到这种黄澄澄的陶具了。

在这种集市上，还能结识到一些很独特的民间艺术家。一个周末在艾克斯，我们碰到了一位"树叶画家"。她的"独门绝技"是树叶作画。她使用当地特有的奇形怪状的树叶，画上一些乡间生活画面。她画的是油画，笔触细小，很精心，又很稚拙，颇有乡土的味道。大画家画不出这种乡土味。民间的味道只能来自民间。她说这一招绝技是她自己创造的。每逢秋日，树叶纷纷落下。每片落叶都很美丽，也很可惜。为什么不画上图画，把它保留下来呢？于是她的艺术生活就开始了。这个南部女子的艺术，缘起一种对自然的深情，听起来挺动人。

传统、民间、历史和大自然都是生活之本。当整个世界都陷入声光化电的现代生活，法国的南部人却依然故我地守在生活史的源头。故而，在南部可以看到更多古老的民间文化，以及那种世代传承的民间艺人。比如那些耍木偶的，演奏"音乐车"的，剪纸的。有一种很古老的剪纸，属于肖像剪纸。在照相术发明之前，从宫廷到民间都很流行。它靠着对轮廓线上的个性细节的把握和强调，就能将人物神气活现地"剪"出来。这种神奇而古老的剪纸如今在南部大小城市的街头还能见到呢！然而，这些传统的艺术并非以其"民族特色"去招徕旅游者。它们依然是南部人一种活着的自恋的文化方式。

法国南部的边境线就是一条海岸线。

驱车在沿海的公路飞驶，向西穿过小小的摩纳哥，便是意大利；向东一直可以抵达西班牙。无论向西还是向东，车窗上总是有一面，好像平贴着一块蓝色的透明的塑料板。多情的地中海紧紧跟随着我们。为此，南部人给海岸一个爱称，叫作"蔚蓝海岸"。任何人瞅着万顷碧蓝的大海，脑袋里都会不绝地跳跃出非世俗的奇想。所以不少画家都离开了世事纷纭的大都市,来到这里,向大海索取灵性。比如夏加尔、米罗、马蒂斯、布洛克等。大海促成了一大批大画家。它让艺术家心灵发狂,情感燃烧,想象奔驰。更重要的是,它放纵了南部人的精神。在法国,像尼斯一带圣保罗旺斯那样飘着油画颜料气味的"画家村",大概只有南部才有。

地中海不仅给法国人以丰美的海鲜,还有精神的浪漫。法国南部给我最深刻的印象是:生活的守旧与精神的浪漫——奇妙的统一!

有人把浪漫解释为性的开放,这真是天大的误解。浪漫是针对束缚而言的。人的最大的束缚是自己创造的历史与人文;浪漫则是让天性钻出历史与人文的缠裹,自由自在地放任一下。

2001.7

拉丁区,我们那条小街

如果能在巴黎住上一阵子,一定要选择拉丁区。比如这次我和我妻子就幸运无比。不用我们提出要求,就被邀请我们的主人安排在拉丁区的腹地——苏吉尔街。那天,到机场接站的法国朋友开车拉着我们进入巴黎市区后,穿街入巷,东转西转,一边指着车窗外说,这是康德生前总呆在里边的咖啡馆,那是杜拉斯住过的房子。在巴黎的街上只要转一会儿,便会感到和历史丝丝缕缕地纠结上了。这位法国朋友把我们拉进一条又弯又长的老街里,车子一停,说:"你们到了。"我下车来前后看了看,再抬头看看房子,很迷惑,我们好像站在了巴尔扎克的小说的某一页里。

苏吉尔街太小太没有名气,地图上连街名都不标出来。但苏吉尔(SUGER)这个人却是法国史上的一个大角色。这位法国中世纪最负盛名的修道士(公元1081—1151年)在世时的权力无人企及。他是路易六世和七世两代王朝的谋士,在国王统领十字军东征时竟摄政管理过国家。然而使我更感兴趣的是,这位手执权棒的人,十分迷恋历史。在封建时代,如果文化受宠于某一位权贵,乃是文化的一种幸运。比如苏吉尔,在他主持修复欧洲最古老的圣德尼教堂(建于630年)时,坚持要保护这座哥特式教堂迷人的古貌,于是修复手段仅以"加固"为之。这一前所未有的古建筑的修复思想,显示了人类在文化上的自觉,成为建筑保护史的一个起点。应该说苏吉尔是人类史上最早具有文化保护意识的人。我忽然想,我的主人把我安排在这里,是否为了契合我这些年近似偏执的文化保护的主张与行动?后来我知道,并不是这样。我们住在这里,只是因为我们居住的公寓恰好在这条街上,恰好是一种巧合。然而谁说巧合不含着冥冥中一种未知的暗示?

再说这条苏吉尔街,它不过一百多米。它是一种抻开而舒展的"S"形。但站在路口这端还是看不到路口那端。"S"形的街道总有一种迂回和纵深之感。在街上一边走,那些各色各样的古屋,就一边成双地在小街的两边出现。这些至少一二百年以上的老房子,最高不过四层。首层全是石头的,上边几层才是砖墙。而且,根据当时十分流行的一种建筑结构力学,这些老房子的首层都是垂直而立,上边几层却逐层向里倾斜。但这样反而造成视觉上的一种错觉——看上去首层像是向外倾倒。整条街似乎都在缓慢地坍塌的过程中。至于这些老屋本身更是苍老之极。有些石头的墙面已经粉化,雨水留下许多蜿蜒的槽痕,风儿把建筑上所有的棱角都磨圆,甚至还在许多地方吹出一些洞眼,有的黑黑的像历史留下的一只眼睛,怪诞地与你的眼睛相对视,向你的无知发难。至于那一扇扇古老的门,不管什么样式,一概简朴而笨重,推动起来必须双臂用上十足的力气。门环和门把上的兽头快磨成一个个形象含混的铁疙瘩了。人类的行为是一方面将万物从无到有地创造出来,一方面又把万物从有到无地泯灭掉。当然,人类在这方面的帮凶是时间。年深岁久之后,那种上端呈拱形的最古老的大门,上边的铁饰快消迹在门板中了。有些钉帽儿只留下一排排挺大的"锈红"色的圆点。

阳光不会把这种"S"形的街道整条街同时照亮。每当阳光离开我们的两扇窗户,我马上从窗口伸出头向西边看。阳光正在前边,无限妩媚地把那边的古屋照耀得如诗如画。时间的色彩学是调合。时间会把一切本来反差很大的色彩模糊了,谐调了,中和了。但是阳光的色彩学刚好相反。它偏偏要从万物中找出反差和亮色,强调出来。于是它把这些素雅的古屋所有窗前的花儿全都照亮。红色的、白色的、紫色的,还有旺盛而鲜亮的绿色。这样,古街便从它沉缅的历史中苏醒过来,一切变得生气盈盈。

我们要用最快的速度,把将在巴黎为期两个月的生活建设起来。其实,在这个属于法国人文科学基金会的公寓里,一个学者的生活必需都已十分齐备。包括一套带厨室的房间,还有洗衣房、电脑房,以及小型的座谈间。这公寓也是一座很古老的房子,而且典型地按照法国人的方式改造过。那就是,房子临街的立面包括门窗绝对地原封不动,原汁原味呈现其本来面貌。房子内部却进行"现代"意义的改造。这"现代"即在功能设施方面充分体现现代科技带来的恩惠。第一是舒适的卫生间,第二是通畅的通讯,第三是便利的设施,如电梯、供暖、消防通道和安全系统。这座经过"现代化"的公寓,走廊与共享空间全部使用金属钢架与玻璃,极具现代风格。但在某些局部,比如一小块古老的墙、一段当年的木栏杆、一片昔时的天花板却刻意地保留下来,甚至在老墙前还装了一层玻璃加以保护。玻璃上刻了几行字,说明这座房子的历史与年代。这种类似博物馆的做法,可感地表现出这一建筑空间的时

苏吉尔街口。街口矗着在巴黎随处可见的牌子"巴黎的故事",上边写着这条街的历史与故事。

间与文化的内涵,同时还显示了历史所处的尊贵的位置。

巴黎人的一只脚站在优越的现代世界,一只脚仍留在优美的历史空间里。前者享用物质,后者享受精神。这才真正是现代人的享受!

这样,我们只用了两个小时,就把生活安排得饱满丰盈。我们在不远的超市与商店,买来喜爱的食品、佐餐和烧菜的调料,还有一些小用品。依照我们的习惯,对这些日常小用品的色彩挑选得十分严格。我们尽量不叫一块颜色的"噪音"进入生活。妻子还在街头花店买了两束花。一束是黄色的球状的野花,另一束花是红边的白月季。这两种花在国内都没有见过。房间内备有筒状的玻璃花瓶。这种花瓶的优点是花儿插在瓶中之后,可以看到它浸在透明的水中碧绿的茎。我们将这两瓶花分别放在茶几与书桌上。新生活便从这花之中开始。我们心里充满了新鲜感和快意。

生活就是创造每一天。

风儿从我们的"S"形的街道中穿过时,划一条无形的曲线,流畅又舒适。风儿舒适时不留下任何声音。所以我们在巴黎睡得又深入又香甜。只是天天天亮前,必有一辆冲洗街道的车大吵大叫地把我们闹醒。冲洗街道是巴黎的传统之一。故此,一些老街在街道的正中央都有一条坡形的石槽,便于流水。但是从来没有人反对这种搅人好梦的水车。倘若谁被这水车惊醒,心里有气,骂这水车野蛮。但清晨出门,在沐浴之后分外洁净的街道上一走,步履轻盈,呼吸清新,心头爽快,不知不觉就会站在"传统"的一边了。

如果哪一天没有活动安排,也不想去博物馆,出门站在苏吉尔街上,我们便面临着两个选择——往西走就会纵入历史街区;往东走便是巴黎闻名于世的那一片名胜的天地。

往东走吧!一出口就来到圣·米歇尔广场。这个三角形的广场很小,前边横着塞纳河。河上一座桥,过桥是西岱岛。巴黎古老的历史一半都在这个狭长的河中小岛上。岛上的建筑如巴黎圣母院、正义宫、圣多佩勒教堂,全都闻名天下,故而天天门前都拥着一群群肤色各异的游客。每一幢建筑的本身,都是一部读不完的历史和讲不完的故事。于是,我们这边的圣·米歇尔一带便成了巴黎的交通枢纽。几条地铁干线在地下交叉着,从这儿直通城中各处。日夜不绝的人们从广场周围的几个地铁站口钻进钻出。于是,一个神奇的事情出现了,圣·米歇尔广场成了情人们约会的最佳之处。自然,它也成了浪漫的巴黎的情人们接吻次数最多的地方。

在巴黎的街面处处可见一种灰白色的圆点。它不是鸟粪,因为水车的水也冲不去。它是口香糖的痕迹。据说巴黎有一种口香糖是专用于接吻之前吃的。所以,圣·米歇尔广场一带的地面到处是这种灰白色的圆点。特别是雨后,柏油的路面颜色变深,圆点更加清晰。这白花花一片称得上巴黎最奇特、最浪漫的城市装饰了。

我们穿过广场时,踏着地面上这些动人的斑点,与拥抱接吻的可爱的年轻人擦肩而过,仅仅走了五十米,就来到塞纳河边。西岱岛上的那些历史建筑我们已经去过多次。所以,我们更喜欢在河这边,隔河去细细品味历史创造的这些精致的画面。妻子则更喜欢走下河岸,在下边一条更低的河边小路上散步。在这下边的小路上,更接近汹涌的河水。塞纳河的水又大又急,河中从无两岸的倒影,却有深刻而强劲的水纹在河中快速地驰过。只有在离河水很近的地方,才会有它从心而过的酣畅的感受。

同时,这低岸的小路,鲜有游人,宁静又幽闲。只有孤独的老人,遛狗的女子,享受着爱情的情侣,还有看书的人;偶有一个人边走边说,自言自语,他是一个神经病患者,还是一位诗人?当然,最常见的是架着画板在写生。他们多半不是画家,写生只是他们的一种生活。

我对妻子说:"我们也来写生吗?"

妻子笑了笑,手指着前边说:"最好的画家是秋天。"

河边的秋树的落叶已经把这小路一片一片地染成黄色,黄得很鲜很亮。连停泊在河边的游船的篷顶也铺了一层黄叶,像花瓣。

无风的天气里,不断飘下来的落叶落得非常慢。我一伸手,竟然捏住一片叶子,像是捏住一只飞舞中的蝴蝶。

一片娇小又夺目的叶子在手指之间。

我们都笑了。这是惟塞纳河边才有的"风景的奇迹"。

尽管我完全不懂法文,每每经过塞纳河边的旧书摊时,总会被它们"粘"住。我喜欢旧书。旧书和新书的意义不同。新书让你进入未知的世界,旧书却常常叫你自愧于知之有限。你会恍然大悟,原来今天奉为神明的那些话,很早很早以前就有人说过。人类创造过的财富一半遗失在旧书里。而且旧书总带着它往日的风采,引起你的怀念。当油墨的芬芳消失殆尽,变黄的纸会散发出一种凝重的岁月的气味。

我惟一能看懂的,是挂在那些漆成墨绿色书箱上的老画片。它们大多是从破损的老书中割取下来的版画。有的年代很久,甚至有十八世纪的,已经是古董了。就在我翻看这些老画片时,忽然一个画面闯进眼睛:几个洋兵冲入一间宽大的房子,一些便装的洋人和梳辫子的中国人露出惊喜神情。我马上认出这是一种描绘庚子事变的老画报,一看日期,果然是 1900 年。我对于珍罕的史料从来不会放过。马上将有相关内容的画报尽数买了。回来找朋友一看,这是 1900 年前后巴黎出版的一种画报。名为《小画报》。四开纸,彩色印刷,以图为主,伴有各类文章及消息。十天一期,每期两大张,对开十六版。我所买的几期的图画,都是对庚子事件的时事报道。时间由 1900 年 7 月至 11 月。包括《联军攻打总理衙门》《清兵在黑龙江与俄军开战》《东北义和团砸教堂》《德国公使克林德被杀》等。其中一页《联军攻打中国地图》尤为珍贵。这一收获使我高兴了好几天,也使我一连好几天都跑到塞纳河边流连不已、来回来去地逛旧书摊。

有一种说法:全法国的书 80% 在巴黎,全巴黎的书 80% 在拉丁区。这说法有理。由于远自中世纪,这个区就是学生区。最早的学生说拉丁语。拉丁区之名便由来于此。校园的食粮是书,出版社供应这种纸制的精神食粮。于是拉丁区也是巴黎各类书店和出版社最密集的地区。拉丁区地处巴黎的正中,一种浓郁的书香气味便由这里散布全城。我发现,在拉丁区人们看书的方式很像吸烟。坐着也看,站着也看,在车上也看,在电梯上还看,我还见过一个人一边走一边看书。这是因为这本书太吸引他,还是他太爱看书?他会不会一脚踩空掉进"地沟里"?

我的法国朋友大笑。说:"巴黎没有这种地沟。"

VCD 如今在中国已经相当普及,但在法国始终没有流行开来。这大概由于，不少法国人对书的兴趣依旧高过电视。他们不大看电视连续剧，不喜欢快餐文化。菲利普·德莱姆写的《第一口啤酒》那种描写得细致入微的书，之所以在法国畅销，问世当年就再版23次，其根本的原故是由法国人读书的习惯决定的。法国人习惯于这种在文字上有滋有味地咀嚼。可是当这本书被翻译到汉语文化博大精深的中国来，为什么受到冷遇？到底我们被来自港台的商业性的快餐文化弄坏了胃口，还是守旧的法国人在现代化的进程中慢了半拍？

妻子说我最顽固不化的是"中国胃"。我按照我的胃口每次在超市选购食品的结果，总是排骨、牛里脊、大白菜、蕃茄和菜花那几样。尽管如此，我还是要向法式的"饮食文化"让步。比如，我只有跑到很远很远的十三区的陈氏百货公司一带，才能买到我爱吃的油条和芝麻烧饼。我被迫改用了法式早餐。被迫的结果不一定很糟糕。这一来，我竟迷上了法国的"棍面包"。记得儿时，天津租界小白楼的面包房也烤这种面包。但要想吃纯正又地道的——又脆又软又韧又松又喷香的法式"棍面包"，还得到巴黎来。这也正体现了地域文化所独具的价值。

如果国内有朋友来看我们，想叫我们陪着逛一逛巴黎，那就一准要陪他走这样一条路线——出苏吉尔街西口，拐个小弯儿，又走进另一条"S"形的小街。而实际上这小街是由两个"S"形连在一起的。比我们的苏吉尔街多一个"S"。走在这小街里，觉得自己像条鳟鱼那样摆着身子在水溪里曲线地游动。

巴黎的建筑多用灰白或灰褐色的石料，这使小街显得十分的洁净。再加上墙壁老式的风灯,窗子上黑色的护栏,墙里墙外的花树。分外优雅又温馨。巴黎很少有胡同,多是这种小街。小街又长又深又古老。走进这种小街才是真正走进巴黎的生活。

现在,我们走进的这条小街属于一种典型。它的尽头是一道锻铁打造的铁栅栏。栅栏的一半快被簇密的常青藤包上了。栅栏中间的一扇小门却常年开着。它开了九十度,却永远是九十度。它无法关上也无法开得更大。因为合页部分早已锈死。

走进门是一道小院,左右各有一家。左边一家的门在底层,只有一扇,很小,但很结实,厚厚木板上钉满粗大的铁钉。当年设计这样一个紧巴巴的入口,是否为了安全?我几次经过这里,这门一直关得死死的,我怀疑是一座空楼,但一天晚上路过时,发现楼上几扇窗里的灯全都亮着,雪白的纱帘十分美丽,我还看见一个女人的侧影。至于右边一户,由一道石砌的台阶一直通上去,入口的门在二楼。油漆剥落的门板上,挂着一个为了欢迎客人而用红玫瑰编成的花环。这种画面我们在巴尔扎克和左拉的笔下都已经看过了。

院子的侧面是一个城门似的拱形的门洞。门洞上端仍是建筑的一部分。穿过门洞,又是一道院。这道院的四面墙上上下下都爬满了藤蔓。楼上的几扇窗子快被枝蔓遮满。他们为什么不除去这些碍事的藤条?此时入秋,藤叶变黄变红。红的颜色深深浅浅。再美的花色也没有这种秋藤的颜色丰富。我想倘若是我,也一样不舍得把它们剪去。

而此时,透过这些已然萧疏的藤叶,可以看出这道院比前一道院更古老,所有房子一概是石头砌的,宛如古堡。外墙上的雨水管全是铸铅而成,厚如炮筒,虽然管口早已蚀烂,但没有人去把它拆掉。因为巴黎人都知道:历史的生命保留在历史的原件里,历史的美也保留在历史的原件里。

从这道院走出去,另一条横向的街完全是十八世纪以前的风格。小咖啡馆是家庭式的,每张小座上一盏台灯,柔和的灯光局部地照亮半张苍老或年轻的脸;地面的石头方砖已经全部被踩成光溜溜"石蛋"了。一家西班牙艺术品的专卖店里,地面有一块玻璃,里边用灯照着,是一条幽暗的地道。如果你表现出有兴趣,店员会过来告诉你,这地道很深,通着一间牢房,它至少有六百年。

如果你更有兴趣,她会讲给你一个发生在几百年前的可怕的故事。这故事的一半像传说。

当然,这些人都以历史为荣。

巴黎是个只修不改的城市。

它的街道不变,房子不变,门牌不变,如果一幢房子倾圮。便把它的门牌与相邻房子的门牌连起来。如 30-32。我所居住的公寓的门牌就是 16-18 RNE SUGER。它说明这里曾经还有一座古屋,不知在哪个世纪与我这座公寓合并一起了。故而一封一百年前寄往巴黎的信,辗转曲折,最终也会送到目的地。

哪个城市也能这样与历史通邮?

在我所居住的这个街区里,各种店铺应有尽有。由于拉丁区是学生区,店铺内商品的价钱都不高。没有金店,但有各种风格的首饰店,比如,非洲的、阿拉伯的、埃及的、墨西哥的……女学生们常常会光顾这里。至于饭店多为实惠的小吃。土耳其烤肉、比萨饼、中式快餐,应有尽有。但美国的麦当劳却很少见到。法国人排斥美国式浅薄的快餐文化。那种随餐奉送玩物的商业小伎俩只能讨好有送礼习惯的亚洲人。由于旅游者常常会闯进这种巴黎特有的历史街区,仰着头东看西看,举起相机不断拍照,故此一些古董店也在这里设下罗网。店内的东西是纯正的法国货色。我房后有一家古董店,品位很高,全是古老的家具、绘画、室内饰品与宗教艺术。它不以精致华贵取胜,却以一种岁月的沧桑感吸引人。店主是位老人,西服的款式很老,甚至有些破旧,胸前摇晃的一条怀表链已有些发黑;然而他的气质却十分儒雅,人瘦体弱,动作迟缓。一双蓝色的眼睛柔和而空濛。他在店中,与他的古董完全风格一致,融为一体,好像他是从某一幅画走下来的,或者退一步,又回到那个残缺和鎏金的镜框中去。

每每傍晚时分,妻子烧菜煮饭,我就会抽空跑出去,穿过圣日耳曼大道,去一趟王子路上的友丰书店。路不算远,走十分钟,便能在这家驰名巴黎的中文书店中买到当日的中文报纸——《欧洲日报》和《欧洲时报》。这两份报都在巴黎出版。客寓巴黎的华人就靠着这两份报一览天下。

王子路很窄很长,老式的路灯很暗,入夜便很黑。历史上这条街却有许多小型的出版社。书店、旧书店、善本书店以及修理旧书的店铺都很多。这里的咖啡店常常是作家和出版商交谈之处。别看这些咖啡店破旧之极,椅面磨出洞来,但不少大作家成名前都在这种咖啡店里,与出版商在版税上讨价还价,争执不休。如今那些往事与故人都成了这些小店的文化资本。然而在今天的商业文化狂潮和媒体霸权的打击下,人们的文化方式变了,王子街的不少书店和出版社在日甚一日的萎缩中歇业关张,但友丰书店却意外地一枝独秀,在日落之后依旧灯火通明。

支持书店的一是书,二是读者。

在友丰书店里,可以买到华人世界的一切新书。两岸三地,各地热点,此处皆知。于是这家书店便成了巴黎华人文化的一个信息中心。许多人到此一为买书,一为了解最新讯息,以摸清各地文学与社会文化的走向。高行健获诺贝尔奖的那些天,各种看法与说法便在书店随意表达,尽情褒贬。至于平日里,彼此相识的书客,在此碰面,交谈间常常会对某位大陆或台湾的作家作品评议一番,倘若意见相左,还会争论不已。此地此景,颇似沙龙。这样的书店在整个欧洲惟巴黎才有。在柏林,我见过一家"中国书店",书架上却只见两岸三地的畅销书,言情武打,侦探冒险,供人消遣而已。此外便是一堆堆电视剧的录影带。这只是一种赚钱糊口的小铺子,没有任何文化的意义。然而巴黎的风景就全然不同了。此地汉学的基础原本就十分雄厚,法国人学中文的人向来不少,近年来国内大批学人来法进修,人多势众,成了气候。嗜书和爱书的人都聚到这里来,小小书店就演变成一个文化的磁场。

早在十几年前(1987年),我便结识了这家书店的店主潘立辉先生。那年我去比利时参加"布鲁塞尔国际书展"。他从法国驱车到比利时也来看书展。当时他的书店在草创时期。他是生在柬甫寨的华侨,由于一种神秘的文化血缘,他对中文书籍抱有极强烈的兴趣。此后他还出版了我的两本中法文对照的短篇小说集。从卖书到出书,我看出他对书的痴爱。

十几年过去,友丰书店已经颇具实力。在巴黎有两个铺面,两个很大的书库。每天吞吐量高达半吨。自己编辑出版的书已有二百多种。他出书的目的使我颇感兴趣。他从来不出通俗类，显然他不想出书牟利。比如近一年来他出版的《1912至1930年中国摄影集》《巴黎城市建设史》《陈建中画集》等，销售起来颇要费些力气。这表明，当他认定了一本书有价值之后，出书主要是表达一种支持。现在国内的私家书商都处在"原始积累的初级阶段"，尚无这般境界。

在友丰的架上，我发现了我的几种书。连我新近在人文社出版的亦图亦文的《画外话》，也已出现在友丰书店。友丰货源的畅通，由此也可想而知。于是我想，下次再访法，不用自己再背一二十斤的书来。而且这两个月里，我在友丰还买了不少大陆以外出版的书，满满装了两箱呢！

一天，我们从西海岸诺曼底地区返回巴黎。当晚我觉得有什么事要办。妻子烧饭时，我便去到王子路的友丰书店转转看看，和几位店员聊聊天，然后买了近两天的报纸，还有一些新到的书刊回来。走在路上，我忽然想，在巴黎我已经离不开友丰了。它的意义已经远远地超出了一个书店。

这天，友丰书店的三位店员请我吃饭。这使我很愉快。我感觉我已经和巴黎这家中文书店融为一体了。而且我也很喜欢这三位店员，他们都很有学识：有的一边在书店工作，一边读博士；他们都很懂书，通晓市场；而且一位来自中国大陆，一位来自中国台湾，一位是法国人。他们三人正好把我国海峡两岸和中法两国四个方面全覆盖了。

我们在王子路一家印尼馆吃饭。依照法国人的习惯，先饮了十一月份第三个星期的葡萄酒。嘴里带着新鲜葡萄又清又甜的醇香大谈拉丁区这里种种文化上的故事。谈到法兰西学院的开放的教育制度,巴黎理工大学的光荣历史,法国人和德国人读书习惯的不同,巴黎汉学界的张三李四,扯来扯去就扯到这一带有一处傅雷先生的"故居"。

傅雷是我年轻时代心中的神。我很想去看他的"故居"。饭后,那位来自台湾的店员余子超先生,便陪我去。这傅雷的故居还是他考证出来的呢。

我们走出了王子路,沿着圣日耳曼大街向东,左拐右拐,终于站在这座楼房下边。在夜幕中这座临街的楼房四四方方,没有任何特色,也没有装饰。大概当年是一座租金很低的公寓。经余子超指点,三楼外角一个黑黑的窗子便是昔日傅雷先生在巴黎居住的房间。傅雷先生1928年到巴黎,先住在郊区贝底埃镇一户人家学习法语。半年后到巴黎大学上学时,便住进这座楼。这座楼属于青年会,住过不少留法的中国学生。现在它依然是一座外国学生招待所。然而今天无论是法国人还是中国人,没人知道这是中法之间一座精神桥梁的伟大的建造者的居所。余子超说,首先中国人应该在这座楼上挂个牌子来纪念傅雷。于是我记下了这个地址:

3,RUE CLEZ CANMES

(卡尔曼街三号)

可是我又想,这牌子由谁来挂?我对谁说?

每个地方的气质,都会在某一个特定的日子分外突出地散发出来。有的是在一个纪念日,有的是一个风俗的节日。比如我的家乡天津独有的气息在大年三十表现得尤为强烈。那么,我们客寓于巴黎的拉丁区呢?在周末!

每逢周末我们都会深深感受拉丁区的气息。

一俟周五的晚上,所有餐馆咖啡店几乎都被放了假的学生们所占领。街头的咖啡店几无虚席。巴黎咖啡店的小桌的直径只有六十厘米。这种店只要人满,全是"挤成一团"。但是巴黎人太习惯在狭窄的空间里享受生活,连爱丽舍宫的国宴上每个人的座位规定也只有七十厘米。据说这样一来,人们必须收臂耸肩,腰板随之挺起,显得精神昂然。而吾国的会场都是大椅子,软靠背、容易东倒西歪,乃至呼呼入睡。

周末的拉丁区,到处是年轻人。他们把重负一般的学业扔在脑袋后边,所以人人的神气都很休闲。男男女女有说有笑。于是,艺术家们纷纷来到街头,把人们的兴致和生活的情感全都发挥出来。

只要艺术家高兴,他们就会站在街心连唱带跳。那种人多的小街,自动变成了步行街。很少有车行驶。然而这些演出没有固定的地点和时间,全凭艺术家们的随心所欲。如果你在街上遇上一个高超和绝妙的表演,那完全是一种运气。找也找不着,不找却碰到。拉丁区的生活充满了快乐的机遇。

有一天,我们在一家老面包房买面包,出来碰到一位艺术家。他骑一辆轻便摩托,车上绑着旗子、木枪、鸟网,并插满很大的棕树叶子。他的打扮使人想到当年在越南打仗的法国兵或美国兵。一身老式军装,军用太阳帽,上上下下也挂了不少树叶,似是防空伪装。他手拿一个苍蝇拍,见有人从身边走过,就朝肩膀和后背"啪"地打一下,像是拍打蚊子。后来,见人围观,索性下车,寻到

47

一个路人,便用蝇拍追着打。打得并不用力,只是一种表演或一种玩笑。围观的人谁笑得厉害,他就过去拍打这人。后来,过来一辆汽车,他跑到车前把车拦住,并打手势叫车上的人下来,他要为他们清除身上的蚊子。车上的人只是笑,却不下来,他就一扭身坐在车头上。车上的人也和他开玩笑,开着车缓缓往前走。他便坐在车头挥着蝇拍神气十足表演一番,才跳下车来。车上的人一踩油门,大笑而去。

我与一位法国友人谈起这事,他说可能是讽刺当年法国兵在越南的行动。他说,在现在的年轻人看来,当年法国人在越南做的事,无非是打蚊子罢了。当谈到这种表演形式,他说这是一种现代戏剧吧,又像是一种行动艺术。不过,他说他没见过。拉丁区的艺术千奇百怪。某一个人见过的,可能这人所有认识的人都没见过。

然而不要以为拉丁区文化只是表面上的千变万化。一天夜里,我们从阿蒙区一位朋友的家中聊天回来,天下着很密的雨。在拐向我们的苏吉尔街的丁字路口,那个早已关了门的小杂品店的房檐下,一个人拉着提琴。这乐曲很熟,但一时想不起是谁的曲子了。曲子本来就是伤感的,但他拉得很深切,肯定他把一种内心的东西放进去了。尤其在这带着寒意的秋雨中,琴音裹在雨声里,便分外地动人心扉。我第一次听到这种混合着秋雨的感伤的曲调。在黑乎乎的屋檐下,只能看到他的身影与轮廓。他不是一个街头艺术家,他更不是在表演,他一定也居住在这一带,一定被一种情感折磨得夜不能寐,跑到这细雨街头尽情地抒发出来。

这才是拉丁区最深的、也是最日常的一种生活。

可是当我们看到这一幕时,已经该整理行装打道回国了。

回国数月后,一次与妻子聊天中谈到巴黎,谈起在巴黎的那些日子,我忽问妻子:"如果再去巴黎,你最先要到什么地方看看。"

她好像不假思索地说:"拉丁区,我们那条小街。"

我笑了,点点头。这也正合我之意。我感觉我们和拉丁区已经丝连一起。但我不知道——到底是拉丁区已经在我的心里生根,还是我们的心在拉丁区里留下了一些依然活着的根须。

2001.6

活着的空间

——法国文化考察随笔之四

今年是巴尔扎克诞辰二百周年,我在天津发起一个小小的纪念会,邀集此地的文学界人士抒发心怀,同时请来巴黎的巴尔扎克故居博物馆馆长卡尼欧先生等法国朋友做客,交谈感想。我还买了一些新版的巴尔扎克著作赠送给与会的文友——这其实更是一种情感行为,以表达我对巴尔扎克特殊而深远的敬意。"文革"期间,我的家被挖地三尺地横扫,但《欧也妮·葛朗台》、《夏倍上校》、《亚尔倍·隆伐龙》等几本巴尔扎克小说却被革命小将们意外地抛弃在地,漏网地保留下来。书皮已经撕掉,我扯开劫后无多的一件蓝褂子做了封面。就这样,巴尔扎克和他的人物们便陪我度过了那个漫长和荒芜的十年。他对败坏殆尽的世道人心的揭露,使我心清目朗;他对被折磨的美的悲悯,给我的心灵以深切的抚慰。所以,到了巴黎,我就来到巴尔扎克的故居。一走进这树木掩翳中低矮、宁静而简朴的屋舍,一阵莫名的亲切的气息扑在面上。心里禁不住响起一句话:

"我把我心中敬仰的人,带回他的家里来了。"

我感觉巴尔扎克真的从我心里走了下来。我看见他在屋里走来走去,看见他躲在屋中逃债时的神情。这个当年叫作文森的地方的几间路边小屋,屋顶比路面还低。他选择这个地方居住,是为了不易被追债的人发现。但他一定还是常常心惊肉跳地躲在窗帘后边朝外张望。如果是不多的几个密友来访,他就隔着这薄薄的门板侧着耳朵去听敲门声是不是事先约好的暗号?

我还看见他站在小院里独立凝思。浓密的花树和木叶的气息包围着他。他身上裹着大氅,瑟缩着肩膀,这不正是罗丹为他雕塑的那个样子吗?他是由于衣单身冷,还是心底感受到了人世间的孤寂与彻骨的寒凉?

更深夜半,决不会再有债主出现。他就用这个深红色花边的瓷壶来煮咖啡,传说他一天至少喝一公斤咖啡。在浓烈的咖啡的刺激中,他锐利的思维一下子刺穿了那遮蔽世界丑恶的黑幕。于是,他入木三分地写下了十九世纪中期巴黎人的形形色色。他这把大椅子正适合他壮硕的身躯,但他的桌子为什么这样小?他俯下的肌沉肉重的前胸几乎要把书桌压扁。然而,他就在这平平常常的小桌子上写出他一生中最重要的一批作品,创造出文学史上那难以逾越的奇迹来。

我拉开他的抽屉,里边空无一物。

曾经有一个深夜,一个梁上君子潜入这屋内,也拉开了抽屉,但摸了半天也摸不到一个钱。他在隔壁的卧室里听到了,便说:"别找了。白天我找了半天也没找到一个法郎。现在这么黑,你更不可能找到钱了。"于是那偷儿惭愧地离去。

我笑了。陪我参观的卡尼欧馆长问我笑什么?

我想说:"巴尔扎克就在这儿。"但我没说,我怕这话被他当作笑话。但这个对于巴尔扎克虔敬极深的年轻的馆长,好像在我的神情中感悟到一些什么。他把我领到地下书库里,去看看有关巴尔扎克的藏书。他还特意叫我动手去翻一翻巴尔扎克自己出的书。我知道巴尔扎克在写作之前曾发誓创立一个出版社,并致力于一种袖珍版的小书。但由于经营不善,背上了如山的债务,以致终身难偿。于是我的手在抚弄这些书皮时,热辣辣地,仿佛触到了这位文豪饱受的折磨与苦难。我从没有触摸到犹如布满针芒的书皮!但是卡尼欧为什么叫我亲自用手翻一翻这些书呢?他是不是也知道——只有切实的触摸,才有真切的感受?由此,我的问题便鱼贯而来。尽管以前我对巴尔扎克十分熟悉,但总觉得隔着很大的时间与空间,为什么到了这里,完全没有了距离感?他普通,真实,活生生,面对面站着。甚至一伸手就可摸到他那又大又重的身躯。凡是他书中有的,这里一切都有;他书中没有的,这里也有——这便是他自己。为什么从作品理解作家,远不如从作家理解作品来得直接与深入?到底是作品大于作家,还是作家大于作品——或者说,只有把作家与作品融在一起,才是最完整的作品呢?

原来故居也是他作品的一部分。

我们多么需要这个故居!

没有故居,一切都会变得有限。

于是我想到一个关于故居的话题——

一个伟人去了。他的精神,他的往事,他的气质,他独有的人生内容,除去留在他的作品里,还无形和无声地散布在生活过的空间里——这就是他的故居。故居也是他的一种创造,一种生活创造和精神创造。在这里,无处不曾掠过他的身影,吸附他包括呼吸在内的全部生命的声响,浸入他的精神细节。即使一部大部头的传记,也只能记录他人生历程的一个梗概;即使再详尽的记述,也只是记下那些可记述的一部分往事而已。活脱脱的他,依然可感和可知地留在他生活过的空间里,等待着你去感受、理解与发现。故居是有灵性的——这也是故居真正价值之所在。无怪乎世界上一切名城,都保存着一些名人故居,这不仅仅是为了提高城市的知名度,更不仅仅是为了旅游,尽管这两种作用都极大。它终极的意义是显示一个城市人文的高度与精神的深度。

我问卡尼欧馆长,为什么故居内陈设的巴尔扎克生前的物品不多?

他告诉我,巴尔扎克在这里生活了七年(1840—1847年),此后他在巴黎市中心区买了一处房子,就搬到那里去了。但他只在那里生活了三年便患病辞世。他只活了五十一岁,肯定是被债务和写作压垮的。他死后,全部遗物都被妻子卖掉,而他那幢房子也早已被拆除。卡尼欧说,他那些失落的遗物肯定还在什么人家里,但谁也无从得知了。于是,巴尔扎克又给留下一片空白——这可不是物质的空白,而是空荡荡地充满了一种身后的苍凉。这一来,把我们与这位一百多年前不幸的大师又拉近了一步。

这是惟有故居才能给我们的感受与启示。但是,我们的名人们呢?梁启超、李叔同、曹禺、茅盾、冰心、梁思成、艾青、赵丹、林风眠、梅兰芳、傅雷、聂耳等,他们的故居呢?有哪些已建成博物馆,哪些还在废置一旁,无人照看?

如果他们曾经生活过的空间被泯灭掉,那才是在人间真正的消失了呢。

1999.12.2

家庭的遗产

——法国文化考察随笔之三

在巴黎，我和建筑历史学家罗叶关于城市文化问题的交谈，被安排在他的家中。待到了他家，才知道这是一个别具匠心的"设计"。

他的家在位于市中心一座老公寓楼房的顶层。这种阳台上有着精致的铁栏与华丽牛腿的四五层连体式的老楼，是巴黎的特色。推开厚重的大门，照例是大理石包墙铺地的门厅，楼梯旁边一架窄得只能容下一个胖子的小电梯，大都是六十年代后添加的现代设施——因为老楼里只有这一点空间可以利用。在我乘着电梯慢悠悠地上升时，忽想这肯定是罗叶先生在现身说法，向我展示巴黎人以怎样值得自豪的方式来保护他们的老楼吧。有时，伟大而高深的理论不如一个生动的范例。更何况这范例就是他本人。

然而，更叫我感兴趣的是，他客厅的陈设与家具差不多全是1840年的老东西。从沙发和茶几到壁炉上的座钟、瓷器、油灯、铜雕，以及墙上的画。他说这幢楼是1840年的，所以他给这客厅配上的东西也是1840年的。他很注意收集这个时代的物品，因为他非常喜欢这个时代的风格。我想，也许他是建筑历史学家，所以更喜欢营造一种历史的空间。我指着墙角一把满是裂痕、很古朴的小椅子说:"它可能更古老一些吧?"

罗叶说:"对。这是我家庭的遗产。"他的神气挺得意,也很庄重。

这使我的思维一下子蹦到另一件事上。两年前,我曾到一位年轻朋友的新居祝贺他的乔迁之喜,屋内一切都是崭新放光。我问他原先家中那些老家具呢,尤其是一件大漆彩绘的屏风,古韵盈然,极其神采,给我的印象很深。不想这朋友笑着说:"原先那些旧东西和这新房子不配套,全不要了。你说那屏风呀,没想到竟卖了一万四千块。我这套意大利真皮沙发就是拿那玩意儿换的。"我如挨了一棒,更像是卖了我的宝贝。

事后我写了一篇小文章,发表在青年刊物上,题目是:咱们每个人都保护好一点老祖奶奶用过的东西!

前边所说罗叶的那把小椅子,在欧洲可不是个别和新鲜的例子。欧洲人把遗产看得很重要。遗产一词源于拉丁语的意思就是"父亲留下来的"。它有物质(财富)的含义,也有"精神"(财富)的内容。这就像我们家中相册里那些父母以至祖上的老照片。照片上留下的记忆总是大于照片的本身。它延长我们的人生,巩固着我们的生命积淀,时时焕发着我们的生活情感,然而不单是照片,其他旧物,也一样是过往岁月年华实实在在的载体。可是,面对着这些陈旧又沉默的遗物,人们往往就缺乏文化的悟性了。甚至纯粹把它们当做了一种物质性的家产。单一地用经济眼光去衡量它的价值。如果它残破了,褪色了,过时了,便把它处理掉。

于是,我们的家庭很少有历史印痕。或者说,虽然我们自豪于自己的数千年的历史文化,在我们每一个人的家庭里却很难见到遗迹。过去由于穷,能卖的早都卖了;现在由于富,赶快弃旧换新。

这里边,有一个对"旧"的思辨。

东西旧了,以旧更新,原是万事万物的规律。这里边还蕴含着发展与进步。然而,在农业文化中,旧的含义便遭到分外的贬低。农业以一年四季为一个生活周期。每每完成这一轮,便进入一次新旧的交替与更迭。生活包括一切企盼与希冀就立即从旧岁跳入新年。对新事物渴望的反面,便是对旧事物的厌弃。所以,每逢春冬之交的年的全部意义,就是除旧和更新。在这种农业文化滋育中,便生成了一种厌旧心理。旧,只是一种过时,一种多余,一种废置——人们总是站在相反的立场来看待旧事物,排斥旧事物,并予抛弃。是不是由于这个原故,我们家庭的历史就像田地里的庄稼那样年年入秋便连根锄掉?能看见的只是当年的新苗新穗?

其中的关键是我们把遗产过于物质化了。如果只把它当作一种物质,我们就会随心所欲地处置它;如果也把它视为一种珍贵的精神,我们就会永远守卫着它。以它为伴,以它为荣,甚至把它作为生命的并不次要的一部分。

那么家庭之外人们共有的文化遗产——城市历史呢?如果遇到的也是同样的处境,我则找到了我一直所关心的问题深远的根由。

1999.11

巴黎的历史美

——法国文化考察随笔之二

对于古老建筑的维修,历来分为两种方式,也是两种观点。一是整旧如新,即粉饰一新;一是整旧如旧,即在修整中尽力保持古物历时久远的历史感。前一种方式多出于实用,后一种方式则考虑到古建筑蕴含的历史和文化的意义。在我国,很长时间都是整旧如新,及至近世,才有了整旧如旧的观念。

这些年,西方的古物修复专家又在探讨一种新的方式。便是用科学方法除去古物表层的污染物质,使古物再现它刚刚完成时最初的面貌与光辉。我曾著文,称之为"整旧如初"。这种方式被认为是更高层次的"整旧如旧",即还历史以本来面目。它最成功的例子是梵蒂冈西斯廷教堂米开朗基罗的穹顶画《上帝创造人》的修复工程。但它也有失败的例子,而且十分惨重,便是近期修复完成的米兰那幅世人皆知的达·芬奇名作——《最后的晚餐》。

五年前我在意大利,听说达·芬奇《最后的晚餐》正在修复,便怀着很大兴趣到米兰修道院去看。几位专家在高高的架子上,专注而凝神地工作,像在为一位病人做大手术。据说他们每天只能完成一个火柴盒大小面积的壁画的修复工作。当年修复专家们对西斯廷教堂的穹顶画也是这样做的。而《最后的晚餐》是一幅残损尤重的艺术史名作，许多部位都剥落得一片模糊，因此人们很想知道五百年前达·芬奇完成这幅作品时最初的神采。当时我还在米兰的书店买了一张修复前的《最后的晚餐》的印刷品，以便将来对照来看。

然而，如今一看，竟然惨不忍睹！不但不相信这幅画最初会如此拙劣，连修复前那种历尽沧桑的历史感也荡然无存。这一修复工程失败的原故，被专家认为是达·芬奇作画时最喜欢试用各种新型颜料。这幅画所使用的颜料肯定与他一贯采用的"湿壁画"法相抗，所以传说这幅壁画在刚刚完成时就已经出现裂纹和开始剥落，这样一来，修复的一半工作成了修补。再说五百年来人们已经习惯了那种残破又古老的样子，即使修复后的画面和当年作品完成时一模一样，人们照旧会不买账。从来批评得最凶的总是批评家们，他们指责意大利修复专家的"胆大妄为"，甚至说意大利人"用'先进'技术破爆了《最后的晚餐》"。

比起意大利人，法国的修复专家要谨慎得多。但谨慎并非保守。在位于四区的巴黎市政府文化事务局里，一位宗教艺术品研究员安贝尔表示他坚持"整旧如旧"的原则。他认为意大利人"整旧如初"的做法，即便成功了——如西斯廷教堂穹顶画——也使古代遗存失去历史感。因为古物表面斑驳含混和漫漶不清的一层不仅仅是物质浸染（如烛火，灯烟和空气氧化的侵染），更是一种时间浸润的结果，这里边还包含一种珍贵的历史感，也就是历尽沧桑的味道。去掉这一层，就是除却历史。

我同意他的观点，但我追问他："你认为'整旧如旧'应当'如'哪个'旧'呢？事物的历史化是一个时间过程，也就是一个逐渐'旧'化的过程。应当锁定在哪个程度上？"我想同他认定修复的

从背后看巴黎圣母院似乎更美

标准。

他想了想说:"这个问题很有意思,也很难回答。应当是一种中间状态吧!"

他的话发动了我的思考。我喜欢把谈话逐层推向深入。我说出我的意见:

"我的想法是修复工作应尽量用减法,少用加法。减法是减去三种东西,一是朽坏糟烂、不能恢复并有碍观瞻的部分;二是有害的微生物;三是污染痕迹,如烟尘、酸雨、霉点等造成的污染。这个减法的极限是不能减去历史感和美感,我生造一个词吧,就是——历史美。"

安贝尔笑了。笑容表示他很欣赏这个词。他又加了一个注脚:"历史美也是一种艺术美。"

法国人就是这样可爱,他们把一切美好珍贵的事物全视为艺术。因为惟有艺术才能在他们心中至高无上。

在凡尔赛宫,承蒙主人热情,让我参观了一间尚未公开开放的玛丽·安托瓦内特皇后内宫的休息间,屋内精致典雅,华贵沉静,充满着一种惟王室才有的考究到极致的气息。这间不足二十平米的房间,据说竟然修复了近三十年!连窗帘、椅子的面料及壁布,全是仿照昔日残存的布料的图案复制的。不仅豪华地再现昨日的奢侈与辉煌,而且连古老物品那种历时久远的风韵也全然仿制出来。陪我参观的一位历史专家说,宫中古物的维修人员,都是毕业于文化遗产学院的高等人材。他们不单要对古物清洁、加固、维修,关键要整理出那种历史的味道。这种维修,远远比创造这件物品用时还长。因为他们明白历史感不是物品原有的,是历史的一种加工。在历时久远的时间长河里,物品不再仅仅是一种物质。

时间是神奇又有力量的,它会把它深远的历史内容无形地注入进去,同时将潜在其间的特有的时代美与文化精神升华出来。时代美过后就变为一种历史美。但只有它成为历史才变得更加清晰和更加动人。于是,历史物品更重要的价值是一种精神,一种美。这种美往往与它的沉默、斑驳和残破同在,而修复古物的关键,不仅是技术高超,更要理解历史和懂得美之所在。我望着墙边一排刚刚修复不久的老椅子痴迷不已时,陪同者告诉我,这里的每把椅子的维修,都需要一位专家工作一年。一年?但谁会这样照料自己的城市的历史?倘若此时我们再放眼去看一看巴黎——这座博大、丰富、古雅、斑驳——在精心的保护与维修中充满历史美感的城市,我们不是会被深深地感动吗!

1999.11.23

秋天巴比松

一

站在枫丹白露森林里才知道,大自然一年四季里的努力,最终都是为了秋天的辉煌。巨大的乔木全都变得纯黄无比,再没有一点杂色,在湛蓝天空的背景上灿然夺目。黄色比金色美,因为黄色是大自然生命成熟之后的颜色。一片片黄叶从高高的树上脱落而下,它们像是做滑翔运动,尽量要在半空中保持更多的时间。有时它们会像鸟儿似的,轻盈地落在你的肩上。拿在手中一看,它黄澄澄,新鲜,精致,每一片叶子全都可以珍藏。它巴掌一样张着,有姿有态,活泼生动,好像一松开手指,它就会飞回到树上去。

于是你明白了,怪不得十九世纪中期,一大批巴黎的画家都搬到这里来!并且使得周围几个原本不知名的小村镇,比如夏伊、马尔洛特、巴比松等,都神奇般地进入了法国乃至世界的绘画史。

二

从森林的西北隅一出口,便来到巴比松。路太近了!你会觉得进了村庄之后,身上犹然带着森林里那种醉人的气息。

1850年左右,这里还是一个偏僻的小村。没有教堂、墓地、邮局、学校,甚至连小店铺也没有。但是它仅有的两家客店却住满了来到这里写生的画家们。

在那个时代,法国的绘画发生一件奇特的事。一些画家们好像突然发现他们原来也有自己如此优美的"法国农村和法国风景"。有人说这是受英国兴起的风景画的影响,有人则说最根本的原故还是迷人的巴比松。这一来,巴黎那个争争吵吵学院派的艺术中心不重要了,卢浮宫里大师们那些经典名作也失去了吸引力。在枫丹白露这一带的森林与乡野间,常常可以看到背着画箱的画家走来走去,他们凝视景物的眸子像点亮的灯烁烁发亮。

这是一个伟大时代的开始。因为在此之前,法国画家笔下的风景还只是宗教、历史、世俗和肖像绘画的环境背景,风景本身没有独立的意义。画家们在野外的风景写生,只是为那些历史和肖像画的创作来收集相关素材的。这情况很像我国的隋唐时代。唐前的中国绘画也没有独立的山水画(风景画)。我国的山水画从人物画的背景蜕变出来,是从隋代展子虔的《游春图》开始的。

那么,真正意义上的法国风景画是不是应该说是从巴比松开始的呢?

巴比松真的太美了!

一边是柔和地起伏着的丘陵,一边是放眼无际的平原。原野上和谐地分布着田地、村舍、河流和沼泽,以及牛羊和劳作的人。枫丹白露森林就像一面齐天的锦绣屏障竖立在巴比松的背后。一种宁静又安详的气息,一种田园诗的氛围,一种淳朴的人文。这一切都是很容易进入绘画的!

然而,当画家们进入巴比松,就发现这大自然不只是好看,它还是一个充满灵性的巨大无边的生命。它空间的形态不可思议,它一刻不停变化的色彩令人痴迷,它沛然的大气不就是大自然生命的气息吗?巴比松画家发现风景与人物一样都是有灵魂的。这样,真正独立的风景画便开始生成。

三

最早发现这个林边美丽而奇异的小村巴比松的是画家阿里尼和卢柳。此后,陆陆续续便有一些画家来到这里写生。1836年,罗梭从巴黎迁居于此。随后柯罗、杜普列、迪亚兹都来到巴比松。1848年米勒和德比尼也举家迁到这里。这些画家渐渐都有一大群弟子跟随着。至迟,十九世纪五十年代末,高矮胖瘦、各种面孔的画家就在巴比松仅有的一条小街上来来往往。这里几乎成了一个"画家村"了。史称的巴比松画派便成了气候。

四

如今的巴比松,依旧只有那一条不足二百米的老街。临街老屋的窗子外都有一层木板窗,木板朝内的一面全都雕刻着美丽的图案。晚上关上窗,它就是室内的一件艺术品;白天开窗,便成为挂在窗子两边饶有趣味的装饰了。这样奇特的窗子只有巴比松才有。

此地人说,这些老屋至少一百五十年,正好是巴比松画派的活跃期。它们是不是画家们留下的一种别出心裁的作品呢?

由于古迹保存得很好,许多巴比松画家在这里依旧有迹可寻。其中保留得最完整的是米勒的故居。故居都是一种历史的空间,从中完全可以感受到巴比松时代的气氛。

这是座上下两层的小楼。楼上是住房。米勒有九个孩子,全都生活在上边;楼下三间,一间用餐,一间待客,一间作为画室。一律保持米勒生前的真实状态。餐桌、橱柜、座椅、茶几、单人小床,全是米勒使用过的原件。只有原件才保存着物主生活的真实。米勒生前一直不富裕,室内毫不讲究,只有大大小小的画挂满了四壁。里外间的门板上还贴着一些图片和记事的纸条,它们是不是当年米勒随手贴在这里的?那个大画架上放着的《晚祷》的铅笔草稿,很像是米勒的原作呢!显然,这里在尽力表现一种米勒"依然在世"的感觉。墙上的许多画,我们都能认得。比如《播种者》、《第一步》、《喂小孩的农妇》、《拾麦穗》等。这些传世名作大都收藏在巴黎的一些博物馆里。但陈列在这里的不是仿制品,它们多是米勒为创作这些作品而画的写生稿与草稿。从研究的角度看,这些写生和草稿似乎更为重要。

在巴比松时代,画家们虽然主张到大自然去,但创作方式仍属传统。他们在户外的工作,主要是观察与写生,然后回到画室,依据写生,画草图,进行二度创作。另外两位巴比松大家柯罗与罗松的作品也全是这样在画室里完成的。这方法使我们想起我国清代大画家石涛的"搜尽奇峰打草稿"。

然而,由于他们是以大自然为绘画的对象,他们的观察便十分细致。比如罗梭,他常常一天从早到晚地在大自然里行走,仔细观察每一个细节,研究每一种不可思议的色调,还特别关注在光线变化中色彩奇妙的转换过程。世界上最丰富的色彩是在阳光变化中的大自然里,仅凭大脑是无法想象出来的。写生则是记录这种观察的重要手段。虽然他们这种最终在画室里完成的作品仍有一定的虚构性,但是他们终究已经走出了画室。这一步就是历史性的。而"把画架子搬到大自然去"的使命便要靠印象派画家们去完成了。

从法国绘画史的进程看,巴比松画派的意义,不仅是开创了法国的风景画,而且承上启下,将古典浪漫主义转手推向印象主义。从时间上说,巴比松画派比印象派仅仅早二十年。有的画家与印象派画家为同代人。正为此,他们对印象派的影响才更直接。他们一大步从古典主义和浪漫主义跨出来。下边紧接着就由印象派的马奈和莫奈他们再跨一大步,进入了一个全新的时代。看到这一点,便是看到巴比松画派的非凡。这非凡的价值,既是作品本身,更是他们投身到大自然去的行动。

五

秋天的巴比松进入了黄昏之后,才更加显出激情来。看吧!被夕阳点亮的一棵棵大树,淙淙作响又闪闪烁烁的小河流水,静穆的村庄,彩色的蜿蜒的乡间小路,铺满光影的坦荡的大地,这一切又被由天而降的亮闪闪充沛的大气所笼罩。我们会感到这一切都似曾相识。倘若注目再看,这不正是一幅幅巴比松画家的作品吗?那么现在,我们到底是在巴比松,还是在巴比松的画里?

当年,画家们来到巴比松之时,境况都不算好。不是失意于巴黎画坛,就是默默无闻。米勒的作品只能卖到三十法郎。可是经过了二十年,他们终于赢得了世人的首肯。1866年,罗梭荣任巴黎万国博览会主席;1867年,米勒获得法国政府勋章;柯罗更是名满天下。那么到底是画家们成就了巴比松,还是大自然的精华——巴比松,造就出这一批杰出的画家?

巴比松画派由始至终的时间十分短暂,总共不过三四十年。他们成功不久,1867年罗梭就去世了,几年之后——1875年米勒和柯罗也死在巴比松。巴比松画派随之烟消云散。如今留给巴比松的,除去米勒与罗梭的故居,再有便是几家画廊和一些飘渺的传说了。然而,画家们虽然离去,曾经给予巴比松画派巨大灵感并使他们获得成功的大自然却依然故我。它似乎在说,画家们,如果你们没有灵感,就到我这里来吧,我能帮助你们!

2001.7.31

燃烧的石头

——罗丹的私人化雕塑

我第一次接触到罗丹的原作是在中国，时间为1992年。把罗丹的作品搬到东方文明的古国来展出，一时惊动了世界。前往中国美术馆的参观者人山人海，好像去看罗丹本人。我怀着景仰之情挤在人群里，伸头探颈去搜寻罗丹的每件传世名作。可是，这"第一次接触"给我的印象却十分意外。它真正震撼我的并不是那些举世皆知的名作《思想者》、《巴尔扎克》、《行走的人》和《加莱市民》等，而是一件洁白而透明的大理石双人小像——《吻》。

当然，我很早就从画集上见过这件雕塑，这赤裸的男女在相拥而吻的一瞬，和谐优美又充满激情地融为一体。我把它当作一种完美爱情的象征。然而，站在这雕塑面前，我却感到有一种私秘的气氛笼罩着这两个纠缠着的男女，无法克制的情爱使他们的肉体在燃烧。跟着，一切生命的欲望全都集中在他们的嘴唇上来。这时我发现，他们的嘴唇并没有接触上，中间还有很小的一个空间。我围着这雕塑转了两三圈，我感到这小空间中似有一种无形的气流。一种热切和急促的气流。他们的嘴唇正在颤抖、发烫！我被这件作品所震撼。这不是冰冷的大理石雕，而是两个活生生的热血沸腾的生命；这不是爱情的象征，而是被情爱点燃的两个"具体的人"。他们是谁？这中间是不是潜藏着罗丹和他的情人卡米尔·克洛岱尔的那个美丽又残酷的故事？

从那时，我就很想去巴黎寻找答案了。

在巴黎，《吻》就放在罗丹美术馆里。

这座历史上叫作比隆别墅的美术馆曾是罗丹的故居。但它只是罗丹晚年的住所。1908年经奥地利诗人里尔克的推荐，罗丹才搬到这座典雅的豪宅中来。克洛岱尔从没到这里来过，她早在这之前就与罗丹决裂了。比隆别墅对于克洛岱尔和罗丹那场狂热又痛苦的恋爱全然不知。是呵，我在美术馆楼上楼下走来走去，感觉它什么也不能告诉我。

故而我看《吻》，竟不如在中国美术馆那样的震撼，为什么？我挺茫然。

可是，静下心再看美术馆大大小小的原作，吸引我的仍然是表现男女情爱的那些小像。有些小像是先前不曾见过的。罗丹怎么会有这么多这类题材的作品？只要专注地观看每一件作品，就会觉得掀开了遮挡罗丹私人生活帷幕的一角，一种幽邃的、私秘的、生命深层的气息便透露出来。于是，渐渐觉得与先前从《吻》获取的那种感受又连接上了。

这时，两只手出现在我面前。一只是男人的，一只是女人的。只有这两只手，它们像是由一块石头里"冒"出来的。那男人的手横着伸过去，试探着，又大胆地去触摸女人的手。这是罗丹的作品《情人的手》。这《情人的手》如同《吻》那样——此刻身体的全部神经都跑到手上。手也在发抖和发烫。跟着同样是生命的燃烧。

但是对于爱情来说，"触"比"吻"的意义伟大得多。"触"是圣洁的身体语言的第一个字,它要用无比的勇气来表达。这轻轻地一触依靠的却是内心的千钧之力,它是一种伟大的起点和辉煌的诞生。于是,这《情人的手》比《吻》更具惊心动魄的力量。

谁能像罗丹如此敏锐地发现爱情中这最初的勾魂摄魄的一瞬？发现手的神圣的意义？发现手是心灵的触角？心灵中一切最细微、最真实的感觉全在手上。

罗丹说:"如果一个人失去触觉,那么他就等于死了。触觉,这是惟一不可替代的感觉。"

他从哪里获得这样的神示？仅仅听凭一种天赋吗？

当然,这是迷人、性感和天才的克洛岱尔告诉他的。

其实,在罗丹第一次见到克洛岱尔时,就爱上了她。这一半由于她那带着野性的美,傲气十足的嘴,以及赤褐色头发下"绝代佳人"的前额和深蓝的眼睛,另一半则由于她罕见的才气。而同时,克洛岱尔也主动地向这位比自己年长二十四岁的男人敞开了自己纯净和贞洁的少女世界。这完全由于罗丹的天才。男人的魅力就是才华。罗丹的一切天生都从属于雕塑——他炯炯的目光,敏锐的感觉,深刻的思维,以及不可思议的手,全都为了雕塑,而且时时都闪耀出他超人的灵性与非凡的创造力。虽然当时罗丹还没有太大的名气,但他的才气已经咄咄逼人。于是,他们很快地相互征服。正当盛年的罗丹与扬溢着青春气息的克洛岱尔如同雨紧潮急,烈日狂风,一涌而入他们爱情的酷夏。同时,罗丹也开始了他艺术创作的黄金时代。

而对于克洛岱尔来说,她所做的,是投身到一场要付出一生代价的残酷的爱情游戏。因为,罗丹有他的长久的生活伴侣罗丝和

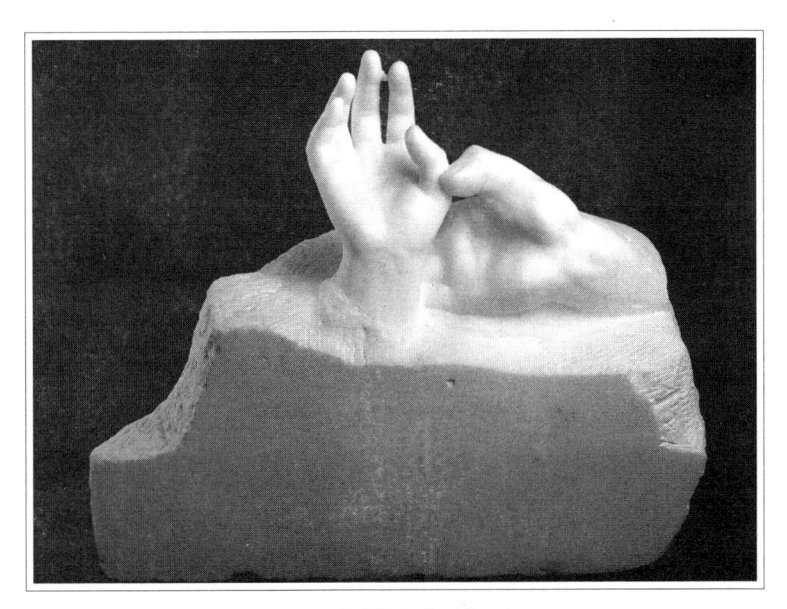

罗丹《情人的手》

儿子。但是已经跳进漩涡而又陶醉其中的克洛岱尔,不可能回到岸边来重新选择。这样,他们只有躲开众人的视线,在公开场合装作若无其事,然后寻找任何一个可能的机会,一点空间和时间,相互宣泄无法抑制的爱与无法克制的欲望。从学院街小理石仓库,到莺歌街的福里·纳布尔别墅,再到佩伊思园……在一个个工作室幽暗的角落里,躺椅上,满是泥土的地上,未完成的雕塑作品与零件中间,他们滚烫的肉体疯狂地纠结一起,她用沾着大理石碎屑的嘴唇吻他,他用满是石膏粉的手抚摸她——他们用极致的性爱快乐将爱情表达得无比丰盈与真实。虽然这长达十余年的爱恋,一直是私秘的,东躲西藏,或隐或显地受着被旁人察觉的威胁,并不断地与不幸的罗丝发生冲突。她甚至从来没有在他身边过夜。但这反而使他们的爱更加充满渴望,充满偷吃禁果的强烈的快感,与压抑下爆发般的欢愉。

手是心之具。在他们自己并不十分自觉的情况下,已经把这一切用"会说话的手"捏进泥巴里,或用"有眼睛的锤子与凿子"有力地刻进石头中。

无论是罗丹的《晨曦》,还是克洛岱尔的《罗丹像》,都是热恋者心中的对方。《晨曦》中戴着睡帽的女子,明洁、纯静、高贵、朦胧,连皮肤的表面不都是充满了罗丹的无限的柔情吗?而风格刚毅和锐利的《罗丹像》,不就是克洛岱尔时时刻刻心中激荡着的形象?

在他们的作品中,各有一件"双人小像",彼此十分相像。便是克洛岱尔的《沙恭达罗》和罗丹的《永恒的偶像》。这两件作品都是一个男子跪在一个女子面前。但认真一看,却分别是他们各自不同角度中的"自己与对方"。

在克洛岱尔的《沙恭达罗》中，跪在女子面前的男子，双手紧紧拥抱着对方，唯恐失去，仰起的脸充满爱怜。而此时此刻，女子的全部身心已与他融为一体。这件作品很写实，就像他们情爱中的一幕。

但在罗丹的《永恒的偶像》中，女子完全是另一种形象，她像一尊女神，男子跪在她脚前，轻轻地吻她的胸膛，倾倒于她，崇拜她，神情虔诚之极。罗丹所表现的则是克洛岱尔以及他们的爱情——在自己心中的至高无上的位置。

一件作品是入世的，血肉的，激情的；一件作品是神圣的，净化的，纪念碑式的。将这两件雕塑放在一起，就是从1885年至1898年最真实的罗丹与克洛岱尔。

可以说，这一开始，他们的爱情就进入了罗丹手中的泥土、石膏、大理石，并熔铸到了千古不变的铜里。

罗丹用泥土描述他抚摸过的美丽的肉体，以石膏再现那些炽烈乃至发狂的情感，用黝黑而发亮的铜张扬他勃发的雄性，并放纵石头去想象浪漫的情爱。这些雕塑是他们爱情的记录，也是爱情的梦想。克洛岱尔的面容、表情、姿态，身体上的那种无与伦比的"法兰西民族线条"，时时出现在他的作品中。他用手中的材料去复制她，体验她，怀念她，想象她，抚摸她。他用充满着她生命感觉的手去再造她。她与他的人生搅拌在一起，也与他的艺术熔化在一起。除去他明确地为她做了许多塑像，她还明明灭灭地出现在他广泛的雕塑中。

罗丹曾对克洛岱尔说：

"你被表现在我的所有雕塑中。"

从《沉思》、《圣乔治》、《法兰西》、《康复中的女病人》、《永远的春天》、《占有》、《逃逸的爱情》、《众神的信使伊丽斯》、《罗密欧与朱丽叶》、《拥抱》到《罪》、《圣安东尼的诱惑》、《坏精灵》、《亚当与夏娃》、《转瞬即逝的爱情》等，可以看到克洛岱尔在爱情中的光彩，情感生活的千姿百态，以及性爱时肉体迷人的美。

这一切，都浸透了罗丹的激情。一切至美的形态，一切动人的线条，一切心神荡漾的意境，全是罗丹的感受与幻想。那种两情的缱绻、缠绵、牵挂和愉悦，以及两性的诱惑、追逐、快乐和狂乱，全都来自罗丹的心灵。

克洛岱尔几乎就是罗丹的一切。于是，我们也就明白，一位伟大的雕塑家为什么创作出如此数量惊人的私人化的作品。何况在《地狱之门》那数百个形象中，我们还可以辨认出克洛岱尔形形色色的身影。

进一步说，克洛岱尔不仅给他一个纯洁而忠贞的爱情世界，还让他感到生命自身的力量与真实，无论是肉体的、情感的、还是心灵的。

罗丹在雕塑史上的最重要的价值，是他把古希腊以来一直放置在高高基座上的英雄的雕像搬下来，还以生命的血肉与灵魂。他真切的爱情经历，身体的体验，灵魂的感受使他更加注目于生命个体的意义。故而，就使得他同时创作的《巴尔扎克》和《加莱市民》，都是"返回人间"的伟大的凡人。在罗丹美术馆里，我们能看到半裸的雨果和全裸的巴尔扎克，连巴尔扎克的生殖器也生机勃勃地暴露着。故此，这些作品面世之时，都引起不小的风波，受到公众审美习惯激烈的抵制与抨击。但是，当它们最终被人们心悦诚服地接受下来时,历史便迈出伟大的一步。但在这"历史的一步"中,他那些私人体验与私人化的雕塑起到了无形却至关重要的作用。

1900年以后,罗丹名扬天下的同时,克洛岱尔一步步走进人生日渐深浓的阴影里。

克洛岱尔不堪承受长期厮守在罗丹的生活圈外的那种孤单与无望,不愿意永远是"罗丹的学生"。她从与罗丹相爱那天就有"被抛弃的感觉"。她带着这种感觉与罗丹纠缠了十五年,最后精疲力竭,颓唐不堪,终于1898年离开罗丹,迁到蒂雷纳大街的一间破房子里,离群索居,拒绝在任何社交场合露面,天天默默地凿打着石头。尽管她极具才华,却没有足够的名气。人们仍旧凭着印象把她当作罗丹的一个弟子,所以她卖不掉作品,贫穷使她常常受窘并陷入尴尬,还要遭受雇来帮忙的粗雕工人的欺侮。这期间,罗丹已经日趋成功。他属于那种活着时就能享受到果实成熟的艺术家。他经历了与克洛岱尔那种迎风搏浪的爱情生活后,又返回平静的岸边,回到了在漫长人生之路上与他分担过生活重负与艰辛的罗丝身旁。他在默东买了大房子,过起富足的生活;并且又在巴黎买下了文艺复兴时期的豪宅比隆别墅,以应酬趋之若鹜的上流社会千奇百怪、光怪陆离的人物。这期间,还有几个情人进入了他华丽多彩的生活。当然,罗丹并没有忘记克洛岱尔。他与克洛岱尔的那场轰轰烈烈、电闪雷鸣的恋爱,是刻骨铭心的。他多次想帮助她,都遭到高傲的克洛岱尔的拒绝。他只有设法通过第三者在中间迂回,在经济上支援她,帮助她树立名气。但这些有限的支持都没有在克洛岱尔身上发生真正的效力。

在绝对的贫困与孤寂中，克洛岱尔真正感到自己是个被遗弃者了。渐渐地，往日的爱与赞美就化为怨恨。本来是个激情洋溢的性格，变得消沉下来。

1905年克洛岱尔出现妄想症。而且愈演愈烈。她常常与一切人断绝来往，一个人呆在屋里。身体很坏，脾气乖戾，狂躁起来就将雕塑全部打碎。1913年3月3日克洛岱尔的父亲去世。克洛岱尔已经完全疯了。3月10日埃维拉尔城精神病院的救护车开到蒂雷纳大街六十六号，几位医院人员用力打开门，看见克洛岱尔脱光衣服、赤裸裸披头散发坐在那里，满屋全是打碎的雕像。他们只能动手给克洛岱尔穿上控制她行动的紧身衣，把她拉到医院关起来。

这一关，竟是三十年。克洛岱尔从此与雕刻完全断绝。艺术生命的心律变为平直。她在牢房似的病房中过着漫无际涯和匪夷所思的生活。她一直活到1943年，最后在蒙特维尔格疯人院中去世。她的尸体埋在蒙特法韦公墓为疯人院保留的墓地里。十字架上刻着的号码为1943—No392。

在疯人院保留的关于克洛岱尔的档案中注明：克洛岱尔死时，没有财物，没有任何有价值的文件，甚至连一件纪念品也没留下。所以克洛岱尔认为罗丹把她的一切都掠夺走了。

在罗丹与克洛岱尔相爱的那些年，他们的作品风格惊人地相近。在克洛岱尔看来，罗丹"从她身上汲到不少东西去滋养了他的才能"。但那是些什么东西呢？其实那就是爱情！爱情不仅给了他们相同的激情与力量，还把他们的艺术语言奇迹般地同化了。那时，克洛岱尔不是感觉"我们惊人地相似，以致我们的手中再也产生不了任何题材新颖的作品了"吗？在那个伟大的时刻,他们从肉体、生命、精神到艺术全部融为一体。如果没有这爱情,克洛岱尔也创作不出《罗丹像》、《沙恭达罗》和《窃窃私语》来！从这个意义上说,罗丹的全部私人化的作品都应是他们共同创造的。

克洛岱尔之后,那些走进罗丹情感世界的楚楚动人的女人们,没有人再给他的生命注入同样的"核动力"了。他给法克斯夫人、格雯·约翰、埃莱娜·德·诺斯蒂丝、舒瓦瑟侯爵夫人等都塑过像,他也爱过这些"美人"。但绝对没有一个塑像能够像《吻》和《情人的手》等一大批作品那样令人震撼！

应该说,造就那些伟大艺术,甚至是造就罗丹的人——同时又是最大的牺牲者,应是克洛岱尔。

那么克洛岱尔本人留下了什么呢？

卡米尔·克洛岱尔的弟弟、作家保罗在她的墓前悲凉地说："卡米尔,您献给我的珍贵礼物是什么呢？仅仅是我脚下这一块空空荡荡的地方？虚无！一片虚无！"

可是,克洛岱尔葬身的这块墓地,后来由于政府的征用也彻底地平掉了。克洛岱尔已经无迹可寻。最后我们还是得回到她和罗丹的作品中。因为艺术家已经把他们的生命留在作品中了。

在克洛岱尔被关进疯人院的同一年,罗丹突然中风。这是巧合,还是一种神秘的生命感应,无从得知,也永无人知。

这一切便是一位大师真实的艺术与人生。

2001.8

孤独者的自由

当你和一位作家过从甚密,便会产生一种担心——这家伙会不会哪一天把你写进小说?

你的担心极有道理。作家能够真正写活、写得入木三分的人,恰恰都是与他贴近的人。即使虚构的人物,也常常从熟悉的人的身上"借用"一些情节和细节。借用太多便会"酷似"某某人。这就免不了招来麻烦。最典型的例子是,契诃夫在《跳来跳去的女人》中惹恼了他的好友列维坦,左拉在《杰作》中深深伤害了他一生的挚友塞尚。这两个例子有个特别的相同之处,就是被无辜遭到"侵犯"的皆为画家。但不同的是,事后契诃夫与列维坦重归于好,左拉与塞尚却终生绝交,至死不再见面。

从作家角度说,这真是没办法的事。因为在他朋友身上发生的事实在太诱惑了。可是谁去体验一下画家们内心深处那种难言的痛苦呢?比如塞尚。

与左拉的关系,贯穿着塞尚的一生。

这两位巨人的友谊,始自1852年。那一年他们一同进入法国南部普罗旺斯地区艾克斯的包蓬中学。左拉十二岁,塞尚十三岁。他们志趣相投,很快结为伙伴。学习之外,一起去游泳、钓鱼、爬

塞尚的画室一切依旧,仿佛塞尚会忽然走进来。

山。人高马大的塞尚还成了弱小的左拉的保护者。而共同的理想、抱负、见解和野心,在他们心中描绘着相同的未来。后来他们都千里迢迢北上到了巴黎,左拉从文,塞尚事画。从成长到成功几乎全在一个城市里。左拉又是作家中惟一涉足画坛并举足轻重的人物。可以说,他是印象派运动的发动者。但为什么他偏偏要把自己的挚友塞尚写进小说,并写成一个艺术事业上彻底失败的人物呢?

我们去艾克斯那天正赶上周末。艾克斯市比一个镇还小。偏爱传统生活方式的普罗旺斯的人在周末总是起床很迟。我们的车子在城中转了两三转,才打听到塞尚故居所在的那条劳伏街。这条用石块铺成的小街又窄又长,有些弯曲,而且是爬坡,车子上不去。徒步往上走时,脚掌还得用点力气呢!街上极静,走了一百来米,才见一位老人迎面走下来。我说:"看,塞尚来了。他要到下边的包列贡街吃早饭去。"大家笑了,继续往上走。待与这老人走近时,便问塞尚故居是哪一个门。老人说:"你们走过了。"他朝下指了指说,"那个就是。"

一扇不起眼的暗红的门板。门两旁的石墙快给从院内涌出的繁盛的绿藤整个包住了,连"塞尚画室"的标志牌也给遮住。看上去不像是"故居",好像塞尚还在里边。我屈指敲门。门声一响,忽然弄不清是想敲开塞尚的家,还是想敲开藏着许多秘密和答案的历史?

塞尚的性格是他与别人之间的一道墙。1861年,他刚到巴黎的苏维士学院学画,就对人际交往频繁的巴黎生活非常不适。几个月后便返回老家艾克斯。尽管强烈的绘画愿望使他不得不重新再去巴黎那个绘画的中心,但他总是呆一阵子又走一阵子。塞尚的天性内向,为人拘谨,但又有情绪忽然紧张起来的神经质的一面。他最重要的问题,不是别人接近他困难,而是他难于接近别人。

十九世纪六十年代到七十年代是印象派的形成期。巴黎的画家们十分活跃。无论是在左拉家中常常举行的"星期四聚会",还是在巴提约尔大道十一号的盖尔波瓦咖啡馆里,塞尚通过左拉结识了马奈、莫奈、雷诺阿、德加、芳汀、克洛德、丢朗提等一大群画家。这些画家正酝酿着绘画史上一场伟大的革命。在这场革命中他们将把绘画从空气凝滞的画室带到大自然灿烂的阳光里。左拉把这即将掀起的艺术大潮称作"自然主义绘画"。他实际是这个画家群体——他们自称作"巴提约尔集团"——思想上的领导者。在印象主义者们翻开绘画史新的一页时,是他向全欧洲宣告:"古典风景画被生命和真理灭绝了"!

虽然塞尚也是这运动的一员,他也声称"我决定不在户外就不画"。但他无法融入这个画家群体。他不喜欢高谈阔论,不喜欢乱哄哄人多嘴杂的场合,忍受不了与自己截然相反的见解,甚至会嫌恶个别的人,比如马奈。在别人眼里,塞尚也叫人反感。大家受不了他粗俗的穿戴,举止任性,很难与他沟通和融洽。尽管1874年4月15日举行的历史性的"无名艺术家协会"的展览会(即首次印象派画展)上,塞尚是参展的一员。但事先就遭到了画家们的反对。在展览会上,他独异的画风还受到公众的嘲笑。在印象主义一开始,似乎他与大家风马牛不相及。可以说,在当时的法国,印象派是一种"另类";在印象派群体之中,塞尚又是一个另类。他是另类中的另类,一个和谁也不沾边的个体。此中的原故,就不是他的个性了,而是他的绘画本身。他和当时的印象派(早期印象派)有根本的不同。

塞尚实际上是埋藏在早期印象派中的一个叛逆。这是当时谁也没有看出来的——包括左拉!

在当时,两个艺术时代——古典画派与印象派之间的斗争中,塞尚属于印象派这一新的时代。他和梵·高一样,都把画架搬到田野中,面对阳光下的世界作画。但是他和梵·高在骨子里与莫奈、德加、雷诺阿、毕沙罗等人是不同的。1876年塞尚给毕沙罗的信中说:

> 太阳的光线如此强烈,让我感到物体的轮廓都飞舞了起来……但是,这可能是我看错了。我又觉得这是地面起伏的现象。

显然,凭着他天才的悟性,他刚刚迈入印象主义,马上就不满足户外作画带来的视觉上的快感了。他反对仅仅凭"印象"作画,反对那种被现实束缚的瞬间印象。他一下子就从"印象"穿越过去,谁又能有这样的眼力与勇气?

所以在塞尚的画中,事物没有消融在炫目和缤纷的光线里。它们的本质被有力和富于意味地体现出来,从神奇的色彩里可以触摸到坚实的结构。而这严密的构成中又包含许多抽象的形态。那么——这种被塞尚自嘲地称为"灰色而臃肿的大笔画"到底应该归属于哪一个艺术的范畴?人们对孤立而无序的艺术现象总是要排斥在外的。所以乔治·摩亚干脆称他是一个:"绘画的无政府主义。"

正像古典主义不能接受印象主义一样,前期的印象主义运动也不能接受塞尚。塞尚便成了"全世界的敌人"。我们翻阅当时巴黎的报刊就会看到,当时的巴黎对他讥讽、奚落、挖苦和嘲弄简直达到了疯狂!

比如勒罗瓦在《喧噪》中写道:

> 如果与女士们一起去看画展,想找到最有趣的事情,就请赶快去到塞尚那幅肖像画前吧。看,那个像鞋底颜色的、奇妙的脑袋,一定会给你非常强烈的印象。他多么像得了黄热病!

这样的话举不胜举,天天闯进塞尚的眼睛。

攸斯曼斯的那本重要的书《关于现代艺术》,甚至没有给塞尚一个小小的地位!

他给巴黎抛弃了。

于是他给人们的印象,是一个彻头彻尾的失败者!他和梵·高不同,梵·高一直在圈外,至死无名;他却在圈内,在舆论中心,于是他被认定为一个有才能却误入歧途的失败者。他孤单无助,天天被各种攻击打得满身弹洞,惟一能够给以支持的是他"人生的伙伴"——左拉,可是就在这"生死关头",左拉忽然把他拉进那部系列小说《卢贡·马卡尔家族》之一《杰作》中,把他写成一个名叫克劳德·兰蒂尔的人物。这个人物是一位固执己见、终生失意而无可救药的画家,最后走投无路而自杀!

左拉在塞尚的身后,非但没有托着塞尚的后背,给他以力量,反而挖了一个洞,把他拉了下去!

如果着意研究其中的根由，就会发现，早在塞尚和左拉到达巴黎之后，已经分道扬镳。他们在各自的世界奋斗着。虽然，他们彼此往来，相互赠书赠画，他们之间的友谊看似延长着，实际上却没有加深。这首先是不同的工作性质决定的。塞尚不主张画家做太多抽象的文学思考。他认为画家应该用眼睛去观察自然，头脑只是用来研究表现方法。他在自己的世界里涉入愈深，就与左拉的世界距离愈远。

尽管左拉关切绘画，但在艺术主张上，他与"巴提约尔集团"更趋一致。可以说左拉与马奈等人的志同道合远远超越了同塞尚源自童年那一份久远的情谊。因此，左拉在写作《杰作》而动用他与画家们交往"这一大块"生活积累时，顺手就从自己最熟悉的塞尚身上去选择细节了。左拉毫不避讳"克劳德·兰蒂尔"的一部分原型是塞尚。这表明塞尚在他心中仅仅是一位昔时的友人罢了，并没有太大的分量。

然而，具有悲剧意味的是，左拉完全不了解生活在另一个世界里失意潦倒的童年挚友塞尚，对自己却一如往昔地情真意切！故而在人生的意义上，左拉对塞尚的打击是带有毁灭性的。

《杰作》发表于1885年，塞尚四十六岁。这一年塞尚流年不利。事业的失败到达谷底，还经历了一次夭折的恋情，再加上最密切的朋友负情忘义——不，应该说是左拉在他人生的坠落中，又给他加上一块巨石！

走进塞尚故居的大门。一个被一些树木的浓荫覆盖的小院，一座两层的木楼，暗红的百叶窗全都打开着。简简单单，没有任何装饰。倘若不是塞尚的故居，我们一定会感觉单调乏味，然而由于它是塞尚晚年的画室,自然会感到它内在的丰富、浓郁、神秘、寂寞,还有浸透塞尚一生孤独的气息。

眼前的一切都像我们曾经在文字上看到过的。二楼上的画室真的十分高大,一面全是巨大玻璃窗,室内饱和着普罗旺斯独具的通彻的光明。惟一一个在有关塞尚的书里没有见过的细节是,墙角有个洞,穿过楼板,通往楼下,这是当年塞尚为从楼下往画室搬运大型画布而专门设计的。

塞尚故居的布置极具匠心。画家的外衣随意似的搭在躺椅的椅背上,几个画架都支立着,有的放着一幅未完成的油画,有的挂着外出写生的背包。好像塞尚有事出门,不一会儿就会出现在门口。桌上陈列着布置好的静物。那块深灰色带暗花的背景布,那几个形状各异的水罐,那些水果,那个石膏的孩童像,都在塞尚的画中见过。现在看来便十分亲切。十来张椅子随处乱放,颜料、调色油、烛台、水瓶、酒瓶和咖啡杯铺了一地。这正是塞尚的真实。

全部精神都在想象天地里的人,生活上必定七颠八倒。塞尚的心情总是很坏,这从他潦乱的画室便能观察出来。他作画的速度十分缓慢,过程中不断推翻自己。没有成功的艺术家对自己总是疑虑重重。尤其是画家,一个人在屋子里默默地作画,没有任何观众,他怎么知道自己的画能否被人认可,是否会获得成功?对于那个死后才成名的梵·高,折磨其一生的幽灵就是这种孤独中时时会出现的自我怀疑。塞尚有神经质的一面,所以他常常会情绪低落,心情败坏,对自己发火,把自己的画摔在地上,愤怒地踩成烂饼。这一切左拉都是知道的。左拉说过:"当他踏破自己作品的时候,我便知道他的努力、幻灭和败北是怎样的了。"

显然,左拉完全清楚《杰作》对于塞尚本人意味着什么了。

开始时,塞尚表示左拉这样做是出于小说的需要。他努力维护着他们的友谊。可是当左拉声称克劳德·兰蒂尔就是塞尚时,他与左拉的友谊断交了。

尽管如此,塞尚表现得很平静,没有任何激动的言论。他的神经质也没有发作。为什么?是在舆论上所处的被动位置使他无法与左拉直言相对?是长期怀才不遇养成的骨子里的高傲,使他只能保持沉默?还是他害怕这已然破裂的友谊进一步地走向毁灭?他实在太在乎与左拉这份情谊了!可以说,他对左拉的友谊是他人生"最大的情感"。当然,他与左拉中断了一切往来与书信。这一切,左拉当然明白。但左拉并没有任何良心的触动,也没有任何主动和好的表示。相反,在塞尚住在艾克斯的一段时间里(1896年),左拉曾从巴黎到艾克斯来看望另一位友人,居然没有与塞尚通个信儿。塞尚得知后,缄默无语,甚至脸上任何表情也没有。他把自己的内心遮盖得严严实实。

那些同是左拉与塞尚的朋友的一些人,谁也猜不到塞尚心里到底是一片怒火还是一片寒冰。1902年9月,当塞尚听到左拉煤气中毒而身亡时,他当时被震惊得几乎跌倒。一连几日,坐在这画室里,不住地流泪。他为什么流泪?为不幸的左拉,还是为了永远不可能再修复的破裂的友谊?对于一个真正的男人,失去友谊与失去爱情一样都是深切的痛苦。

这痛苦一直伴随着他艺术上的孤独。

塞尚的传记作家约翰·利伏尔德说,在左拉的系列小说《卢贡·马卡尔家族》中,这本《杰作》给人一种孤立之感。因为在他的这个系列的作品中,没有像此书这样放进如此多的回忆,采用如此多的自己周围的人物。这本书写法更接近于纪实。

无疑,左拉的这本书,不服从于卢贡·马卡尔家族的血缘与整体的一致性。他的写作冲动源于他与画家们一段共同的漫长和缤纷的历程。这样就使他的小说常常陷入具体的人和事。在这之中,塞尚之所以成为小说的"牺牲品",最根本的原故是左拉也认定塞尚是个失败者。也就是说,左拉用小说证实了塞尚的失败与无望。

塞尚身负巨大的压力,孤立无援,自我怀疑阵阵袭来。然而对抗这内外夹击的力量还得从自己身上吸取。塞尚说过:"如果世界只有一个画家存在,那个画家就是我。"这句话使我们忽然发现,这棵在狂风中一直没有摧折和倾倒的树木——原来树干竟是钢铁铸成的!

当然,历史证明塞尚最终得到成功。从1895年开始,塞尚逐渐被认可,并进入他的"胜利时期"。一方面由于他绘画个性成熟之后巨大的魅力,一方面由于世人对流光溢彩的前期印象主义的审美疲劳。当绚烂而迷人的光线渐渐消散,事物内在的表现力和造型的想象力,一点点透露出来。塞尚的魅力,不仅在于他从构图到笔触上那种独特又神奇的对角线结构,还有他的画面——在现实与幻想、写实与抽象、真实与虚构之间,存在着强大的张力,这是前期印象主义所没有的。历史的太阳终于越过高高的山脊,将大山这一边的风景全部照亮。塞尚将印象主义拉进了生机勃勃的后期。梵·高、马蒂斯等一批新人站到了舞台的前沿。

人们终于明白,塞尚是一个艺术的先觉者。但先觉者在他坎坷又漫长的历程中,总是喝尽了孤独的苦酒。

从塞尚的故居走出,登上后边的高地,便可远眺圣维克多山。这座山雄伟又坦荡的形象由于数十次出现在塞尚的笔底而闻名天下。广袤的山野上,村庄、树林与丘陵黄黄绿绿,全是塞尚的色块;在阳光下,一切景物强烈又坚实的轮廓,使我们想起塞尚有力的笔触,还有他那句诗意的话:

"我们富饶的原野吃饱了绿色与太阳。"

塞尚经过十五年的舆论非难,开始被世人认识之时,他却回到艾克斯隐遁下来。他没有在巴黎品尝获取成功后的甘甜,而是躲到遥远的故乡一如既往地继续苦苦地追求他的理想。艺术家的道路没有终点也没有顶峰,只有不断地艰涩地攀援的过程。于是他在艾克斯的日子依然辛劳与寂寞。他终生是一个人一声不吭地面对着画布。

晚年的塞尚又被糖尿病所折磨,他依然天天背着画架与画箱在山道上上下下。昔日巴黎的那些恶意的舆论他如今还想得起来么?左拉留给他的那些又温馨又残酷的人生画面呢?

在写生中,他时时会走过阿尔克河。半个世纪前,他和左拉常来这里钓鱼和游泳。喧响的河水多么像他们往日的欢声?

1906年,艾克斯的图书馆为左拉制作一尊胸像。塞尚被邀请参加揭幕仪式。塞尚与左拉共同的老友纽玛·柯斯特讲话时,回忆起他们的童年往事。这一下,塞尚忽然失声痛哭,而且劝慰不止。这哭声让人们感受到强烈的震动,并由此忽然懂得这位艺术家内心深厚的情感和深切的孤独。

但是不要以为孤独仅仅是人生的不幸。

塞尚说:

"孤独对我是最合适的东西。孤独的时候,至少谁也无法来统治我了。"

他说出孤独真正的价值。

孤独通向精神的两极,一是绝望,一是无边的自由。

2001.7.26

最后的梵·高

（1888年2月21日—1890年7月29日）

我在广岛的原子弹灾害纪念馆中，见到一个很大的石件，上边清晰地印着一个人的身影。据说这个人当时正坐在广场纪念碑前的台阶上小憩。在原子弹爆炸的瞬间，一道无比巨大的强光将他的影像投射在这石头上，并深深印进石头里边。这个人肯定随着核爆炸灰飞烟灭，然而毁灭的同时却意外地留下一个匪夷所思的奇观。

毁灭往往会创造出奇迹。这在大地震后的唐山、火山埋没的庞贝城，以及奥斯威辛与毛特豪森集中营里我们都已经见过。这些奇迹全是悲剧性的，充满着惨烈乃至恐怖的气息。可是为什么梵·高却是一个空前绝后的例外，他偏偏在毁灭之中闪耀出无可比拟的辉煌？

法国有两个不起眼的小地方，一直令我迷惑又神往。一个是巴黎远郊瓦涅河边的奥维尔，一个是远在南部普罗旺斯地区的阿尔，它们是梵·高近乎荒诞人生的最后两个驿站。阿尔是梵·高精神病发作的地方，奥维尔则是他疾病难捱、最后开枪自杀之处。但使人莫解的是，梵·高于1888年2月21日到达阿尔，12月发病,转年5月住进精神病院,一年后出院前往奥维尔,两个月后自杀。这前前后后只有两年!然而他一生中最杰出的作品却差不多都在这最后两年、最后两个地方,甚至是在精神病反反复复发作中画的。为什么?

于是,我把这两个地方"两点一线"串联起来。先去普罗旺斯的阿尔去找他那个"黄色小屋",还有圣雷米精神病院;再回到巴黎北部的奥维尔,去看他画过的那里的原野,以及他的故居、教堂和最终葬身的墓地。我要在法国的大地上来来回回跑一千多公里,去追究一下这个在艺术史上最不可思议的灵魂。我要弄个明白。

在梵·高来到阿尔之前,精神系统里已经潜伏着发生错乱和分裂的可能。这位有着来自母亲家族的精神病基因的荷兰画家,孤僻的个性中包藏着脆性的敏感与烈性的张力。他绝对不能与社会及群体相融,耽于放纵的思索,孤军奋战那样地在一己的世界中为所欲为。然而,没有人会关心这个在当时还毫无名气的画家的精神问题。

在世人的眼里,一半生活在想象天地里的艺术家们,本来就是一群"疯子"。故此,不会有人把他的喜怒无常、易于激动、抑郁寡言看作是一种精神疾病早期的作怪。他的一位画家朋友纪约曼回忆他突然激动起来的情景时说:"他为了迫不及待地解释自己的看法,竟脱掉衣服,跪在地上,无论怎样也无法使他平静下来。"

这便是巴黎时期的梵·高。最起码他已经是非常的神经质了。

梵·高于1881年11月在莫弗指导下画成第一幅画。但是此前此后，他都没有接受过任何系统性的绘画训练。1886年2月他为了绘画来到巴黎。这时他还没有确定的画风。他崇拜德拉克洛瓦、米勒、罗梭，着迷于正在巴黎走红的点彩派的修拉，还有日本版画。这期间他的画中几乎谁的成分都有。如果非要说出他的画有哪些特征是属于自己的，那便是一种粗犷的精神与强劲的生命感。而这时，他的精神疾病就已经开始显露出端倪——

1886年他刚来到巴黎时，大大赞美巴黎让他头脑清晰，心情舒服无比。经他做画商的弟弟迪奥介绍，他加入了一个艺术团体，其中有印象派画家莫奈、德加、毕沙罗、高更等，也有小说家左拉和莫泊桑。这使他大开眼界。但一年后，他便厌烦了巴黎的声音，对周围的画家感到恶心，对身边的朋友愤怒难忍。随后他觉得一切都混乱不堪，根本无法作画，他甚至感觉巴黎要把他变成"无可救药的野兽"。于是他决定"逃出巴黎"，去南部的阿尔！

1888年2月他从巴黎的里昂车站踏上了南下的火车。火车上没有一个人知道他的名字，更不会有人知道这个人不久就精神分裂，并在同时竟会成为世界美术史上的巨人。

我从马赛出发的时间接近中午。当车子纵入原野，我忽然明白了一百年前——初到阿尔的梵·高那种"空前的喜悦"由何而来。普罗旺斯的太阳又大又圆，在世界任何地方都见不到这样大的太阳。它距离大地很近，阳光直射，不但照亮也照透了世上的一切，也使梵·高一下子看到了万物的本质——一种通透的、灿烂的、蓬勃的生命本质。他不曾感受到生命如此的热烈与有力！他在给弟弟迪奥的信中，上百次地描述太阳带给他的激动与灵感。而且他找到了一种既属于阳光也属于他自己的颜色——夺目的黄

奥维尔镇上这间不足七平米的小屋,是梵·高一生中最后住过的屋子。

色。他说:"铬黄的天空,明亮得几乎像太阳。太阳本身是一号铬黄加白。天空的其他部分是一号和二号铬黄的混合色。它们黄极了!"这黄色立刻改变了梵·高的画,也确立了他的画风!

大太阳的普罗旺斯使他升华了。他兴奋之极。于是,他马上想到把他的好朋友高更拉来。他急渴渴要与高更一起建立起一间"未来画室"。他幻想着他们共同和永远地使用这间画室,并把这间画室留给后代,留给将来的"继承者们"。他心中充满一种壮美的事业感。他真的租了一间房子,买了几件家具,还用他心中的黄色将房子的外墙漆了一遍。此外又画了一组十几幅《向日葵》挂在墙上,欢迎他所期待的朋友的到来。这种吸满阳光而茁壮开放的粗大花朵,这种"大地的太阳",正是他一种含着象征意味的自己。

在高更没有到来之前,梵·高生活在一种浪漫的理想里。他被这种理想弄得发狂。这是他一生最灿烂的几个月。他的精神快活,情绪亢奋。他甚至喜欢上阿尔的一切:男女老少,人人都好。他为很多人画了肖像,甚至还用高更的笔法画了一幅《阿尔的女人》。梵·高在和他的理想恋爱。于是这期间,他的画——比如《繁花盛开的果园》、《沙滩上的小船》、《朗卢桥》、《圣玛丽的农舍》、《罗纳河畔的星夜》等,全都出奇地宁静、明媚与柔和。对于梵·高本人的历史,这是极其短暂又特殊的一个时期。

其实从骨子里说,所有的艺术家都是一种理想主义者,或者说理想才是艺术的本质。但危险的是,他把另一个同样极有个性的画家——高更,当作了自己理想的支柱。

在去往阿尔的路上,我们被糊里糊涂的当地人指东指西地误导,待找到拉马丁广场,已经完全天黑。这广场很大,圆形的,外边是环形街道,再外边是一圈矮矮的小房子。黑黑的,但全都亮着灯。几个开阔的路口,通往四外各处。我们四下去打听拉马丁广场二号——梵·高的那个黄色的小楼。但这里的人好像还是一百年前的阿尔人,全都说不清那个叫什么梵·高的人的房子究竟在哪里?最后问到一个老人,那老人苦笑一下,指了指远处一个路口便走了。

我们跑到那里,空荡荡一无所有。仔细找了找,却见一个牌子立着。呀,上边竟然印着梵·高的那幅名作《在阿尔的房子》——正是那座黄色的小楼!然而牌子上的文字却说这座小楼早在二战期间毁于战火。我们脚下的土地就是黄色小楼的遗址。这一瞬,我感到一阵空茫。我脑子里迅速掠过1888年冬天这里发生过的事——高更终于来到这里。但现实总是破坏理想的。把两个个性极强的艺术家放在一起,就像把两匹烈马放在一起。两人很快就意见相左,跟着从生活方式到思想见解全面发生矛盾,于是天天争吵,时时酝酿着冲突,并发展到水火不容的境地。于是理想崩溃了。那个梦幻般的"未来画室"彻底破灭。潜藏在梵·高身上的精神病终于发作。他要杀高更。在无法自制的狂乱中,他割下自己的耳朵。随后是高更返回巴黎,梵·高陷入精神病中难以自拔。他的世界就像现在我眼前的阿尔,一片深黑与陌生。

我同来的朋友问:"还去看圣雷米修道院里的那个精神病院吗?不过现在太黑,去了恐怕什么也看不见。"

我说:"不去了。"我已经知道,那座将梵·高像囚徒般关闭了一年的医院,究竟是什么气息了。

在梵·高一生写给弟弟迪奥的八百封信件里,使我读起来感到最难受的内容,便是他与迪奥谈钱。迪奥是他惟一的知音和支持者。他十年的无望的绘画生涯全靠着迪奥在经济上的支撑。迪奥是个小画商,手头并不宽裕,尽管每月给梵·高的钱非常有限,却始终不弃地来做这位用生命祭奠艺术的兄长的后援。这就使梵·高终生被一种歉疚折磨着。他在信中总是不停地向迪奥讲述自己怎样花钱和怎样节省,解释生活中哪些开支必不可少,报告他口袋里可怜巴巴的钱数。他还不断地做出保证,决不会轻易糟蹋掉迪奥用辛苦换来的每一个法郎。如果迪奥寄给他的钱迟了,他会非常为难地诉说自己的窘境。说自己怎样在用一杯又一杯的咖啡,灌满一连空了几天的肚子;说自己连一尺画布也没有了,只能用纸来画速写或水彩。当他被贫困逼到绝境的时候,他会恳求地说:"我的好兄弟,快寄钱来吧!"

但每每这个时候,他总要告诉迪奥,尽管他还没有成功,眼下他的画还毫不值钱,但将来一定有一天,他的画可以卖到二百法郎一幅。他说那时"我就不会对吃喝感到过分耻辱,好像有吃喝的权利了"。

他向迪奥保证他会愈画愈好。他不断地把新作寄给迪奥来作为一种"抵债"。他说将来这些画可以使迪奥获得一万法郎。他用这些话鼓舞弟弟,他害怕失去支持,当然他也在给自己打气。因为整个世界没有一个人看上他的画。但今天——特别是商业化的今天,为什么梵·高每一个纸片反倒成了"全人类的财富"?难道商业社会对于文化不是充满了无知与虚伪吗?

故此在他心中,苦苦煎熬着的是一种自我的怀疑。他对自己"去世之后,作品能否被后人欣赏"毫无把握,他甚至否认成功的价值乃至绘画的意义。好像只有否定成功的意义,才能使失落的自己获得一点虚幻的平衡。自我怀疑,乃是一切没有成功的艺术家最深刻的痛苦。他承认自己"曾经给一种不可抗拒的力量挫败过"。在这种时候,他便对迪奥说:"我宁愿放弃画画,不愿看着你为我赚钱而伤害自己的身体!"

他一直这样承受着精神与物质的双重的摧残。

可是,在他"面对自然的时候,画画的欲望就会油然而生"。在阳光的照耀下,世界焕发出美丽而颤动的色彩,全都涌入他的眼睛;天地万物勃发的生命激情,令他震栗不已。这时他会不顾一切地投入绘画,直至挤尽每一支铅管里的油彩。

当他在绘画时,会充满自信,忘乎所以,为所欲为;当他走出绘画回到了现实,就立刻感到茫然,自我怀疑,自我否定。他终日在这两个世界中来来回回地往返。所以他的情绪大起大落。他在这起落中大喜大悲,忽喜忽悲。

从他这大量的"心灵的信件"中,我读到——

他最愿意相信的话是福楼拜说的:"天才就是长期的忍耐。"

他最想喊叫出来的一句话是:"我要作画的权利!"

他最现实的呼声是:"如果我能喝到很浓的肉汤,我的身体马上会好起来!当然,我知道,这种想法很荒唐。"

如果着意地去寻找,会发现这些呼喊如今依旧还在梵·高的画里。

梵·高于1888年12月23日发病后,病情时好时坏,时重时轻,一次次住进医院。这期间他会忽然怀疑有人要毒死他,或者在同人聊天时,端起调颜色的松节油要喝下去,后来他发展到在作画的过程中疯病突然发作。1889年5月他被送进离阿尔一公里的圣雷米精神病院,成了彻头彻尾的精神病人。但就在这时,奇迹出现了。梵·高的绘画竟然突飞猛进,风格迅速形成。然而这奇迹的代价却是一个灵魂的自焚。

他的大脑弥漫着黑色的迷雾,时而露出清明,时而一片混沌。他病态的神经日趋脆弱,乱作一团的神经刚刚出现一点头绪,忽然整个神经系统全部爆裂,乱丝碎絮般漫天狂舞。在贫困、饥饿、孤独和失落之外,他又多了一个恶魔般的敌人——精神分裂。这个敌人巨大,无形,桀骜,骄横,来无影去无踪,更难于对付。他只有抓住每一次发病后的"平静期"来作画。

在他生命最后一年多的时间,他被这种精神错乱折磨得痛不欲生,没有人能够理解。因为真正的理解只能来自自身的体验。癫痫、忧郁、幻觉、狂乱,还有垮掉了一般的深深的疲惫。他几次在"灰心到极点"时都想到了自杀。同时又一直否定自己真正有病来平定自己。后来他发现只有集中精力,在画布上解决种种艺术的问题时,他的神经才会舒服一些。他就拼命并专注地作画。他在阿尔患病期间作画的数量大得惊人。一年多,他画了二百多幅作品。但后来愈来愈频繁的发病,时时中断了他的工作。他在给迪奥的信中描述:他在画杏花时发病了,但是病好转之后,杏花已经落光。精神病患者最大的痛苦是在清醒过来之后。他害怕再一次发作,害怕即将发作的那种感觉,更害怕失去作画的能力。他努力控制自己"不把狂乱的东西画进画中"。他还说,他已经感受到"生之恐怖"!这"生之恐怖"便是他心灵最早发出的自杀的信号!

然而与之相对的,却是他对艺术的爱!在面对不可遏止的疾病的焦灼中,他说:"绘画到底有没有美,有没有用处,这实在令人怀疑。但是怎么办呢?有些人即使精神失常了,却仍然热爱着自然与生活,因为他是画家!""面对一种把我毁掉的、使我害怕的病,我的信仰仍然不会动摇!"

这便是一个神经错乱者最清醒的话。他甚至比我们健康人更清醒和更自觉。

梵·高的最后一年,他的精神世界已经完全破碎。一如大海,风暴时起,颠簸倾覆,没有多少平稳的陆地了。特别是他出现幻觉的症状之后(1889年2月),眼中的物象开始扭曲、游走、变形。他的画变化得厉害。一种布满画面蜷曲的线条,都是天地万物运动不已的轮廓。飞舞的天云与树木,全是他内心的狂飙。这种独来独往的精神放纵,使他的画显示出强大的主观性,一下子,他就从印象派画家马奈、莫奈、德加、毕沙罗等等所受的客观的和视觉的约束中解放出来。但这不是理性的自觉,而恰恰是精神病发作之所致。奇怪的是,精神病带来的改变竟是一场艺术上的革命,印象主义一下子跨进它光芒四射的后期。这位精神病患者的画非但没有任何病态,反而迸发出巨大的生命热情与健康的力量。

对于梵·高这位来自社会底层的画家,他一生都在对米勒崇拜备至。米勒对大地耕耘者淳朴的颂歌,唱彻了梵·高整个艺术生涯。他无数次地去画米勒《播种者》那个题材。因为这个题材最本质地揭示着大地生命的缘起。故此,燃起他艺术激情的事物,一直都是阳光里的大自然,朴素的风景,长满庄稼的田地,灿烂的野花,村舍,以及身边寻常和勤苦的百姓们。他一直呼吸着这生活的元气,并将自己的生命与这世界上最根本的生命元素融为一体。

当患病的梵·高的精神陷入极度的亢奋中,这些生命便在他眼前熊熊燃烧起来,飞腾起来,鲜艳夺目,咄咄逼人。这期间使他痴迷并一画再画的丝杉,多么像是一种从大地冒出来的巨大的生命火焰!这不正是他内心一种生命情感的象征么?精神病非但没有毁掉梵·高的艺术,反而将他心中全部能量一起爆发出来。

或者说,精神病毁掉了梵·高本人,却成就了他的艺术。这究竟是一种幸运,还是残酷的毁灭?

令人匪夷所思的是,这种精神病的程度"恰到好处"。他在神智上虽然颠三倒四,但色彩的法则却一点不乱。他对色彩的感觉甚至都是精确之极。这简直不可思议!就像双耳全聋的贝多芬,反而创作出博大、繁复、严谨、壮丽的《第九交响乐》。是谁创造了这种艺术史的奇迹和生命的奇迹?

倘若他病得再重一些,全部陷入疯狂,根本无法作画,美术史便绝不会诞生出梵·高来;倘若他病得轻一些,再清醒和理智一些呢?当然,也不会有现在这个在画布上电闪雷鸣的梵·高了。

它叫我们想起,大地震中心孤零零竖立的一根电杆,核爆炸废墟中惟一矗立的一幢房子。当他整个神经系统损毁了,惟有那根艺术的神经却依然故我。

这一切,到底是生命与艺术共同的偶然,还是天才的必然?

1890年5月梵·高到达巴黎北郊的奥维尔。在他生命最后的两个月里,他贫病交加,一步步走向彻底的混乱与绝望。他这期间所画的《奥维尔的教堂》、《有杉树的道路》、《蒙塞尔的茅屋》等等,已经完全是神经病患者眼中的世界。一切都在裂变、躁动、飞旋与不宁。但这种听凭病魔的放肆,却使他的绘画达到绝对的主观和任性。我们健康人的思维总要受客观制约,神经病患者的思维则完全是主观的。于是他绝世的才华,刚劲与烈性的性格,艺术的天性,得到了最极致的宣泄。一切先贤偶像、艺术典范、惯性经验,全都不复存在。人类的一切创造都是对自己的约束。但现在没有了!面对画布,只有一个彻底的自由与本性的自己。看看《奥维尔乡村街道》的天空上那些蓝色的短促的笔触,还有《蓝天白云》那些浓烈的、厚厚的、挥霍着的油彩,就会知道,梵·高最后涂抹在画布上的全是生命的血肉。惟其如此,才能具有这样永恒的震撼。

这是一个真正的疯子的作品,也是旷古罕见的天才的杰作。

除了他,没有任何一个神经病患者能够这样健康地作画;除了他,没有任何一个艺术家能够拥有这样绝对的非常态的自由。

我们从他最后一幅油画《麦田群鸦》,已经看到他的绝境。大地在乌云的倾压下,恐惧、压抑、惊栗,预示着灾难的风暴即将到来。三条道路伸往三个方向,道路的尽头全是一片迷茫与阴森。这是他生命最后一幅逼真而可怕的写照,也是他留给世人一份刺目的图像遗书。他给弟弟迪奥的最后一封信中说:"我以生命为赌注作画。为了它,我已经丧失了正常人的理智。"在精疲力竭之后,他终于向狂乱的病魔垂下头来,放下了画笔。

1890年7月27日他站在麦田中开枪自杀。被枪声惊起的"扑喇喇"的鸦群,就是他几天前画《麦田群鸦》时见过的那些黑黑的乌鸦。

随后,他在奥维尔的旅店内流血与疼痛,忍受了整整两天,29日死去。离开了这个他疯狂热爱却无情抛弃了他的冷冰冰的世界。冰冷而空白的世界。

我先看了看他在奥维尔的那间住房。这是当年奥维尔最廉价的客房,每天租金只有三点五法郎。大约七平米。墙上的裂缝,锈蚀的门环,沉暗的漆墙,依然述说着当年的境况。从坡顶上的一扇天窗只能看到一块半张报纸大小的天空。但我忽然想到《哈姆·雷特》中的一句台词:"即使把我放在火柴盒里,我也是无限空间的主宰者。"

从这小旅舍走出,向南经过奥维尔教堂,再走五百米,便是他的墓地。这片墓地在一片开阔的原野上。使我想到梵·高画了一生的那种浑厚而浩瀚的大地,他至死仍旧守望着这一切生命的本土。墓地外只圈了一道很矮的围墙。三百年来,当奥维尔人的灵魂去往天国之时,都把躯体留在这里。梵·高的坟茔就在北墙的墙根。弟弟迪奥的坟墓与他并排。大小相同,墓碑也完全一样,都是一块方形的灰色的石板,顶端拱为半圆。上边极其简单地刻着他们的姓名与生卒年月。没有任何雕饰,一如生命本身。迪奥是在梵·高去世后的半年死去的。他生前身后一直陪伴着这个兄长。他一定是担心他的兄长在天国也难于被理解,才匆匆跟随而去。

一片浓绿的长春藤像一块厚厚的毯子,把他俩的坟墓严严实实遮盖着。岁月已久,两块墓碑全都苔痕斑驳。惟一不同的是梵·高的碑前总会有一束麦子,或几朵鲜黄的向日葵。那是来自世界各地的人们献上去的。但没有人会捧来艳丽而名贵的花朵。

梵·高的敬仰者们都知道他生命的特殊而非凡的含义,他生命的本质及其色彩。

梵·高的一生,充满世俗意义上的"失败"。他名利皆空,情爱亦无,贫困交加,受尽冷遇与摧残。在生命最后的两年,他与巨大而暴戾的病魔苦苦搏斗,拼死为人间换来了艺术的崇高与辉煌。

如果说梵·高的奇迹,是天才加上精神病,那么,梵·高至高无上的价值,是他无与伦比的艺术和为艺术而殉道的伟大的一生。

真正的伟大的艺术,都是作品加上他全部的生命。

2001.6.24

浪漫的灵魂

外国记者几乎无所不问。一位加拿大记者问我:"你对女孩子感兴趣吗？你能举出三个给你特殊印象国家的女孩子加以评论吗？"

我先告诉他,给我印象最美的是波兰的女孩子。我住在波兰的卢布林大学时,常常坐在矮矮的石墙上,欣赏着那些在校园里走来走去的女孩子们。虽然她们的神态各异,但都是那么善于打扮自己,还以美好的气质表达她们良好的素养。如果发现你在注意她们,便会对你莞尔一笑,表示好感。大多数波兰姑娘都是金头发,那每一张脸儿都像镶在金色镜框里的一幅幅动人的画儿。

接着我又说,最没有给我留下印象的是意大利的女孩子。意大利简直就是人类的艺术宝库,米开朗基罗、贝尔尼尼、切利尼等等那些艺术大师举世闻名的作品就在大街上,比比皆是,谁还会注意她们？意大利女孩子对于我是一片空白,或者说是一片空白的梦。这印象够特殊的吧？

最后我告诉这位对女孩子分外好奇的记者说,给我印象顶特殊的要算奥地利姑娘了。别看她们并不漂亮,甚至有点死板,但个个灵魂却很浪漫。

"为什么？"他逼问我。他不明白。

要想弄明白这些姑娘,先得弄明白这个国家。

从表面看,奥地利连二十世纪也没进入。在维也纳很难看见一座现代化高楼。他们鄙视现代建筑的单调,缺乏历史,没有人文内涵;反过来自然就崇尚于过往的哈斯堡王朝那种高贵的古典精神。如今,它是世界上最爱用名片的国家之一,因为名片上标示着身份与地位。我认识一位诗人,他的名片的头衔不是诗人而是某某亲王后裔。这可笑的做法,叫你感到昔日的帝国依然顽固地活着。

最生动地给你这种"帝国感"的是那些老妇人。她们带着迟暮人生的阴影而面容沉郁,脖子下边像火鸡那样松垂着皱巴巴的皮肉,手指上套着绿松石的大戒指,臂弯里挂一个抽带的丝织手袋……如果这时坐在道边的年轻人,伸腿挡了她的路,她决不会绕开走过去,而是站着不动,直等这年轻人收回腿,她才过去。她脸上什么神情也没有,却已表现出对那些缺乏教养者的彻底的轻蔑。如今这世界上,哪里还能看到这地道的贵族式的傲慢?这是由于历史不竭的魅力,还是对历史过分的神往与沉溺?

在这种浓重的历史文化氛围里成长起来的奥地利姑娘,最灿烂的向往仍旧是依照老传统在新年之夜到国家歌剧院跳一次华尔兹舞。票价的昂贵和购票的艰难自不必说,能够在做姑娘期间跳上一次便是终生的满足。因为这满足也是一种终生的难忘。她们一律要换上典雅而奢华的白纱衣裙,自我感觉像仙女,或像天鹅。音乐一起,便随同那些穿黑色燕尾服的男士翩翩旋入施特劳斯的漩涡里。一时,整个剧场,数百个雪白的漩涡一齐转动,场面壮美又神奇。音乐是非现实的声音,又是从现实升华出来的美的精灵。此刻,这些忘乎所以的姑娘们骄傲地觉得——她们才是那精灵的化身呢!

倘若在这新年之夜,你来到维也纳的国家歌剧院,准会大吃一惊。谁说奥地利姑娘死板,谁说她们容貌平平?这样优雅,这样美丽,这样浪漫!难道有人给她们施了魔法?

我明白了,音乐通过灵魂能够改变人的一切!

奥地利姑娘属于音乐,奥地利人全都属于音乐。在这个国家任何一个小酒馆里,你只要随口一唱,立即会有人随你同唱。这个连呼吸都带着音符的民族,对那些不会的歌儿,唱上几句,也能跟上。而且他们唱起来就不会停住,一支歌儿接着一支,兴致愈来愈高。最后招来一场载歌载舞,整个酒馆的人,男女老少,连同老板伙计,唱得兴高采烈,个个眸子发亮,脸蛋绯红,手舞足蹈。你别以为他们多喝了酒。奥地利的音乐和歌,比酒更能使人忘乎一切。

那么,前面所说的那些古板的老妇人呢?她们是无动于衷地站在音乐之外的人吗?当然不——

维也纳森林边缘有条小路,它紧挨着贝多芬的一处故居,据说贝多芬曾经常在这小路上散步,那首著名的《田园交响曲》还是从这里获得灵感的呢。这小路就被称作"贝多芬小道"。它是维也纳的老人常来散步的地方。自然也时时能碰到那种模样像贵族的老妇人。

这条弯弯曲曲柔软的乡间小道,一边是繁花簇拥着的尖顶木屋,一边是潺潺清溪。走在这道上,真有种别样的清新与轻灵。从树间筛下来的光斑,在地上微微晃动;偶尔一丝风儿,带着这种或那种花的气味;路边溪水的声响,忽轻忽重,忽而含糊……尤其那些不知名的鸟儿,在房顶、在天上、在树叶间,一呼一答,或发出一长串铃儿般的鸣唱。一些不成形的音乐片断若有若无地闪动,美的精灵出现了。瞧,那漫步走过来的老妇人忽地停住脚步,引颈侧耳,怎么?她听见了贝多芬遗落在这里的几个音节。你再看她,原先那古板之气一扫而空。她烁烁的目光告诉你,她的灵魂已然不可遏止地浪漫起来!

这是个多有趣的民族!它叫你明白,行为的浪漫不过是表面的波澜,真正的浪漫是灵魂的浪漫。它来自音乐,因为一切艺术都是灵魂浪漫的成果,而守矩的灵魂不会产生伟大的艺术。

1996.1.11《文学报》第三版

天　籁

——约瑟夫·施特劳斯作品《天籁》的联想

你仰头、仰头,耳朵像一对空空的盅儿,去承接由高无穷尽的天空滑落下来的声音。然而,你什么也听不到。人的耳朵不是听天体而是听取俗世的,所以人们说茫茫宇宙,寥廓无声。

这宇宙天体,如此浩瀚,如此和谐,如此宁静,如此透明,如此神奇,它一定有一种美妙奇异、胜过一切人间的音乐的天籁。你怎样才能听到它,你乞灵于谁?

你仰着头,屏住气,依然什么也没听到,却感受了高悬头顶的天体的博大与空灵。在这浩无际涯、通体透彻的空间里,任何一块云彩都似乎离你很近,而它们距离宇宙的深处却极远极远。天体中从来没有阴影,云彩的影子全在大地山川上缓缓行走,而真正的博大不都是这样无藏于任何阴暗的么?

当乌云汇集,你的目光从那尚未闭合的云洞穿过极力望去,一束阳光恰好由那里直射下来,和你的目光金灿灿地相撞,你是否听到这种激动人心的灿烂的金属般的声响?当然,你没有听到任何声音,还有那涌动的浓雾、不安的流光、行走的星球和日全食的太阳,为什么全是毫无声息?而尘世间那些爬行的蝼蚁、歙动的鼻翼、轻微摩擦纸面的笔尖为什么都清晰作响?如果你不甘心自己耳朵的蒙昧,就去倾听天上那些云彩——

它们,被风撕开该有一种声音,彼此相融该有另一种声音,被阳光点燃难道没有一种声音?还有那风狂雨骤后漫天舒卷的云,个个拥着雪白的被子,你能听到这些云彩舒畅的鼾声吗?

噢,你听到了!闪电刺入乌云的腹内,你终于听到天公的暴怒!你还说空中的风一定是天体的呼吸,否则为什么时而宁静柔和时而猛烈迅疾?细密的小雨为了叫你听见它的声音,每一滴雨都把一片叶子作为碧绿的小鼓,你已经神会到雨声是一种天意!可到头来蒙昧的仍旧是你!只要人听到的、听懂的,全不是天体之声。

辽阔浩荡的天体,空空洞洞,了无内容,哪来的肃穆与庄严?但在它的笼罩之下,世间最大的阴谋也不过是瞬息即逝的浮尘。人类由于站在地上,才觉得地大而天小;如果飞上太空,地球不过是宇宙中一粒微小的物质。每个星球都有自己的性格,每个星球都有自己独特的声音。它们在宇宙间偶然邂逅,在相对时悄然顾盼,在独处中默然遐想,它们用怎样的语言来相互表达?多么奇异的天体!没有边际,没有中心,没有位置,没有内和外,没有苦与乐,没有生和死,没有昼与夜,没有时间的含义,没有空间的计量,不管用多巨大的光年数字,也无法计算它的恢宏……想想看,这天体运行中的旋律该是何等的壮美与神奇?

你更加焦渴地仰着头——

不,不是你,是约瑟夫·施特劳斯。他一直张着双耳,倾听来自宇宙天体深处的声音,并把这声音描述下来。尽管这声音并非真实的天籁,只不过是他的想象,却叫我们深深地为之感动。从这清明空远的音响里,我们终于悟到了天体之声最神圣、最迷人的主题：永恒！

永恒，一个所有地球生命的终极追求，所有艺术生命苦苦攀援的极顶，它又是无法企及的悲剧性的生命境界。从蛮荒时代到文明社会，人类一直心怀渴望，举首向天，祈盼神示以永恒。面对天体，我们何其渺小；面对永恒，我们又何其短暂！尽管如是，地球人类依旧努力不弃，去理解永恒和走进永恒。我们无法达到的是永恒，我们永远追求的也是永恒。

听到了永恒之声，便是听到了天籁。

1996.5.31

维也纳生活圆舞曲

清早醒来,不睁开眼,尽量用耳朵来辨认天天叫醒我的这些家伙们。单凭听力,我能准确地知道这些家伙所处的位置,是在窗前那株高大的七片叶树里边,还是远远地站在房脊和烟突上。当然,我不知道这些家伙的名字。我的家乡决没有这么多种奇奇怪怪又美妙的叫声,我的城市里只有麻雀。

有一种叫声宛如花腔女高音,婉转、嘹亮、悠长,变化无穷,它怎么能唱出如此丰富而不重复的音调?后来我在十四区博物馆听鸟儿们的录音时,才知道这家伙名叫 AMSEL。它长得并不美。我在闭目倾听它的鸣唱时,把它想象得美若彩凤。其实它全身乌黑的羽毛,一个长长的黄嘴,好似一只小乌鸦叼着一支竹笛子。

我发现,闭上眼睛时,声音会变得特别清晰和富于形象。有一种叫声像是有人磕牙,另一种叫声好似老人叹息,声音沙哑又苍老,但它们总是在很远很远的地方。还有一种鸟叫得很像是猫叫。一天,它一边叫,一边从我的窗前飞过。我幻觉中出现一只"飞的猫"。

一位奥国朋友称这种清晨时鸟儿们的合唱为"免费的音乐会"。参加这音乐会的还有远远近近教堂的钟声。我闭目时也能听出这些钟声来自哪座教堂。从远方传来的卡尔大教堂的钟声沉雄而又持久,来自后街上克罗利茨小教堂的钟声却清脆而透彻。小教堂钟声的加入,常常使这"免费音乐会"达到高潮。然而,每每在这个时候,从窗子里会溜进来一股什么花香钻进我的鼻孔。

五月里的维也纳是"花天下"。

家家户户挂在窗外的长方型的花盆全都鲜花盛开,绚烂的颜色好像是这些家庭喷发出来的。许多商店用彩色的花缠绕在门框上,穿过这门就如同走进花的巢穴。按照惯例,城市公园年年都用鲜花装置起一座大表,表针走得很准时,花儿组成的表盘年年都是全新的图案。今年,园艺家们别出心裁,还在公园东北角临街的一块高地上,用白玫瑰和冬青搭起一架芬芳的三角琴。于是,维也纳的灵魂:音乐与花,全叫它表达出来。

古城依旧的维也纳,也很难找到一条笔直的路。开车在这些弯弯曲曲又畅如流水的街道上跑着,两边的景物全像是突然冒出来的。或是一座宁静又精雅的房舍,或是几株像喷泉一样开满花朵的树,或是一个雕像……这是行驶在笔直的路上绝对没有的感受。而且,跑着跑着,很容易想起音乐来。在这个音乐之都中,最重要的并不是到处的音乐会,到处的音乐家雕像与故居,而是你随时随地都会无声地感受到音乐的存在。所以勃拉姆斯说:"在维也纳散步可要小心,别踩着地上的音符。"

有人说,真正的维也纳的音乐并不在金色大厅或歌剧院,而是在城郊的小酒馆里。当然,卡伦堡山下的那些知名的小酒店的乐手们过于迎合浅薄的旅游者的口味了。他们的音乐多少有点商业化。如果躲开这些旅游者跑到更远的一些乡村的"当年酒家"里

帝国公园内的莫扎特像,是1953年安放在这里的。

坐一坐，便能够体会到真正的维也纳音乐。坐在长条的粗木凳上，一边饮着芳香四溢的当年酿造的葡萄酒——那种透明的发黏的纯紫色的葡萄酒更像是葡萄汁，一边咬着刚刚出炉、烫嘴、喷香而流油的烤猪排——那是一种差不多有二尺长很嫩的猪肋，忽然欢快的华尔兹在你耳边响起。扭头一看，一个满脸通红的老汉，满是硬胡茬的下巴夹着一把又小又老的提琴，在你身后起劲地拉着。他朝你挤着眼，希望你兴奋起来，尽快融入音乐。一条短尾巴的大黑狗已经围着他的双腿起劲地左转右转。整个酒店的目光都快活地抛向他。音乐，是撩动人们心情的"神仙的手指"。这才是维也纳灵魂之所在。

曾经疆土极其辽阔的奥匈帝国已然灰飞烟灭，它使得今天的奥地利人在心理上难以平衡。他们一边酸溜溜地感叹着往事不堪回首，一边又要矜持地守卫着昔日的高贵与尊严。这也是维也纳古城原貌得以保持的根由之一。至今，那些古老建筑依然刷着王公贵族所崇尚的牙黄色的涂料。奥地利人和意大利人在保护古城上的想法全然相反。意大利人绝对不把老墙刷新，让历史的沧桑感和岁月感斑斑驳驳地披在建筑上，他们为这种历史美陶醉和自豪，在罗马、佛罗伦萨、西耶那，连墙上的苔藓也不肯清除掉；但在奥地利，每隔一段时间建筑要刷新一次。他们总想感受到昨日的辉煌。于是，在维也纳城中徜徉，真的会觉得时光倒流，曾经威风八面的哈斯堡王朝恍惚还在——特别是背后响起旅游马车驶过时"得得"的蹄声。

在维也纳最没有改变的是它的节律。

看着维也纳人到处光着膀子躺在绿地中央睡大觉,或是在街头咖啡店一坐就是几个小时,或是开着车去到城外泡在湖中,无法想象他们怎么工作或靠什么活着。

如果计算走路的速度,日本人比奥地利人至少快五倍,美国人比奥地利人快七倍。全维也纳人走在大街上都像是散步。

有人说,是奥地利人太多的节日和宗教的红日稀释了他们的节奏。他们还没有从一个甜蜜的节日里清醒过来,又进入了下一个节日。

有人说,是奥地利健全的保险体制使他们毫无后顾之忧,同时奥地利的税制又不鼓励他们发大财。收入愈高,税会愈高,而且高得惊人,它叫你最终放弃了成为巨富与"世界百强"的狂想,选择温饱和放松。

然而,有人则说,归根到底还是奥地利人本性使然。这个温和的民族过于热爱生活,而他们把生活看作是阳光、花朵、绿色、美食和音乐组成的。他们更愿意尽享这上天赐予的一切,而不想为了占有太多的身外之物而承受过大的负担。也许你会认为他们不思进取,不尚深刻,但他们却很满足自己拥有的蛮不错的现状。

所以,在维也纳绝对看不到华尔街上那种如狼似虎的表情,看不到纽约地铁中那种严峻与紧张;即使在市中心的商业街上,也看不到银座一带那种物欲横流与人声鼎沸。

懒散的、松弛的、悠闲的奥地利人呵!

还有人说,还应该看维也纳的另一面。他们拥有十七位诺贝尔奖的获奖者,有维特根斯坦、弗洛伊德和波普,他们都曾把人类的思考推向某一个极致。但是从社会的全景观看,不少思想者因为生活平淡和无聊而自杀。他们受不了维也纳天天一样的生活,他们酗酒,因此,在维也纳,许多醉汉在醒来之后都是思想家。

最消磨维也纳人的时光,又使他们难以摆脱的是咖啡。

五月里,维也纳大大小小的咖啡店都把咖啡座位搬到边道乃至街道中央。从日头高照支起阳伞的上午十时直到点上蜡烛的夜晚,那里总是有不少人。然而,看上去维也纳的咖啡店与巴黎很不一样。巴黎人在咖啡店里好像总是前后左右挤在一起,维也纳仿佛全都舒舒服服地坐在头等舱内。

传说,维也纳人的咖啡来自土耳其。有的说是十六世纪土耳其军队从维也纳逃跑时扔下两麻袋咖啡,从此咖啡传遍奥地利;有的说是一名亚美尼亚籍的奥地利间谍打进土耳其军队,目的是想弄明白土耳其士兵为什么一上阵就那么兴奋,最后获得一个极为重要的情报,就是他们喝了咖啡。

据说就是这位亚美尼亚籍的间谍,战后在维也纳开了第一家咖啡店。这家咖啡店早已无迹可寻,但维也纳三百年的咖啡文化却十分隽永而深厚。

还有一个传说。说五个旅游者到维也纳喝咖啡。维也纳的咖啡有三十六种。五个旅游者每人点了一种咖啡,都喝得很美。后来他们去到德国,在咖啡店里也是各点了一种咖啡。结果德国人端出来的咖啡却是一样的。

这个嘲笑德国人的故事在维也纳无人不知。维也纳很自豪他们咖啡种类的繁多。我最喜欢的是一种加奶沫的淡咖啡,名叫美朗士。然而,如果回到天津,坐在书桌前喝美朗士就完全不是滋味了。那就必须去到维也纳,与朋友散步间随便在一家街头咖啡店坐下,两腿一伸,让傍晚的清风吹进裤管,同时依着兴致,找一个话题聊起来,并时不时端起美朗士,把这种带着微微刺激和芳香的液体,薄薄地浇在舌苔上。

维也纳奉行着享乐主义。他们的享乐一半以上是享受大自然和艺术。所以他们一定是惟美主义者。

在这一点上,维也纳人有点像日本人。他们精心打扮自己的家园,决不草率地对待任何一个角落和一个细节。维也纳是采用垃圾分类的城市,街道两旁常常放着一排六七个垃圾箱,箱盖的颜色不同,表明箱内的垃圾不同。有的是塑料,有的是金属,有的是生物,有的是玻璃……即使玻璃,也要把有色的和无色透明的严格区分出来。维也纳人对生活的精细和精心由此可知。那些街头的花坛,很少同一种花种上一片,总是用许多不同种类和颜色的花精巧地搭配一起。这也是他们的传统。世界上还有哪个城市墙面上的浮雕比维也纳多?从巴洛克到青年风格派,每一座建筑的墙面都是建筑师们随心所欲发挥想象力的画布。

维也纳是座惟美的城市。为此,维也纳人决不会随意毁坏它。支持维也纳人城市保护意识的理论,来自历史学家蓝柯的那句名言:"从历史的原状认识历史。"欧洲人一向把自己的历史精神看得至高无上,因此他们不会把历史的遗物当作岁月的垃圾。

这座城市的所有街道几乎都是老街。铺路面的石块往往还是二百年前埋在那里的,如今有的已磨成亮光光的石蛋,有的布满裂痕,像一张张古怪的脸。所有老店都把自己一两个世纪前开张时的年号镶在墙上,愈古老愈荣耀。当老店易主而转手他人时,也不会重新装修,因为古老的风格具有不可复制的历史气息。更不要说去干那种把老楼推倒重建的蠢事了。这种一二百年前的房子，都是小小的门，长长的走廊，四四方方的庭院和高深莫测的大房间，也都曾出现在茨威格的小说里。每一层楼的过道墙上都有一个水龙头和饰有花纹的生铁铸成的水盆，乃是昔时几家邻居共用的"上下水"。虽然早已废弃不用，却没有人把它拆卸下来。人们都知道——由于当年这里是女人们经常碰面和搬弄是非的地方，所以它有一个既生动又风趣的外号，叫"长舌妇"。

有的人家在"长舌妇"里边栽上一些红色或粉色的花。

维也纳是世界上标志最多的城市。这些标志大多是一种圆形小牌，把一些特殊的"规定"用形象的方式表达出来。

比方地铁车厢里那种指定的老弱病残的座位上，会有一排小圆牌，画着大肚子的孕妇、戴墨镜的盲人、拄拐的残疾人和凹胸凸背的老者。比如公园内的进口处，往往也有许多小圆牌，用图像告诉人们不能骑车，不能遛狗，不能吓唬小鸟；下雨时不能站在树下，以防雷电攻击；对花粉过敏者要小心繁花怒放的地方。

维也纳对花的热爱带来的负面，是引发人们花粉过敏。每到春天，都有人在街头用手绢捂住鼻子，还止不住大声如吼地打喷嚏。因为花粉过敏无药可治。

如果细看，他们这些标志总带着一种对他人的关切。当然，还不止于对人。比如一些商店谢绝狗入内，就在门前画一只可怜兮兮的小狗，用狗的口气说："看来我只能呆在这里了。"

它叫你感受到这个城市的人性与温情。

我第一次到维也纳，是参加 IOV（国际民间艺术组织）的考察活动,那是1988年。接待我们的秘书长是一位致力于国际民间艺术交流的志愿者,名叫法格尔。他做过上奥州共产党的书记,1963年弃政从文,奔走于世界各地,他相信民间艺术的交流是人类最纯洁和本色的交流。他从四十多岁一直干到今天七十五岁,已经有一百四十多个国家的会员,各种民间艺术的交流活动遍及全球,故而这个由他一手操办的纯民间团体被联合国认定为B级组织。但是他只能从政府那里得到一点很微薄的支持,其他经费全由自己一手运筹。穷困难支时,便掏自己的口袋。多年来,他已经把自己的房产卖掉而搭进去了。

为此,我把他视为知己。无论世界任何地方,民间文化都在被无知地轻视着。民间文化事业是寂寞的,它的支持者都是虔诚的奉献者。

十五年来,我在世界不少地方开会时都和他碰在一起,从希腊、奥地利、匈牙利、波兰到中国。我还多次拜访设在维也纳郊外的IOV总部。十五年前他目光锐利、手势果断、行走挺劲的样子,依然鲜明地浮在眼前,但如今他已是眼神迟疑、说话无力、双手下意识地不停抖着。我望着他,心里有点伤感。他的理想把他的精力掏空了。岁月对于他和他致力的民间文化都非常无情。他却犹然坚定地对我说:艺术与体育不一样。体育最终只承认第一,第一风光无限,第二就不那么重要了;但艺术是平等的,不同的文化艺术同样重要,相互不能替代,只有交流。

我说,文化交流最终的目的,不是为了一样,而是为了更不一样。

另一个让我感动的维也纳人是建筑师和画家百水。

有人说,二十世纪的建筑师中有两个怪人,都是一任天真,充满童真和奇特的想象。一位是西班牙的高迪,一位是奥地利的百水。他们的风格都是一望而知的。比如百水,流动在他建筑上的曲线,积木般的圆柱子,带表情的窗子,凹凸不平的地面等等都散发着他一无遮掩的个性。但百水更重要的意义是他视"环保"为天职。

2003年的维也纳之旅使我结识到一位在奥工作的中国女孩子。她曾与百水有过一段情谊真挚的交往。我和她交谈中,使我一下子看到了百水的灵魂。

这个灵魂是绿色的,透明的,绝无任何杂质。

他平时喜欢头上扣一个彩色的小帽子,衣着随便,家里边一塌糊涂,走出门时,常常一只脚穿一种颜色的袜子。二十世纪六十年代他在一次演讲时,忽然把衣服脱下,当众赤裸。听众中有一位是女议员,这使当场的气氛很紧张。人们攻击这位放荡不羁的艺术家行为过分。但他说,他想表示人有五层皮肤。第一层是宇宙,第二层是大自然,第三层是空气,第四层是衣服,第五层才是皮肤。每一层都不能破坏。

也许百水是聪明的。他知道在媒体霸权的时代,他以这个"非常"的方式可以使人们记住他的思想:捍卫大自然!

由此,我理解到,他的作品全是他思想的工具——

他把垃圾处理厂设计得那么美丽,是因为这里可以完成垃圾的梦想——还原于生活;他设计的房子,要不到处是树木,有时屋顶还是一片绿意盈盈的小树林呢;要不就与大地混在一起,一部分房间干脆钻入地下。一种对大自然的亲切感让人感动。

至于他常常把地面设计得凹凸不平,是想使人随时感到大地的生命韵律。

他画中那些年轮般环环相套的线条,象征着大自然的生命;那些螺旋状的柱子,象征生命的成长;那些葱头状的屋顶,象征生命所孕育的勃勃生机。他作画不用化学颜料,只是矿物质的颜料。他喜欢随心所欲地作画,就像大自然中的草木自由自在地生长。

他的艺术个性不就是他思想的个性吗?

尤其是在全球工业化和商品化的时代,他的思想与行为有着特殊和紧迫的意义。

1998年他在法国买了一处房子,看上去很像原始人的住所。没有人知道他买这个房子为了什么。后来,他又在新西兰买了一处不大的农场。那片土地全然与世隔绝,一切生物都没有污染和破坏。他时时一个人裸体地生活在那里。这时人们才明白,百水想做一个纯粹的自然人。

他说:大自然给人最珍贵的东西是纯洁,人应该把纯洁还给它。

2000年2月,他死在了异乡。死前他留下了遗嘱,说他要赤身裸体埋在他新西兰那块净土中。他要把自己纯洁地还给大自然。他身体力行地完成了自己的追求。虽然他的遗体远葬他乡,却把他终生经营的绿色的理想散布在维也纳的空气里了。

我在维也纳见过三个小小的"奇迹"——

第一,在市中心戒指路上那家著名的蓝特曼咖啡店,我与魏德大使夫人聊天。时时会有觅食的鸟儿从我们中间"刷"地飞过。它们每一次飞过，我们都会微笑一下。世界上什么地方还会有这般美妙的情景？

第二，我和朋友们在普拉呼塔餐馆吃水煮牛肉。当服务生将一瓶上好的葡萄酒斟入我的酒杯时，即刻有一只蜜蜂飞落在我的杯沿上。它金黄色球形的肚子一鼓一鼓，玻璃样的翅膀一张一合。世界上哪里还会有这样神奇的事情发生？

第三，一天出门散步。在我居所后边一条小街上停着一辆白色的小轿车。车后边装一个铁架子，上边放一个奥式的长条的花盆，里边金黄色的菊花正在盛开。世界上哪里的人会把鲜花装在车上，带着它到处奔跑？

只有维也纳。

维也纳是个生活的城市。但他们不是为生活而生活，而是为美为享受美而生活。他们的一切生活片断都可以转化为圆舞曲，所以才出现了圆舞曲之王施特劳斯。

如果说莫扎特是萨尔茨堡的灵魂，施特劳斯则是维也纳的灵魂。也许它不够深刻，但它把人类快乐而华丽的美推向了极致。

1995年奥地利政府决定与匈牙利合办世界博览会，并指定在空旷的多瑙河南岸开辟新区，像巴黎的拉德芳斯那样，兴建现代化的建筑场馆。但此举遭到维也纳人的反对。一种维也纳式的思维爆发了：我们生活得已经很好了，为什么还要拼命干？世博会一来，一定会扰乱我们的生活！故而举行全体市民的公投表决，最终还是把世博会否决掉。

于是，维也纳依旧是鲜花、皇宫、老街、咖啡、施特劳斯的旋律和"免费的音乐会"。

  如果你是维也纳人,你会选择怎样的生活?如果你不是维也纳人,你在这座世界文化名城里,愿意看到怎样的一种生活?

2003.9.10

散漫的天性

国界真是一种奇妙的分界线。奥地利人和德意志人各有三分之一边界相邻相连,共有着阿尔卑斯山;多瑙河先是流经半个德国,然后畅通无阻地直贯维也纳;站在萨尔茨堡的高山城堡上西望,倘若无人指点,从远景的画面上根本无从区分哪里是德国,哪里是奥地利。他们彼此还以同一种语言交谈,用同一种文字传递思想情感。谈到他们的历史渊源,更是悠久绵长,密不可分……虽说如此,奇怪的是,从他们的目光却能一下子清清楚楚区别开来。是吗?你会问。那你就看吧——

德意志人的目光尖硬、冷峻、凝聚、专注,像一小块碎玻璃。这也许是他们严谨、苛刻、一丝不苟、善于逻辑思维的民族性的表露。但这块碎玻璃越过国界,到了奥地利人深陷而柔软的眼窝里就融化了。好像从多瑙河舀起的一小勺水,晶莹而温和,平静又散漫。说到散漫,我好像一下子抓住了对奥地利人总的感觉。

在这块不大的充满画意的山地之国转一转,就会发现散漫好像一种有魔力的气体,到处弥漫。万物全着了魔。那些起伏不已的绿色丘陵,全像睡汉,懒洋洋舒展着躯体;那些红色和白色的夹顶小楼,也都随遇而安,自由散落在山水之间;那些系着颈铃的大牛,站在山坡上,常常一站半个小时,好像等待照相一般。特别是这散漫的气息还浸入奥地利人的骨子里和天性里,明显地表现在他们的生活方式和举止行动上。

如果把纽约街头健步如飞的女秘书们请到维也纳来走一遭,准会把维也纳人吓得惊慌失措,以为哪里失火了。我总觉得维也纳起码有一半人整天闲坐在咖啡馆或街头茶座中,这些随处可见的街头茶座是维也纳最有特色的市井风情。一些店铺在门外,用各式围栏和各样花池圈起一半边道,摆几张小桌,放些鲜艳的瓶花,还有些舒适的椅子。闲来一人独坐其间,或酒或茶,慢慢清饮,亦思亦想,出神怔神,悠悠然不管时间长短;或许两三友人,对酌闲话,常常把几个小时光阴全慷慨地坐在屁股下边了。

时间,仿佛是他们用来享受的,所以他们对时间不吝啬也不严格。

世界各民族对赴约的时间态度很不同。中国人赴约以提前早到,表示礼仪,故有张良拜师提早一个时辰等候而被传为佳话。德国人对时间苛刻又吝啬,赴约不早不晚,以准时准点、不差分秒而著称。但与德国人操同一种母语说话的奥地利人,却不守时,大多迟到晚点,见面说一句:"很对不起,我来晚了。"此时,我留意他们的表情,歉意无多,说过便了,好像见面时的一句口头禅。

时间对于他们太少还是太多了?

奥地利一年中法定的工休日是九十六天(每月八天),加上国庆、新年、各种风俗节日;再有,奥地利人百分之九十六信奉宗教,宗教节日不胜其多,比如复活节、三神节、圣诞节、狂欢节、圣灵降临节、耶稣圣体节、圣母玛利亚升天节,乃至圣母玛利亚怀孕节……有一种说法:奥地利人一半日子在度假。细算算,差不多。许多小店铺的老板们还常给自己放假。他们平日卖东西赚钱,只要够一次旅费，便关了铺面，外出旅行。

奥地利人不愿过分膨胀与竞争，把自己放在拉紧的弓弦上，眼睛死盯着大富大贵；他们喜欢小康式的富足，富足后的悠闲，多多享受生活本身。

"人人都希望富有，但富有与幸福是什么关系？比方说，你一生到底需要多少钱？三百万先令？好，如果你赚到三百万先令，再多赚一个先令也是多余的了。你何必不停下来，去尽情享受这足够使用的钱呢？"

我的一位奥地利朋友说，这是他们大家都认同的一种生活观。

尽管从哈斯堡王朝到奥匈帝国，奥地利权力的手掌曾遮盖过周边许多国家。但先人那股子并吞天下的雄心壮志早已化为一种历史感觉。不管当今奥地利的政治家们是否还争强好胜，但更多的普通的奥地利人则一往情深地醉心于昔日的文化，天赐的山川风物，葡萄美酒与音乐四重奏。他们只要能够感受到和享受到的。这样，看上去，他们潇洒、随意、散漫和自由自在。

我的这位奥地利朋友手指着在草地上晒太阳的人们，叫我看。这些人穿装随便，东倒西歪。有的说说笑笑；有的闭目仰卧，任由阳光爱抚；有的已经呼呼大睡。他对我说：

"你能想到吗？他们有的人是手里攥着账单来享受大自然的！"

噢，这些奥地利人，真行！

我心里说。

1993.4

维也纳春天的三个画面

你一听到青春少女这几个字,是不是立刻想到纯洁、美丽、天真和朝气?如果是这样你就错了!你对青春的印象只是一种未做深入体验的大略的概念而已。青春,它是包含着不同阶段的异常丰富的生命过程。一个女孩子的十四岁、十六岁、十八岁——无论她外在的给人的感觉,还是内在的自我感觉,都决不相同。就像春天,它的三月、四月和五月是完全不同的三个画面。你能从自己对春天的记忆里找出三个画面吗?

我有这三个画面。它不是来自我的故乡故土,而是在遥远的维也纳三次旅行中的画面定格,它们可绝非一般!在这个用音乐来召唤和描述春天的城市里,春天来得特别充分、特别细致、特别蓬勃,甚至特别震撼。我先说五月,再说三月,最后说四月,它们各有一次叫我的心灵感到过震动,并留下一个永远具有震撼力的画面。

五月的维也纳,到处花团锦簇,春意正浓。我到城市远郊的山顶上游玩,当晚被山上热情的朋友留下,住在一间简朴的乡村木屋里,窗子也是厚厚的木板。睡觉前我故意不关严窗子,好闻到外边森林的气味,这样一整夜就像睡在大森林里。转天醒来时,屋内竟大亮,谁打开的窗子?正诧异着,忽见窗前一束艳红艳红的玫瑰。

谁放在那里的？走过去一看，呀，我怔住了，原来夜间窗外新生的一枝缀满花朵的红玫瑰，趁我熟睡时，一点点将窗子顶开，伸进屋来！它沾满露水，喷溢浓香，光彩照人；它怕吵醒我，竟然悄无声息地又如此辉煌地进来了！你说，世界上还有哪一个春天的画面更能如此震动人心？

那么，三月的维也纳呢？

这季节的维也纳一片空濛。阳光还没有除净残雪，绿色显得分外吝啬。我在多瑙河边散步，从河口那边吹来的凉滋滋的风，偶尔会感到一点春的气息。此时的季节，就凭着这些许的春的泄露，给人以无限期望。我无意中扭头一瞥，看见了一个无论多么富于想象力的人也难以想象得出的画面——

几个姑娘站在岸边，她们正在一齐向着河口那边伸长脖颈，眯缝着眼，撅着芬芳的小嘴，亲吻着从河面上吹来的捎来春天的风！她们做得那么投入、倾心、陶醉、神圣，风把她们的头发、围巾和长长衣裙吹向斜后方，波浪似地飘动着。远看就像一件伟大的雕塑。这简直就是那些为人们带来春天的仙女们啊！谁能想到用心灵的吻去迎接春天？你说，还有哪个春天的画面，比这更迷人、更诗意、更浪漫、更震撼？

我心中的画廊里，已经挂着维也纳三月和五月两幅春天的图画。这次恰好在四月里再次访维也纳，我暗下决心，无论如何也要找到属于四月这季节的同样强烈动人的春天杰作。

开头几天，四月的维也纳真令我失望。此时的春天似乎只是绿色连着绿色。大片大片的草地上，没有五月那无所不在的明媚的小花。没有花的绿地是寂寞的。我对驾着车一同外出的留学生小吕说：

"四月的维也纳可真乏味!绿色到处泛滥,见不到花儿,下次再来非躲开四月不可!"

小吕听了,就把车子停住,叫我下车,把我领到路边一片非常开阔的草地上,然后让我蹲下来扒开草好好看看。我用手拨开草一看,大吃一惊:原来青草下边藏了满满一层花儿,白的、黄的、紫的,纯洁、娇小、鲜亮,这么多、这么密、这么辽阔!它们比青草只矮几厘米,躲在草下边,好像只要一努劲,就会齐刷刷地全冒出来……

"得要多少天才能冒出来?"我问。

"也许过几天,也许就在明天。"小吕笑道,"四月的维也纳可说不准,一天换一个样儿。"

可是,当夜冷风冷雨,接连几天时下时停,太阳一直没露面儿。我很快就要离开这里去意大利了,便对小吕说:

"这次看不到草地上那些花儿了,真有点遗憾呢,我想它们刚冒出来时肯定很壮观。"

小吕驾着车没说话,大概也有些怏怏然吧。外边毛毛雨点把车窗遮得像拉了一道纱帘。可车子开出去十几分钟,小吕忽对我说:"你看窗外——"隔过雨窗,看不清外边,但窗外的颜色明显地变了:白色、黄色、紫色,在窗上流动。小吕停了车,手伸过来,一推我这边的车门,未等我弄明白是怎么回事,便说:

"去看吧——你的花!"

迎着细密地、凉凉地吹在我脸上的雨点,我看到的竟是一片花的原野。这正是前几天那片千千万万朵花儿藏身的草地,此刻一下子全冒出来,顿时改天换地,整个世界铺满全新的色彩。虽然远处大片大片的花已经与蒙蒙细雨融在一起,低头却能清晰地看到每一朵小花,在冷雨中都像英雄那样傲然挺立,明亮夺目,神气十足。我惊奇地想:它们为什么不是在温暖的阳光下冒出来,偏偏在冷风冷雨中拔地而起?小小的花居然有此气魄!四月的维也纳忽然叫我明白了生命的意味是什么?是——勇气!

这两个普通又非凡的字眼,又一次叫我怦然感到心头一震。这一震,便使眼前的景象定格,成为四月春天独有的壮丽的图画,并终于被我找到了。

拥有了这三幅画面,我自信拥有了春天,也懂得了春天。

1995.6 天津

亲吻春天的姑娘

萨尔茨堡"洗牛皮的人"歌舞团演出的地道的民间舞,名叫《森林·魔鬼·春姑娘》。

那是1987年,我第一次到萨尔茨堡考察民间艺术时看到的。事隔多年,那场面记忆得依然清清楚楚!

先是一群健壮的小伙子,头顶黑色圆帽,帽檐四周垂下红白彩带,遮住面孔;身穿旧式背带裤,裤腿却足有两米多长,原来裤腿里踩着高跷。小伙子们双腿并齐,一跳一跳上场来,高跷跺地,好像打桩,声音整齐震耳,气势威武雄壮。他们代表大森林。这时,一个丑陋的小魔怪出现在林间,小魔怪代表严寒的冬日。任凭森林挪来挪去,小魔怪闪转躲藏,就是不肯离开林间。跟着,一群穿红裙盛装的姑娘奔上场来,情景立时变了,她们赶走小魔怪,大森林欢悦起来。姑娘们清脆明亮的歌声和大森林整齐雄壮跺地的节奏,给我们鼓动性的感染。"洗牛皮的人"歌舞团团长告诉我:"这些姑娘是春天!"

春天?这句话对我有一点震撼。

春天为什么被奥地利人表现得如此强烈有力,如此激情冲动,因而如此被渴望着?

看看地图,奥地利地处欧洲大陆的中央,它像欧洲的肚脐儿。

春天究竟是怎样到达这里的?是由北海的暖风吹送,再经多瑙河波载浪推,流淌进来的?还是把狭长的意大利当作跳板,悄悄渗入的?不管经由哪里,都要翻越过终年披雪、高峻摩天的阿尔卑斯山。所以,春天年年都是姗姗来迟。

复活节前,在维也纳街头到处还贴着招募扫雪工的小广告的时候,沿着多瑙河峡谷一带的小村镇,人们戴着鸡猪牛羊猫狗兔鸭等滑稽逗人的面具,上街跳舞,呼唤春天。春天使阳光充足,雨水充沛,万物复苏,生灵繁荣,花开草绿,水亮山鲜……然而春天在哪里呢?人们呼唤它。呼唤也是一种寻找啊。

不久,每个村口都竖起一根几十米长的杆子,顶端绑着一株小松树和五彩飘带,名叫"五月树",据说它预告着冬天的结束与春天的来临。那杆顶的小松树是刚刚从森林里采来的;细心留意会发现,树尖新绿耀眼,已然返青。那些在山村静静度过整整一个冬季的人们,抬头一望这绽露春意的"五月树",心情便换了一番境界。

四月里,依然乍暖还寒时候,阳光忽冷忽热,多瑙河边已经出现最早一批裸体游泳者,他们天天坐在岸边等待阳光变暖,只要稍显热意,便迫不及待脱光衣服。尤其那些漂亮的姑娘们,终究有机会展示上天赐给她们的俊美形体与迷人的肌肤了。她们不怕别人看一眼自己最隐秘的部位,有时反到朝你莞尔一笑,笑里含着骄傲、富有和光荣感,好像古代英雄自豪于他们饱满雄健的胸肌。这是人本身的财富。表现出来却需要一种与传统相悖的胆略与勇气,但即使在维也纳,这种姑娘也是少数,更多的姑娘是和伙伴或恋人在草地上享受春天的太阳。

在霍夫堡皇宫侧面莫扎特公园的草地上,我看到一个姑娘正

多瑙河运河公园墙上迎接春天的女神雕像

晒太阳。她大约十七岁的样子,斜卧在地。柔软的金发如同泉水一般浇头而下,先在肩头稍停即落,松松垂到绿草上。她左边几米远的地方,扔着三四本书,一只空纸杯,还有小挎包;右边几米远的地方扔着鞋子和一件粗线网眼的毛外衣。这是她在草地上舒舒服服打滚儿时,随意扔下的。此时,她以肘撑地,另一只胳膊举起,手捏着从草地上摘下的一串小紫花。她仰着脸,想用嘴唇亲吻这初开的春花,但微风吹动,花蔓柔弱,随风飘摆,好似故意不让她吻到。她很固执,扬着雪白的下巴,张开芬芳的红唇,左右晃动,去捕捉那顽皮的花串。她做得那么专注,那么倾心,那么陶醉;还甜甜地笑。阳光迎面照下来,极其强烈又鲜明地照亮这画面的每一个细节……

我忽然明白,为什么奥地利人那么喜爱施特劳斯的《蓝色的多瑙河》了。就像阴雨不开的中国四川那首民歌《太阳出来喜洋洋》,充满对太阳的渴望,歌声里都带着阳光的感觉。而从《蓝色的多瑙河》中,特别是从"春天来了,春天来了"的欢呼声中,我更深刻地感受到春天如同爱情一样,给奥地利人以无限的生命!

音乐与歌之所以迷人,是因为它们总是理想主义的。理想是现实的空白,只有音乐能填满它,并使它光彩夺目。对于奥地利人来说,他们理想与期待的,永远是春天。一旦他们拥有春天,就能把生活创造得像这亲吻花朵的姑娘一样。

1993.5

如梦的瓦豪

从奥地利归来,我问妻子同昭:"你说奥地利哪个地方最美?你别想,马上回答。"

"瓦豪!"她立即叫道,像抢答。急切的口气中有种难捺的冲动,睁大的眼睛似乎询问我是否同意。

我笑而不答。还用说吗?世界还有哪个地方比瓦豪更美、更像画、更诗意、更迷人?

要想得到瓦豪的精髓,必须把车子开出维也纳,向西直到下奥州的马尔克,然后掉转车头再往回开,便一头扎进这个名叫瓦豪、延绵四十公里、优美出奇的多瑙河峡谷了。

我不想为你描写它,只想叫你去感受它。

试想想,你驱车纵入这图画般的峡谷,公路平滑如镜,行车极畅,简直像在贴地飞行。你右侧是绿茵草地,野花烂漫,一片鲜黄,一片艳红,一片耀眼的紫夹白,不停地变换颜色,缤纷地扫过你的眼帘。隔过这彩色地带便是多瑙河。你看那河水真的那么蓝,比天空的颜色还深还纯,而且光亮、充沛、溢满,仿佛与公路在同一水平线上。这时,倘若你车头一转,穿过花地,保准会化为多瑙河上一只凌波弄浪的轻舟……当然,你仍然驱车前行,河对岸与你左侧都是浓林覆盖的群山。大大小小,红白尖顶的精巧小楼散落其间,它们是在这儿享受风光还是点缀风光?

点缀风光的是它们,享受风光的是你。

山巅极处,不时出现一座黑黝黝废弃的古堡,你是不是想起了中世纪骑士时代那些瑰丽神奇的传说?当你仰望群山,更觉得人在峡谷中穿行,还像在长长的无与伦比的巨型画卷中穿行。你也许会叫起来:我要是一位画家多好啊!可这时你打开录音机——你的奥地利朋友为你准备了施特劳斯关于多瑙河的音乐。你忽然觉得眼前画面全变成了音乐中的景象。这一切不属于绘画,只属于音乐。那《蓝色的多瑙河》并不是施特劳斯创作的,多瑙河原本就是这种拍节、这种旋律、这种美。你现在不是在那乐曲的五线谱上飞驰吗……

一路上,各种小村小镇一晃而过。它古朴幽雅,小巧玲珑,千姿百态,招你喜欢。但你不要停留,自管向前,一直到达多瑙河的转弯处,那个依山傍水的古镇杜尔斯坦因才是你必须驻足、慢慢流连的。

你从低矮的古城门洞钻进去,就像钻进了遥远的历史,纵横几条小街,弯弯曲曲,忽高忽低,白色或褐色的老屋意趣盎然,所有东西看上去朴拙而笨重,这景象多像古代的木版插图!如果你怀古情思浓重,更能得到极大的满足。这镇上的居民依然像他们数百年前的祖先那样生活。他们用干花或干果装饰临街的门窗,爱穿民族服装,依旧使用传统手法和燃料烤制面包,喝那种五百年前瓦豪人就引以自豪的家乡葡萄酒。而你在街上决看不到霓虹灯、广告、电视天线,听不到现代音乐,一切都和谐、洁净、鲜亮、古朴与安宁,每个街角都可以摄入镜头。他们深知自己的财富是山光水色与历史文化,他们写在房子上的建造年代令你惊讶,因为早在

1972年他们就庆祝过这个古镇一千年的历史……现实可以不断创新，历史却无法重复。但杜尔斯坦因人告诉你，历史是可以保留住的，只要你珍惜它。

珍惜才是最极至的爱。于是，你相信，它由来如此，永远也如此。

杜尔斯坦因有两处出名的胜地，一处是普法尔教堂，它建造于1725年，被称作"奥地利巴洛克建筑艺术的明珠"。这座伫立在多瑙河岸边峭壁上的淡蓝色的教堂，在阳光明媚时，金碧辉煌，无上华美，大概只有皇宫可比。另一处则是后山极顶上一座骑士堡的废墟，你仰望它，高耸险峻，那些断壁残垣依然显示着当年不可一世的雄风。一定有人告诉你，攀上古堡，可以看到多瑙河纵贯峡谷的全貌，满山遍野葡萄梯田的美景及对岸高特维格修道院远远的丽姿秀容，但我劝你还是多在这古雅的小镇里漫步细游，赏看每一盏街灯、每一道花栏、每一处残留在墙上的壁画；倘若一个镇上的姑娘回家，从怀里掏出一个老式的特大钥匙，插进那大木门黑黑的钥匙孔中，"哗啦哗啦"转动几下一推，你赶紧伸头看去，天呀，多美！这里家家都像一个古老的乡村生活的博物馆啊……

一只白鹳站在它筑的屋顶的大巢上四处观望；老妇人在那种剧场包厢似的晾台上，使藤杆打松晒暖的被子，徐徐的风还把她插在窗框上、用彩纸折制的风车吹得轻轻旋转；几个汉子喝足了葡萄酒，伏案睡着了，一群麻雀在他们的脸旁跳来跳去，争食案上的面包碎屑，还有一只麻雀站在酒瓶口，努力想把脑袋伸进酒瓶，它也想一醉方休？

倘若你离去时，天已黄昏，小街上阴影重重，空气却清澄透明，带着河水的蓝色与森林的气息。一盏盏灯、一面面窗子亮起来，金黄耀目,更添宁静。你说你愿意离去吗?

同昭说,我童年就梦想到这样一个地方,它和我梦想的完全一样。

如梦之地,必然是人间最美的地方了。

1993.9.11《宁波日报》首发

萨尔茨堡的性格

小小的山城中一半以上是游客,怎样从中一眼就辨认出萨尔茨堡人来?我同来的伙伴说,随身带伞的人准是萨尔茨堡人。

这话没错。萨尔茨堡是个阴晴不定的城市。可是它不像巴黎那样——一阵雨把脑袋淋湿,紧跟着拨开云层的太阳又把头发晒干。萨尔茨堡的雨常常没完没了。整整一天把你拦在屋里发闷发愁,转天醒来,它在窗外依然起劲地下着。一条条长长的亮闪闪的雨丝无止无休,无法斩断,本地人称这种雨为"绳子雨"。

一些旅店和餐馆总是在门口备了雨伞。遇到雨的客人们随时可以拿去一用。当你从伞桶里抽出一把雨伞,按一下伞把上的开关,"刷"地将一块晴天撑到头上时,便会感受到此地人的一种善意与人情。

城中的老街粮食街很像一条巨大蜈蚣,趴在那里。这条蜈蚣太古老,差不多已经成了化石。天天都有成百上千的游人在蜈蚣身上走来走去,寻古探幽。

且不说街上那些店铺的铁艺招牌,一件件早已够得上博物馆的藏品。连莫扎特故居门前手拉门铃的小铜把手,依旧灵巧地挂在墙上。它至少在一百年前就不使用了,但谁也不会去把它取下来——删节历史。因为最生动的历史记忆总是保留在这些细节里。

这里先不说萨尔茨堡人的历史观,往细处再说说这条老街。

任何老街都不是规划出来的,它是人们随意走出来的,所以它弯弯曲曲,幽深而诱惑。走在粮食街上,我很自然地想起意大利文艺复兴时期的名城西耶纳的那条老街,狭窄又曲折,布满阴影,没有边道;夹峙在街道两边的建筑又高又陡,墙壁上千疮万孔,到处是岁月沧桑的遗痕。

从这条老街两边散布出去的许许多多的小巷,好似蜈蚣又细又密的腿。一走进去,简直就是进入意大利了。这长长的巷子,大多在中间都有一个天井式的院落。四边是三层的罗马式的回廊。只有在中午时分,太阳才会由中天投下一小块叫人兴奋的阳光,使人想起卡夫卡对这种意大利庭院一个很别致的称呼:阳光的痰盂。只靠着这点阳光,每个庭院都是花木葱茏,常青藤会一直爬到房顶去晒太阳。

如果从粮食街直入犹太巷,再拐进莫扎特广场,意大利的气息会更加强烈地扑面而来。

那些铺满阳光的广场,那些森林一般耸立着的雪白的教堂,那些生着绿锈的典雅的屋顶,一群群鸽子在这中间飞来飞去。

从中,我们立刻感受到萨尔茨堡一千年政教合一的历史中,大主教至上的权威——他们的威严和尊贵!瞧吧,当年这些来自罗马的大主教们,多么想在这里过着和梵蒂冈中教皇一样的生活,多么想把萨尔茨堡建成"北方的罗马"!

萨尔茨堡的山野

萨尔茨堡不同于奥地利任何城市,与其相差最远的是维也纳。

维也纳建在一马平川的平原上,宏大而开阔;萨尔茨堡建在峡谷之间,狭窄而峭拔。维也纳的主人是哈斯堡王朝,雍容华贵的宫廷气息散布全城;萨尔茨堡的主宰者是大主教们,神灵的精神笼罩着小小山城。所以,至今我们可以感受到维也纳的开放自由与萨尔茨堡的沉静封闭——这种历史的气氛。甭说城市,连城市的河流也大相径庭。绕过维也纳城市中心的多瑙河,总是给艺术家们很多灵感;但是从萨尔茨堡城中穿过的盐河,却没给人们更多的诗情画意。因此,逃出大主教阴影的莫扎特发誓他再不回到萨尔茨堡。此后他竟然连一支以故乡为题材的乐曲也没有。

当然,这是历史。

不管历史是怎样的,最终它都创造了城市各自独有的性格。

于是,宗教城市的静穆,大主教历史的森严和独来独往,山城的峻拔与曲折以及本地人的自信与执著,都已经成为今天萨尔茨堡深层的人文美。

当自以为是的美国人把麦当劳建在粮食街上时,他们第一次屈从了这里的文化传统,而把那种通行于世界的、粗鄙的、红底黄字的商标——大"M",缩成小小的、镶在一个具有本地特有的古色古香的铁艺招牌中。

全球文化在这里服从了本土文化,从中我们是否看到了萨尔茨堡人的某些性格?

再往广处说,尽管每年来到这小城中的旅客人数高达二千二百万人,本地人的生活方式却依然故我。他们没有被成帮结队、腰包鼓鼓的旅客扰得心浮气躁,一堆堆挤上去兜售生意。那些事都由旅游部门运行得井井有条。萨尔茨堡是用"电子商务"来经营旅游最出色的地方。人们呢？静静地做着自己的工作，并按照他们喜欢与习惯的方式去生活、娱乐和度假。他们远远地避开旅游景点，不喜欢到那种挤满游客的饭店和酒店去餐饮。因为在那些地方，他们找不到生活的温情与熟悉的气息。

如果想看一看真正的萨尔茨堡人，就去奥古斯汀啤酒屋吧！在那个一间间像厂房一样巨大的木头房子里，摆着一排排长条的木桌，看上去像卖肉的案子。桌子两边是木凳。萨尔茨堡人喜欢这里所保持的传统方式——自己去买酒买肉，洗杯和倒酒。陶瓷啤酒杯本来就很重，盛满酒更重；肉是烧烤的，又大又热又香。在这里没有人独酌，全都是一群人一边吃喝一边大声说话。

如果他们想一个人安静地消磨一下，就钻进盐河边的巴札咖啡店里。这家全萨尔茨堡人都去过的咖啡店，一点也不讲究，但这个城市的许多历史都在这家店中。小圆桌和圈椅随随便便放在那儿，进来一坐，一杯咖啡可以让你想呆多久就多久。尽管有人说话也听不见。咖啡店的规矩和教堂一样——保持安静。它和奥古斯汀啤酒屋完全是两个世界、两种情调，但是一个传统。

如果想放纵，想连喊带叫，想与朋友热闹一番，就去奥古斯汀；如果想让精神伸个懒腰，想怔一会神儿，想享受一下宁静与孤独，就去巴札。他们一直依循着这些与生俱来的生活感觉，从不改变。他们也看电视，也打手机，也听CD，但离不开他们的奥古斯汀和巴札。

在外地人眼里，萨尔茨堡似乎有些因循守旧。甚至有人说维也纳是"音乐之城"，萨尔茨堡是"音乐之乡"，挖苦他们是乡下人。但一位萨尔茨堡人骄傲地说，我们这儿的女孩子从来没人骚扰。

在当今世界,很多城市由于旅游业兴旺,当地的人文风气发生骤变。商业扭曲和异化人们的心灵。然而萨尔茨堡人却岿然不动。他们本分,诚实,循规蹈矩,甚至看上去有点木讷,但叫你信任不疑。外地旅客不识德语与奥国的硬币,买了东西,常常将一把硬币捧给他们,让他们拿。他们决不会多拿一分钱。可是如果在威尼斯和巴塞罗那谁这样做,谁就是傻子。

民风的淳朴来自他们的传统。他们怎么使这传统在利欲熏心的商品世界里不瓦解、不松动?原因其实只有一个:他们深爱甚至迷恋着自己的传统。不要以为他们只是凭着一种传统的惯性活着。在大主教广场上,我看过他们举行的一个非常特殊的活动。一些身穿巴洛克时代服装的年轻人表演着先前的萨尔茨堡人怎么打铁、制陶、造纸、织布,以及怎么化妆、用餐和演戏,等等。我问他们为什么这么做。他们说,一方面使人们亲近传统,一方面吸引外来游客。我问他们,是为了赚游客的钱吗?

他们说,没有赚钱的目的。人家来旅游,不只为了玩和购物,更要看你的文化。我们这样做是为了宣传自己的文化。

老实说,萨尔茨堡人生活在一种很深的矛盾中。焦点就是旅游。

他们和任何旅游城市一样,天天都承受着潮水一般的游客的冲击。所有空间都是人头攒动,到处都是挎着背包和相机的陌客窜来窜去,动不动就举起相机对着他们"咔嚓"曝一下光。重要的是,生活被全部打乱、打碎。一位当地人说,萨尔茨堡已经不是我们的了,它卖给游人了。

然而,萨尔茨堡人又都明白,这座城市至少一半收入来自这些张大眼睛四处乱看的游人。何况,每当游人们被萨尔茨堡的美震住,他们又从心底感到十分的自豪和满足。

萨尔茨堡人细致、诚恳、敬业,又很会做生意。他们善待每一位客人。每位客人进入这里的旅店,都会看到桌上放着一套"见面礼"。风光画片,旅游手册与地图,一套纪念册,几粒莫扎特糖球,有时还有一顶太阳帽。而为旅客想得如此周到的,不仅仅是旅店,还有餐馆、剧场、车站和各个著名的景点。他们抓住任何一位游客,让人充分享受到这里的精华。关键还是由于,他们真正懂得自己家乡的文化之美在哪里。

可是,如果与他们进一步接触,就会觉得在什么地方与他们总有一点距离,一点隔膜。这便很自然地想到,是不是一千年大主教特立独行的历史,给这座城市造成了一种封闭?

他们很高兴外来的人喜欢他们的文化,但对外来文化却并无很大兴趣。在城中的画廊里,很少能看到现代艺术,至于美国化的流行文化更难在这里立足。

任何在文化上自成系统的地方,总会以自我为中心。也许正是这种文化上的自我,才使它特色鲜明和不可替代,因之也就更具旅游价值。

我在萨尔茨堡有一位好友,名叫威力。他出生在北意大利的米朗特。十岁来到萨尔茨堡。人说米朗特曾经属于奥地利的蒂罗尔。我却坚信他是意大利血统。他见到朋友就张开双臂拥抱,像要放声歌唱;他脸色通红,仿佛时时都是激情洋溢。他不喜欢别人打断他的话。但他要是激动起来,也无法中断自己的话。然而,这位意大利人却是一位十足的"萨尔茨堡通"。他深知这座城市每一幢房子的历史,甚至知道扔在路边每一块有花纹的老石头来自哪里。

历史在史学家手里是一堆可以查证的材料,在民俗学家口中全是能够行走的生命。

他本职工作是铁路局的电气技师。对民俗与地方史的研究则用去全部业余时间。现在他退休了,他说"现在可以用全部生命的时间"了。前几年,州政府颁发给他一枚金质奖章,奖掖他对萨尔茨堡的地方史做出的出色贡献,后来别的组织也要向他颁奖,他却说,不要了,一个就足够了。这些事多了会很麻烦。他说,"最重要的不是我,而是萨尔茨堡。"

我问他,为什么他会这么爱萨尔茨堡。

他说:因为它的魅力!

好像说一位他视如生命的女人。

我发现这个意大利血统的人激动起来,不但脸更红,而且眼球像通了电,目光灼亮。

后来,我在拜访萨尔茨堡音乐戏剧节组委会时,感受到在情感意义上他们个个都是威力。尽管距离7月底的音乐节还有三个月的时间,所有筹备工作已经紧张地干起来了。在一座剧场里,人们正在吊装巨大的具有抽象意味的彩绘幕布。音乐节时,这里将上演莫扎特歌剧《后宫诱逃》。他们正在加紧制作布景和道具。

已经有八十多年历史的萨尔茨堡音乐戏剧节是闻名于世的艺术节。他们既有一百米宽和三十米高超大舞台的现代剧院,也有三百年历史的岩石骑术学校剧场。届时萨尔茨堡将有二千五百个临时性工作人员,为来自世界各地的二十万观众服务。他们年年如此。

这位艺术节组委会的负责人对我说:"我们要让每一位客人都爱上萨尔茨堡。"

这话叫我吃了一惊。他不是在说大话,他说得很真诚。但叫人爱上一个城市是不容易的。如果你有这个想法,一定是你自己已经深深爱上它了。

可是,一个城市是否真正强大,正是来自这个城市的人对它的爱。这种爱缘于自信。而最深层的自信来自它独有的不可取代的人文和对这种人文的理解。

我喜欢黄昏时分在城市中散步,穿行于那些迂回辗转、交错不已的老街老巷中。此刻,古老的房屋全成了高高低低群山一般的剪影了,寥落的街上已经晦暗模糊。只有那些伸向天空的教堂鎏金的顶子映着夕照,闪耀着光辉。一些设在道边或街角的露天咖啡店桌上的蜡烛已然点亮。近处一个教堂的钟声方歇,远处一个教堂的钟声又起。忽然一阵钢琴声从前边的街角像一阵风似地吹来。

我感到了萨尔茨堡人对他们的传统与文化的一种依赖。

我不想评论这种依赖是耶非耶,但我却清晰地触摸到它的性格,它结实的、执著的、独立和富于魅力的性格。

2003.7.28

雪山上的音乐

当车子爬到一千米以上,我就开始后悔了。我不该听信他们说,山上一家老店如何如何迷人。窄窄的山道不过四米多宽,路边没有任何遮拦,而且极陡;从车窗望出去,空无一物,人像坐在颠簸中升空的飞机上;伸头往下一瞧,竟是万丈深渊,山谷里的树只有米粒那样大小,我的两条腿顿时软了。特别是所有折返的地方全部是急转弯。逢到此处,前边的车窗上一片蓝天。待车子转过来,才会知道我们在死神的肩上走过。

可是我们的向导奥托这家伙居然把车子开到六十迈。他要疯了!我说:"你能把车开得慢一点吗?"他朝我扭脸嘲弄地一笑,说:"我从来没开过这么慢。"

应该相信这位登山教练对山道的熟悉,和我们对平道是一样的。可是我们还是不自觉地死死握着车上的抓手。正当我感到这条吓破人胆的路没有尽头、感到绝望的时候,车子忽然停住。我错以为车子坏了,却见奥托笑着说:"到了。"

我打开车门,首先看到的竟是道边的陡峭的斜坡上站着五头黄白花的大牛。它们只要身子一歪,就会滚下山去,怎么会呆在这里悠然自得?

山上的感觉竟是这般奇异。

上山时的紧张登时消失了一半。待站在这家老店前,残余的另一半紧绷绷的感觉也不翼而飞。

一座典型的阿尔卑斯山的大木屋盖在这块山间的高地上。好像一只巨鹰伫立在这儿,俯视着辽阔的山谷。四周所有大山,半山以下是郁郁葱葱绿色的森林,半山以上是白皑皑终年的积雪,这便是最具特色的阿尔卑斯山的画面。然而,只要往这屋前一排排桌前的长椅上一坐,就会觉得自己是这浩荡风景的一个细节了。

忽然一支长号吹响。

我看见屋前高台的一端,那棵长长的系着花环的"五月树"下,站着一个男子向着我们吹着一只铜号。不用去描述这号声如何优美,它一下子就把我吸引住。

奥托通过翻译张琼小姐告诉我们,他就是这老店的店主,叫塞伯·肖奔斯坦乐。他吹的这支曲子是这里山民的一支迎客曲。到底是这曲子的本身,还是发自主人的心意,这曲子怎么如此的热情与真切?顿时觉得我的心被伸过来的一只无形的手轻轻碰了一下。跟着,周围的一切,无论是群山还是这座老店都把我拥在其中了。

塞伯是个瘦高个子的中年人,文质彬彬,戴着细边眼镜,蓄着胡须。乍看怎么有点像俄国作家契诃夫?他的穿戴却是地道的当地山民的打扮。身穿淡驼色的毛线外套,头顶一顶宽檐毡帽,帽顶裹着一条墨绿色的丝带,插着一束五颜六色的野花。而他待客更是山民的方式——

他只是介绍一下自己的妻子和孩子。不会客套和应酬,也不会说长道短。他妻子约翰娜——一位身体棒棒的、脸蛋红红的、出身在大钟山里的山民的女儿,完全不像是开店做生意,没有菜单,不说价钱,好像家中来了朋友,只是把好吃的食品一样样端出来,奶酪呀,酸黄瓜呀,洋葱呀,草莓呀,自制的腌肉呀,还有红酒和白酒,实实在在地款待我们几个来自万里之外的中国客人。据说他们这家名叫汉斯·斯图巴的山上老店,自1480年开张以来,从来还没有中国人来过。

不善言谈的塞伯便不停顿地为我们一支支地演奏乐曲。他还不断更换乐器。他妻子是尽其所有,他是尽其所能。一会儿捧出一台"契它"(一种山民特有的放在桌上的小型拨弦乐器),赞美人间的爱情;一会儿抱出一架红色的手风琴,歌颂他们的大山。据说这支边弹边唱的契它歌曲《我的家乡我爱你》,是他自己的创作。他的故乡就在山下远处一片丘陵中。他每次弹唱这支歌曲,总要面朝着家乡的方向……

于是我明白了——他最多不过是个音乐爱好者,甚至谈不上是一名乐手。为什么他的曲子,他的弹唱,竟这样地感动我,打动我?

因为艺术在这里返璞归真。

在这里,浩阔的山野放开我们的心怀,只有高山之巅才会这般纤尘皆无的纯净,无碍的阳光把木桌上的食物照耀得鲜亮而明媚,还有那徐徐的山风带着木叶与青草的气息清凉地吹在我们的脸上。在这样的大自然的面前,任何艺术的雕饰都会被解除掉,剩下的只有又纯又美的心性与真情。我想起德彪西说过,在夕阳照耀的乡间景色里,一支牧童短笛只要发出几个音符就会有无穷魅力,因为他吹响的是这世界的灵魂。此时,天上的流云,深谷中盘旋的鹰,以及"五月树"花环上随风飘动的丝带,不都是带着塞伯的旋律吗?还有他唱出的那怀念故乡的声音,微微有些发抖,甚至失去一些音准,却有力地牵动着我的心。由此,我更相信人的声音的感染力超过一些乐器。当然这声音必须是始于心灵。

一支欢快的南蒂罗尔州民歌使我们情不自禁地站起身来,拍手合唱,一个由音乐掀起的高潮来到我们中间。阿尔卑斯山人都是在音乐中长大的。他们闻乐即舞,又唱又跳。我们中国人逢到这种场合,总是感到身体被什么东西缚着。然而,最终我们还是从一种看不见的茧套中挣脱出来,和他们融在一起。

塞伯兴奋了。他跑到屋中拿出一瓶自制的白酒。这酒又甜又辣,有一种强烈的气息。显然眼前这场合需要更强的激素助兴。而这酒一落肚,我感觉又想蹦又想叫。塞伯的儿子也跑到屋里,把妈妈给他做的苹果排也端出来,款待大家。忽然,我发现那几头站立在陡坡上的花牛随着乐曲的节奏,耳朵居然在一动一动,我想起我们中国人的那句"对牛弹琴"的老话,简直不敢相信人间有这样的奇迹。

在阳光把对面一座雪峰照得晶莹夺目时,我们必须起程下山。因为山谷黑了,下山就会有危险。

奥托拿出一些钱放在桌上,为我们付账。塞伯夫妇只是笑了笑,根本没有去点钱,甚至没有多看一眼。对于他们,钱是需要的,但不是最重要的。

分手时,都想给对方留下一点礼物作为纪念。礼物是一种载体。我妻子把一条丝巾留给约翰娜,塞伯则拿出阿尔卑斯山上最高贵的礼物送给我妻子——几朵干了却依然毛绒绒的雪绒花。据说这种花只有在两千米以上的高山上才能见到;只有在零度以下奇冷的空气里才会开放。这样的礼物不是寄寓着山民所崇尚的一种精神么?

我已经懂得了,音乐是习惯于沉默的山民们真正的语言。这时,塞伯肩上又挎起那红色的手风琴,拉一支送别的歌《再见,再见,再见!》。这首歌叫人依依不舍,叫人感情上涌,但是坚强的山民们给朋友送别时是从不伤感的。贯穿这深挚的告别曲调的是欢快的节奏。塞伯的儿子骑着一辆自行车跑出来,一纵身,两只脚站在车架上。他虽然还小,也知道山民应该怎样送别客人。奥托激动起来。这位浑身是力量的汉子,似乎只有用力量表达激情。他左右环顾,寻找重物,想举起来。但一时找不到够分量的石头,最后只能举起两只拳头朝天空挥一挥,然后上车打开油门。

我们的手一直伸在车窗外,朝他们挥舞,并设法叫他们看见。他们的乐曲伴随着我们的车驶向蓝幽幽的山下。一直到听不到琴声,我的心里还在有节奏地响着那人间最美丽的乐句:再见,再见,再见。

2003.7.7

又跳又唱又一年

每年第一天,萨尔茨堡州射击团的壮汉们,身穿传统黑色的紧身衣,抱着枪筒又粗又短的礼炮枪,叉着双腿在雪地里站成一排,向着山野一齐开枪,巨大的枪声震得耳膜生疼,并在寒冷的空谷回荡。人们便精神抖擞地进入新的一年。整个萨尔茨堡州有一百一十个射击团。他们几乎同时在全州各地放枪鸣炮。在厚厚的大雪下沉睡着的大地被这声音栗然惊醒。人们放枪时的心理与中国人过年燃放炮竹是相同的:驱赶邪恶。

紧随着新年之后,跟踪而至的节日是在 1 月 5 日的晚间。一种叫作特雷丝特勒的神秘的怪物出现在所有村庄的内外。他们身穿红色的丝光衣,头戴鸟羽,彩带遮面,在笛子的伴奏声中有节奏地跳着。他们的舞步是代代相传的,所以很规范也很讲究。当他们腾身而起时,羽毛与彩带随之翻飞,非常好看。他们的出现,预示了一年生活的勃勃生机就此开始。

春天来到萨尔茨堡的步履总是有些迟缓。心急的萨尔茨堡人便开始过他们的甩鞭节了。

3 月 4 日这天,各个村镇的人都会集聚在广场上,观看本地甩鞭队的表演。一支甩鞭队由九个人组成,每人手执一米长的木棍,棍头拴着两米多长的皮鞭,按着同一节奏,抽响皮鞭。地冻得愈硬鞭声愈响,风力愈大传得愈远。据说鞭声最远可以传到十五公里以外。为了使鞭声整齐,甩鞭队在节前要训练一个月。甩鞭队没有固定成员,从六岁到八十岁都可以参加,但一定要甩得又齐又响才能入选。巨大的鞭声使人感到冰雪要被震裂,绿色的春天就要到来。

在复活节里,人们和象征着生命与爱的鸡蛋以及温顺的兔子亲热一番之后,迎面而来的四月里最好看的节日要算是"骑士游行"了。当盛装的骑士们骑马穿过一个个用花草编织的大门时,要用长枪把门上的花环挑下来。花环是美好生活的芬芳的符号。

跟着5月来了,"五月树"是奥地利民间最重要的节日之一。

5月里草长花开,生命充满生机。这里的人们认为所有万物都是从"心"里生长出来的。所以人人心中都洋溢着激情。人们从森林里砍一棵云杉,这云杉必须很直很长,至少三十米,还要剥去树皮,不让山鬼藏在里边。人们在这"五月树"上装饰五彩鲜花,系上红白丝带,编织圆形花环,然后运到教堂前的广场,也是人最多的地方,由几十名力大如牛的小伙子使用木杆一点点把它竖立起来。当"五月树"高高立起,丝带在空中飘扬,人们便围着它唱歌、跳舞、放炮、演奏音乐。整个萨尔茨堡州有一百五十个民间乐团。可以说,五月的萨尔茨堡的大地到处是音乐之声。

这棵五月树整整一年都放在那里,第二年再换一棵。如果一位男孩子爱上一位姑娘,也会跑到这姑娘院中竖起一棵小小的"五月树",表达他的爱意与赤诚。

各地的人们在装饰树时,都是各显其能。如果春天在奥地利旅行,无论路经哪一个村镇,"五月树"都是令人心情高涨的一道美景。在这之中,只有一个规矩不能改变,就是人们围着五月树跳舞时，必须保持圆形，因为圆形表示无始无终。

夏至那天，萨尔茨堡的白天与黑夜的长短正好相等。白天分外明亮，夜晚异常漆黑；人们对阳光不怕，对黑夜恐惧。依照此地的民俗，人们在7月21日这天晚上，一男一女为一对，排起来，举着蜡烛，列队游行。还要在广场上堆起一堆堆木柴燃烧，并用木头做成小鬼，扔在火里烧掉，然后围着火堆跳舞唱歌，烤肉吃肉，闹到半夜。所有人都穿着又淳朴又美丽的民族服装。

用火驱邪的仪式在7月底还要进行一次。而且从1950年开始，萨尔茨堡戏剧音乐节就把这种传统的民间事典——火把舞列为一项重要的节目了。一男一女，总共一百对，且行且舞，庄重而优雅，神圣又温和。这种风俗源自中世纪，据说经过这火光烁烁的一晚，世界就会变得干干净净，不会有妖邪作祟。

在长长的夏日里，还有两个节日都是企望丰收的。一个是"山松"的游行。所谓"山松"是一种来自宗教传说中的巨人，有点像中国人的高跷，但表演者隐藏在巨人的身体内。"山松"高达七八米，身穿古代武士或神话传说中大力士的服装，走在街上，雄壮威武，气势压人，给人以一种力量的鼓舞。另一个是扛着"花柱"的游行。花柱里是一棵粗木桩，大约八米高，每根木桩上要编结上五万朵鲜花，重达八十五公斤，由一个年轻力壮的小伙子扛着，在街上充分展示过后，随后放入教堂。一直放到8月15日那天，人们把花柱上已经干了的花朵拿回去，在自家屋中烧掉，一时家家户户全都充溢着香气。

据说，花柱的由来，是因为金龟子吃花。人们造花柱是想避免花儿被金龟子吃掉。其中的寓意，自然是盼望庄稼苗壮，大获丰收了。

9月里的丰收节是笑逐颜开的日子。其中最庄严和美好的时刻,是把金灿灿又五彩缤纷的丰收硕果抬进教堂,以感谢上苍的恩赐。这一天,喜好音乐歌舞的萨尔茨堡人,要用手中的乐器与心中的歌声把生活的快乐推向极致。

这样,萨尔茨堡一年主要的民间节日全度过了。民俗的节日总是围绕着生产与生活。在农耕时代,一切生活都遵从大自然的春种秋收的节律。丰收节是人们一年生活的丰盈的句号。

每一年的最后三个月,民间没有什么盛典。新年前最重要的是宗教节日圣诞节。

还有一个节日在12月6日。这一天所依据的是圣尼古劳斯主教拯救三个穷家女孩的故事。这原本是个宗教节日。在教堂里,极受敬仰的尼古劳斯手里总是拿着三个金苹果,象征着三个被救的女孩。但在民间早被世俗化了。这个尼古劳斯有点像中国民间护佑儿童的张仙爷。过节这一天,会有些人身穿野兽毛皮,头戴丑怪面具,扮成怪物,出现在大街上。人们见了就用草棍或麦秆打他的屁股,把他赶跑。以示儿童的健康和安全,无病无灾。

这时候,萨尔茨堡已经是一片冰天雪地。生活的希望也压在这坚硬的冰雪之下,然而萨尔茨堡人决不会让生活永远忍受严冬,保持沉默的。于是,一排身穿黑色传统服装的射击队又出现了。他们年年如此——抱着又粗又短的礼炮射击,向着白茫茫的山谷发出震天动地的鸣响。新的一年又开始了。

又是一个又唱又跳、充满生命活力与生活情感的一年。

2003.7.17

维也纳怀旧

怀旧这个词儿可不能乱用,除非你和它有很深的交往——就像我与维也纳。

我与这座音乐之都交情匪浅,二十多年来,先后去了六次,在那里居住的时间加起来已超过半年。一次性在一个地方呆上半年,与一次次去到那里或长或短住一段时间累积成半年可不一样;惟其这样才会不断加深、才有累积、日后才有怀旧可言。

再有,如果你与一座城市交往,还不能只在酒店里住几天看个新鲜就走;你得踏踏实实住下来,买菜烧饭,到市场选些此地特有的鲜花,把房间生气盈盈布置起来。一句话,你得沉下心生活在它的怀抱里,才能嗅到它的生命的气息,与它深交。

记得上世纪八十年代末,我来参加这里举办的艺术活动,那是头一次来。人住在巴登,抽空来看一看久仰的维也纳。我坐在一辆小车上,沿着环绕皇城的戒指路转一圈,可谓"跑马观花"。即便如此,也被这座名城华美的巴洛克风格,到处站在房檐和楼角上精湛的石雕,以及当年奥匈帝国留下的豪气惊呆了。记得那次连见才子型的大使杨成绪也颇有点浪漫。杨大使因事去外交部,不能在使馆见我,我又只有这一点时间,便约好在分离主义绘画博物馆旁的街角一见。我坐的车子刚到,杨大使的"快骑"已至。他从车上跳下来,脖子上飘着领带。他对我说:"维也纳这地方你要来住一阵子才行。"

这句话我记住了。每一次都住一阵子。在维也纳我住过四个地方。就像我人生住过的旧居,许多细节不但记着,还常常怀念。

比如我住在十一区那幢租自一位台湾人的公寓房里,小小阳台外竟是一片七八亩大小的森林。真想不到居民区里还藏着一小片森林。要是给我们,还不早开发成一片高楼大厦了吗?待到日暮,这黑黝黝的树林里开始散发一种凉滋滋又浓郁的木叶的气息,一直把周围所有的房舍贯满;待睡上一觉,早晨给鸟儿们唤醒时,感到肺都透明了。

我称这小小森林为"维也纳森林"。住在这房子里那些天,每到黄昏便沏杯香茶坐在阳台上享受一种神奇的感觉——在城市中间享受大自然。

这次我在旧多瑙河以东新区的住所里,日暮时还是端一杯茶坐在阳台上。这次眼前不是森林,而是整个城市的远景。其景象一样使我惊讶。这惊讶不是因为"现代化"的楼林车蚁和满城灯火,而是空气清澄得一直可以看到几十公里外卡伦堡山上的小房子。维也纳的天际线接近地平线,最远的房子看上去比小米粒还小,却在夕照中一颗颗明亮夺目。我在哪个城市还能见到如此奇观?北京不行,纽约也不行。因为,这些城市都没有维也纳人对环境的保护那么自觉。

我已经从心里认同了维也纳人的观念。如果车子里热了些,也不吵着开空调,而是摇下窗子,让风吹进来;我还学会了垃圾分类,学会喝自来水。维也纳所有龙头拧开,自来水都能喝,这不是被百般呵护的环境对维也纳人美好的回报吗?

我还认同他们的一种幸福观,享受生活就是享受生活的美。比如大自然的鸟语花香,各种各样的咖啡,艺术设计,特别是音乐。

我特别喜欢勃拉姆斯那句话:"在维也纳散步可要留心,别踩着地上的音符。"

每次到维也纳听音乐更喜欢去到城外那些"当年酒家",那里的几家古色古香的乡村酒店的白葡萄酒是我的最爱。当葡萄的精灵在口腔里醇香散发,不知哪个角落忽然响起的音乐就像风一样吹进耳朵。美酒与音乐是所有维也纳的情人。只要音乐一起,歌声必然相应。我喜欢这种从生活里生发出的"人的音乐"。

我在维也纳的许多时光都消磨在斯蒂芬大教堂对面那些老街老巷里。至今我还依然会在这些小河一般拐来拐去、又狭又长的街巷中迷失方向。我不明白缘故,我说我至少来过几十次了,怎么还迷路?

朋友们笑道:你被街上那些老店迷住了,哪还记得路。

这些店多是古董店、书店、画廊、艺术品拍卖行。维也纳一部分历史与文化的精华在这里。从这些店我买走过奥地利和意大利石雕、彼德迈耶的油画、托尔斯泰与坦丁的雕像,还有老照片等等。当情不自禁地将维也纳历史的羽毛拾起来,放在我的家里,便感觉自己和这个城市的根纠结起来了。

我在这老街认识一些人。比如一位犹太古董商,瘦小,秃顶,一双亮亮的大眼睛透着精明,他已经八十岁了,依旧一个人有滋有味地开店;开店于他,一半是消遣。他专营古埃及、两河流域和印度的雕塑;他挺博学,店内书架堆满图书。我每次来都会到他店里和他聊聊,时不时会聊出一点东西来。

只要到维也纳,那里的新老朋友——艺术家、大学教授、外交官、博物馆研究员、收藏家、华人餐馆的老板、医生等等,不用通知便会找上门来,看望我,帮助我;那可真有点像"出门在外,回来看看"时的感觉。

一个城市如果没有朋友,它跟你最多只是过客般的相识而已,如果有了朋友,你和这城市就有了非同一般的关系。多一位朋友,多一份精神与情感的内容,但少一位朋友;就会出现一个空白。

比如我的老朋友法格尔。我是他主持的联合国教科文国际民间艺术组织(IOV)的副主席。我们有二十年的交情。我俩志同道合,但他对民间文化比我更痴情。为了维持 IOV 这个纯民间的国际组织,他几乎倾家荡产,用尽所有家财。当年我住在波兰一所大学里,生活艰苦,他竟带着许多"可口可乐"跑到波兰,用那里稀缺的饮料打通关系,为我每顿饭菜添一个肉丸儿。

二十年里,我们不仅在许多国家的会议与活动中高兴地碰面,我还多次把他请到中国和天津。我们语言不通,没有翻译时就彼此拍拍肩膀或挤挤眼,表达心中美好的感觉。

如今法格尔去了。我相信他是为心中之所爱而付出了自己。但没有法格尔的维也纳便有一个空白,一点无奈的缺失,我每到维也纳都会感到。

说一点快乐的吧。

我说过,如果我的绘画、文学和文化遗产保护的观念一样不缺地到哪里,完整的我才算到了哪里。

幸运的是,我在维也纳举办过名为"温情的迷茫"的画展,出版过小说,还在维也纳大学做过文化遗产保护的演讲;而在这里还多了一样——应他们国家艺术部之约,为维也纳城市写一本散文化的文化游记《维也纳情感》。他们希望更多中国人看这本书,而这本书中的一节《花的勇气》已成了现今中国小学语文课中的一篇了。每年成千上万的中国孩子可以读到。

我最喜欢住在维也纳时,因为有事飞到其它国家一趟,待事情结束返回维也纳的那种感受。先是下飞机,出边检,拿行李,然后是友人笑呵呵地接机,上车回到自己的住处,掏出钥匙打开门,我会说:回家了。

这当然是一种错觉,因为我的家在遥远的东方的天津。但这种错觉有时很美好,人生中不能缺少。

2011.7.14

月光里的舒伯特小楼

人生有些机遇碰巧只有一次,过后一定会留在记忆里。比如这次在维也纳,驻奥大使史明德先生对我说,我国使馆在维也纳买了一处房产,是一座带花园的小楼,属于奥地利国家历史文物,就守着世界文化遗产美泉宫的东门。大使夫人、翻译家徐静华还补充一句:"是两座楼,主楼和配楼。贝多芬曾在主楼里边弹过琴,配楼是舒伯特的故居之一。历史文化积淀都很深厚。"这地方已经整修好了,他们很想请我帮着看看怎样做得更精更深。大使说,贝多芬弹琴那座楼楼上有间刚刚收拾好的客房,我可以来住两天体验一下。

这邀请可胜过连续三年的山珍海味!

当我拎着手提袋来到这楼前,即刻被眼前的景象迷住了。簇密的松杉映衬着一座淡黄色古典巴洛克式建筑,沉静而端庄,乍一看与美泉宫的整体建筑风格一致,颇有些皇家气息,它不是美泉宫的一部分吗?

在历史记载中,这房子建于1793年,法国建筑师设计。它最初的主人是为奥地利哈斯堡王朝建立过功绩而被封为贵族的犹太商人卡尔·瓦茨特之子——莱蒙特·瓦茨特。莱蒙特豪爽好客,终日宾朋满座。那镌刻在二楼山墙中间黑色牌子上的古希腊文

"欢迎"一词,不正是二百多年前好客的主人莱蒙特浪漫生活的写照吗?然而奢华的生活是不会被人记住的,留在历史上的是贝多芬曾在这座楼里弹琴的故事。

贝多芬留下天籁的地方一定神奇不凡。它究竟怎样神奇不凡?

徐静华引我穿入院门。阳光正把一大片树影斑驳地铺在满院的绿茵上。各色小花摆放得错落有致,显出当今主人的精心。一座半隐在远处的中国式的亭子引起我的兴趣。据说,修整院子时有人建议将亭子改造后重新涂漆。徐静华说,我们不同意做任何改动,历史的东西应该保持原状。

我自然赞同这样的历史观。

这个木结构的亭子看上去像个木笼,四四方方,亭顶没有"翼然"的飞檐,却正是那个时代(十九世纪中期以前)西方人眼睛里的中国形态——古朴、纯净和敦厚。就像那时代西方瓷器以及美泉宫墙纸上的"中国形象"。

我终于站在贝多芬弹琴的圆厅里——

贝多芬站在这圆厅里是1800年。那年他30岁,刚刚写过《第一交响曲》而惊动了音乐圣城维也纳。他的精力与才华正处在人生的阳春五月。据说那天厅里摆放着两架钢琴,他和另一位出色的钢琴名家约塞夫·沃尔夫尔彼此在键盘上展示自己最新的艺术思想与非凡的灵感,进而互相命题,即兴弹奏,用惊人的才气感动与启发对方,待到两人一同进入神交与知音的境界时,便并坐琴前,四手联弹。那场面一定让在场的深谙音乐的维也纳人兴奋得发狂。

在那个没有录音录像的时代,留给我们的是无尽美妙的想象。

比起这座主楼,那边尖顶的配楼小一些。但楼内结构却曲折得有点神秘感。从狭小盘桓的楼梯登到尖顶里的阁楼,正是舒伯特住过的空间;历经两个世纪,旧物不存,但从留在那建筑物上简易的天窗,冬日里生火御寒的炉灶,光秃秃而厚重的木板门,以及晦暗的光线,可以想见舒伯特当年的生活。这叫我联想到在巴黎附近奥维和的那个梵高住过的小楼与小屋。舒伯特一生只活了31岁,一直住在维也纳。他自1813年离开寄宿学校,1816年专事写作,生活贫困交加中,却不断创造出《圣母颂》、《小夜曲》、《鳟鱼》等这些人间的仙乐与天音。直到1825年他的作品才得到出版,1827年成功地举办了个人音乐会,刚刚"脱贫"的舒伯特,一年之后(1828年)就与世长辞了。他一生写了一千部作品。他"蜗居"在这阁楼里是在哪年?写下了哪些作品?这些都还要等待音乐史家的考证。

我真的住进这座令我感到敬畏的楼中。心里感动,入夜难眠。午夜时分干脆爬起来,走进贝多芬弹琴的那个圆厅。没去开灯,穿窗而入的月光使厅内既晦暗又明彻。我忽然想起贝多芬的《月光奏鸣曲》,开篇的琴音恰如眼前这种"银浆泻地"的感觉。那一瞬,我感到月光有一种神奇的质感,触摸一下,光滑与清凉,有如将手浸入水中;我还感到阳光属于世界,月光属于心灵。因为人只有在月光里才能回忆。我一边想着月光曲的旋律,一边在屋里轻轻走着,忽然从后窗看到月下那座银白色、美得有点孤独的舒伯特小楼,不觉想起这两位音乐巨匠的交情。

贝多芬年长舒伯特27岁,他们去世却一前一后只隔一年,也算同时代人吧。

贝多芬在这楼里弹琴时,舒伯特才3岁。他们没有在这房子

月光下的舒伯特小楼

里相遇过,却把各自的人生足迹和艺术情感留在了这里。

贝多芬对待舒伯特,很像舒曼对待勃拉姆斯——十分欣赏年轻人的才华。

贝多芬病危时,请人把舒伯特叫到病床前,对舒伯特说:"你的音乐里有神圣的光,我的灵魂属于你。"

贝多芬去世后,舒伯特高擎火炬为贝多芬送葬。一年后,他也去世了,家人遵他遗嘱,把他安葬在贝多芬的墓地旁。他们的灵魂紧紧相靠。

这时,我心中响着的月光曲,已经把那个尖顶的小楼笼罩。光影婆娑中,我已经分不出月光和月光曲了。

转天,我在楼里楼外转来转去才明白,何以有昨夜那些"时光倒流"般的感受。

因为——我陷入历史中。

经过二百多年、几易其主的老房子,原先的一切早早空空如也。历史在哪里呢?我细心留意便注意到,它圆厅独有的凸形窗玻璃得到刻意的保护,仅存的壁炉、座钟与吊灯被视为珍宝,地窖地里的宗教壁画如同考古发现一般原封未动。一切修补都采用原先的形制、材质与制作方法。历史不怕缺失,就怕添加。历史的真实是用真正属于它的细节证实的,不管还剩多少。这就是历史、也是文物保护的严格之所在。

当然,如果为了赚游客的钱,给历史披金戴银而糟蹋了历史就另当别论了。

史明德大使说,奥地利人对历史修复十分严格。在修整这一建筑时,我们派去一支中国人的精装修队伍,奥地利派了专业的古建修复技师进行指导与监督。连墙的颜色都要严格按照规定的色板调色。然而,我们修复的原则是百分之百遵照人家的标准与尺度。奥地利的文物保护局长弗里德利希·达姆博士称赞中国是"热爱和善待这座建筑的主人,他们按照古建保护要求所完成的工作,堪称楷模。"

由这句话,我延伸想到,只有我们尊重别的国家与民族的文化,才能受到别人的尊重;而我们尊重自己的文化,也会受到人家的尊重。

这也是现代文明和文明社会的准则。

2012.10.2

看望老柴

对于身边的艺术界的朋友,我从不关心他们的隐私;但对于已故的艺术大师,我最关切的却是他们的私密。我知道那里埋藏着他的艺术之源,是他深刻的灵魂之所在。

从莫斯科到彼得堡有两条路。我放弃了从一条路去瞻仰普希金家族的领地米哈伊洛夫斯克村,甚至谢绝了那里为欢迎我而准备好的一些活动,是因为我要经过另一条路去到克林看望老柴。

老柴就是俄罗斯伟大的音乐家柴可夫斯基。中国人亲切地称他为"老柴"。

我读过英国人杰拉德·亚伯拉罕写的《柴可夫斯基传》。他说柴可夫斯基人生中最后一个居所——在克林的房子二战中被德国人炸毁。但我到了俄罗斯却听说那座房子完好如故。我就一定要去。因为柴可夫斯基生命最后的一年半住在这座房子里。在这一年半中,他已经完全失去了资助人梅克夫人的支持,并且在感情上遭到惨重的打击。他到底是怎样生活的?是穷困潦倒、心灰意冷吗?

给人间留下无数绝妙之音的老柴,本人的人生并不幸福。首先他的精神超乎寻常的敏感,心情不定,心理异常,情感上似乎有

工作室兼客厅

些病态。他每次出国旅行,哪怕很短的时间,也会深深地陷入思乡之疼,无以自拔。他看到别人自杀,夜间自己会抱头痛哭。他几次患上严重的精神官能症,他惧怕听一切声音,有可怕的幻觉与濒死感。当然,每一次他都是在精神错乱的边缘上又奇迹般地恢复过来。

在常人的眼中,老柴个性孤僻。他喜欢独居,在37岁以前一直未婚。他害怕一个"未知的美人"闯进他的生活。他只和两个双胞胎的弟弟莫迪斯特和阿纳托里亲密地来往着。在世俗的人间,他被种种说三道四的闲话攻击着,甚至被形容为同性恋者。为了瓦解这种流言的包围,他几次想结婚,但似乎不知如何开始。

1877年,他几乎同时碰到两个女人,但都是不可思议的。

第一位是安东尼娜。她比他小九岁。她是他的狂恋者,而且是突然闯进他的生活来的。在老柴决定与她订婚之前,任何人——包括他的两个弟弟都对这位年轻貌美的姑娘一无所知。据老柴自己说,如果他拒绝她就如同杀掉一条生命。到底是他被这个执著的追求者打动了,还是真的担心一旦回绝就会使她绝望致死?于是,他们婚姻的全过程如同一场飓风。订婚一个月后随即结婚。而结婚如同结束。脱掉婚纱的安东尼娜在老柴的眼里完全是陌生的、无法信任的,甚至是一个"妖魔"。她竟然对老柴的音乐一无所知。原来这个女子是一位精神病态的追求者,这比盲目的追求者还要可怕!老柴差一点自杀。他从家中逃走,还大病一场。他们的婚姻以悲剧告终。这个悲剧却成了他一生的阴影。他从此再没有结婚。

第二位是富有的寡妇娜捷日达·冯·梅克夫人。她比他大九岁。是老柴的一位铁杆崇拜者。梅克夫人写信给老柴说:"你越使我着迷,我就越怕同你来往。我更喜欢在远处思念你,在你的音乐中听你谈话,并通过音乐分享你的感情。"老柴回信给她说:"你不想同我来往,是因为你怕在我的人格中找不到那种理想化的品质,就此而言,你是对的。"于是他们保持着一种柏拉图式的纯精神的情感。互相不断地通信,信中的情感热切又真诚;梅克夫人慷慨地给老柴一笔又一笔丰厚的资助,并付给他每年6000卢布的年金。这个支持是老柴音乐殿堂一个必要的而实在的支柱。

然而过了14年(1890年9月)之后,梅克夫人突然以自己将要破产为理由中断了老柴的年金。后来,老柴获知梅克夫人根本没有破产,而且还拒绝给老柴回信。此中的原因至今谁也不知。但老柴本人却感受到极大的伤害。他觉得往日珍贵的人间情谊都变得庸俗不堪。好像自己不过靠着一个贵妇人的恩赐活着罢了,而且人家只要不想答理他,就会断然中止。他从哪里收回这失去的尊严?

正是在这样的背景下,老柴搬进了克林镇的这座房子。我对一百多年前老柴真正的状态一无所知,只能从这座故居求得回答。

进入柴可夫斯基故居纪念馆临街的办公小楼,便被工作人员引着出了后门,穿过一条布满树荫的小径,是一座带花园的两层木楼。楼梯很平缓也很宽大。老柴的工作室和卧室都在楼上。一走进去,就被一种静谧的、优雅、舒适的气氛所笼罩。老柴已经走了一百多年,室内的一切几乎没有人动过。只是在1941年11月德国人来到之前,前苏联政府把老柴的遗物全部运走,保存起来,战后又按原先的样子摆好。完璧归赵,一样不缺——

工作室的中央摆着一架德国人在彼得堡制造的黑色的"白伊克尔"牌钢琴。一边是书桌,桌上的文房器具并不规正,好像等待老柴回来自己再收拾一番。高顶的礼帽、白皮手套、出国时提在手中的旅行箱、外衣等,有的挂在衣架上,有的搭在椅背上,有的摆在墙角,都很生活化。老柴喜欢抽烟斗,他的一位善于雕刻的男佣给他刻了很多烟斗,摆在房子的各个地方,随时都可以拿起来抽。书柜里有许多格林卡的作品和莫扎特整整一套72册的全集,这两位前辈音乐家是他的偶像。书柜里的叔本华、斯宾诺莎的著作都是他经常读的。精神过敏的老柴在思维上却有着严谨与认真的一面。他在读列夫·托尔斯泰、屠格涅夫和契诃夫等作家的作品时,几乎每一页都有批注。

老柴身高1.72米,所以他的床很小。他那双摆在床前的睡鞋很像中国的出品,绿色的绸面上绣着一双彩色小鸟。他每天清晨在楼上的小餐室里吃早点,看报纸;午餐在楼下;晚餐还在楼上,但只吃些小点心。小餐室位于工作室的东边。只有三平米见方,三面有窗,外边的树影斑斑驳驳投照在屋中。现在,餐桌上摆着一台录音机,轻轻地播放着一首钢琴曲。这首曲子正是1893年他在这座房里写的。这叫我们生动地感受到老柴的灵魂依然在这个空间里。所以我在这博物馆留言簿写道:

  在这里我感觉到柴可夫斯基的呼吸,还听到他音乐之外的一切响动。真是奇妙之极!

在略带伤感的音乐中,我看着他挂满四壁的照片。这些照片是老柴亲手挂在这里的。这之中,有演出他各种作品的音乐会,有他的老师鲁宾斯基,以及他一生最亲密的伙伴——家人、父母、姐妹和弟弟,还有他最宠爱的外甥瓦洛佳。这些照片构成了他最珍爱的生活。他多么向往人生的美好与温馨!然而,如果我们去想一想此时的老柴,他破碎的人生,情感的挫折,生活的困窘,我们绝不会相信居住在这里的老柴的灵魂是安宁的!去听吧,老柴最后一部交响曲——第六交响曲正是在这里写成的。它的标题叫《悲怆》!那些又甜又苦的旋律,带着泪水的微笑,无边的绝境和无声的轰鸣!它才是真正的此时此地的老柴!

老柴的房子矮,窗子也矮,夕照在贴近地平线之时,把它最后的余晖射进窗来。屋内的事物一些变成黑影,一些金红夺目。我已经看不清它们到底是些什么了,只觉得在音乐的流动里,这些黑块与亮块来回转换。它们给我以感染与启发。忽然,我想到一句话:

"艺术家就像上帝那样,把个人的苦难变成世界的光明。"

我真想把这句话写在老柴的碑前。

2002.7

在俄罗斯,谁更接近大自然的灵魂?

如果你独自驾车,在俄罗斯的大地上奔跑,车里的录音机再放一点音乐,你跑着跑着,就会觉得自己整个身心已然和车外的大自然融为一体了。

车窗外永远是无边的未开垦过的原野,无穷的天空,无尽无休、纵横来去的森林,以及无头无尾的河流。一切了无声息,全都静止不动,包括高悬在空中的鹰,就像停在天上一动不动,在你疾速前奔时,它们如同画一样贴在你的车窗上。

可是你绝不会感到厌倦。因为你恰恰被这一切惊呆了。尽管你去过世界无数的地方,但惟有俄罗斯的大地才会这样的辽阔、浩瀚、原始、雄厚、富饶和充沛。提到富饶,还记得契诃夫那句话吧——"伟大的俄罗斯的土地啊!今天你把一根车杠插进去,明天它就会长出一辆马车来!"

地球饱满的胸膛在俄罗斯!

然而对于俄罗斯人来说,这是一种男人的父亲般的胸膛。

父亲的胸膛坚实而无畏。它永远可以依靠;风雨袭来时它总是挡在前面;生命的勇气都在男人的胸膛上。俄罗斯人不是一直从这雄性的大自然中汲取力量吗?

父亲的胸膛宽阔又坦荡。它可以承受一切,担当一切,也豪爽地给予一切。俄罗斯人最深切的人间苦难和最甜蜜的生活感受不是也全交付给大自然了?

只要看一看听一听他们的民歌、散文、小说、绘画,都会明白,他们的灵魂原是来自于大自然的。这独一无二的大自然,不仅养育了他们的肉体和性格,也养育了他们的灵魂。

在莫斯科的特列季亚科夫画廊里,我终于一个个地撞见了那些神交已久的名作。这些绘画曾经被我熟悉、崇拜,有些还虔诚地临摹过。我深刻地记着它们至关重要的细节。比如列宾《小憩》中那个睡着了的女孩轻轻压在纱巾上的下唇;再比如阿尔希波夫《洗衣妇》中老洗衣妇围裙上那几笔看似率意为之的旧黯了的红色;还有列维坦《三月》中远处树下那一块深蓝色的诱人的阴影……这些在我年轻时奉如神明之作,犹如心仪已久的伟人,现在,当它的原作突然出现在面前,我反倒不知如何欣赏它们,与它们交流。我被画外的一种东西弄蒙了。幸亏我在走进这画廊之前先有了想法,就是要弄明白,俄罗斯的画家们怎样去揭示他们大自然的灵魂。换句话说,我很想知道在俄罗斯的风景画家中,谁更接近大自然的灵魂?

希什金:在我们眼睛后装一台相机

当阳光从斜上方穿入森林,林中的空气竟然是绝对透明的,光亮的。我们原以为森林里的空气浓重而浑浊,这完全是误解!林间只有树木的气味是浓郁的,但是在阳光穿过森林时,你就会发现,这浓烈的气息也一样的透明纯净,甚至还闪闪发光呢。于是我们明白了,森林不是万木拥塞、阴暗潮湿、密不透风,而是由巨树构成的辽阔的空间和巨大的世界。在这个世界里有四季更迭,日月晨昏;有雨雪交加,烟雾缭绕;也有兴衰枯荣,生老病死;还有各种花草、虫蚁、飞鸟和动物之间恩恩爱爱的故事。这一片片森林是一片片生命的世界。画家希什金早已成为了这森林世界中的一个成员了。

古往今来无论哪一位画家,说到对于森林的认识,希什金都是不可逾越的极致。森林世界中任何一个细节——哪怕是被苔藓和腐叶覆盖的残根上又钻出的一个幼小而发白的新芽,也会被他看见而绝不放过,并逼真和优美地刻画出来。即便是法国巴比松画派那些善于描写森林的大师柯罗与罗梭,都没有他这样的精微与具体。我站在为希什金作品专设的展室中,感到震惊的是他的精力。一个人有多么强大的精力才能一直贯注到画面每一个细枝末节上!从每一棵树木,到千枝万叶,再到林间的每一朵野花,每一根小草,哪里受光,哪里背光,甚至连树木之间树影怎样相互投射,全被他刻画得真真切切、不差分毫。

没有似是而非,没有一笔略过,没有"意到笔不到"。他把写实主义推向极端。同时他又在极端的边缘止步,没有堕入自然主义的深渊。

一个酷爱大自然的人,面对这博大的生命世界绝不会保持自然主义者的纯客观,更不可能进入不动情感的纯制作。

希什金被人们称作"森林的歌手"。他所画的一切,都是他为之感动的美丽的景象。他太酷爱森林了。他很想叫我们看到他所看见的一切;他怕我们忽略掉任何一个细节,才对所有细枝末节也不放过!

有人对他这种"森林之爱"追根溯源,一直追寻到他童年在叶拉布省的森林生活中。这种追寻真是令人神往。

一个终生把森林和树木作为描绘对象的人,一定时常会把树木拟人化。比如他笔下经常出现的那些阳光照耀中伟岸的巨树,是不是他心中的一些伟人的化身?他的知音、收藏家特列季亚科夫称他的森林表现出"俄罗斯的性格",他作画时是不是真的有这种潜意识乃至激情?

从绘画本身上说,希什金笔下的森林具有很强的空气感。对于风景画,比空间感更重要的是空气感。空气感就是生命感,一种生命的气息。有空气的景物是有生命的,无空气的景物是无生命的。这个道理同样表现在人物画甚至静物画中。记得我早先在美术学校教书时,一个学生问我:"空气感怎么表现?"我告诉他:"空间感可以表现,空气感却无法表现。它与技巧无关。空气感是看不见的,但是可以用视觉感觉到的。它源自画家本人的一种感觉,对生命的感觉。而这种感觉是一个真正的艺术家必备的。"其实小说散文也都有这种空气感——生命感的!好的作家在行笔过程中,总是无意间就把这种生命的气息给了你。于是,他们笔下的一切一切包括空间全是活生生的。

由于希什金天赋的空气感,使他这种极端刻意的绘画,不匠气,不雕琢,反而充满一种生命的鲜活与真切。于是,他《松林的早晨》真的又湿又凉,《密林》中厚厚的苔藓似乎可以"呱唧呱唧"地踩出水来。如果我们站到《傍晚的橡树》间,夕阳一准也会像照在那些大树干上一样,明媚和温暖地照在我们的脸上。

当然,我们也应该看到希什金太精确、太细致、太明快、太优美了,他又太热衷于赞美与讴歌了;这样,他必然会把森林世界的不幸与黑暗的一面藏匿了起来,而且藏得很远很深,以致我们从中寻找大自然的灵魂成了一件难事。同时,希什金太忠实于他酷爱的森林了,在他那种过分逼真的画面上,无法同时将个人的情感与思考表述出来。就像作家们的思想情感,在散文随笔中可以自由宣泄,在小说中却常常被那些主人公们特定的故事所障碍。这是希什金所采用的手法给自己带来的局限吗?

当然我们不能要求风景画家一定要来揭示这个自然之魂。我只是想知道在俄罗斯,谁更接近大自然的灵魂呢?

萨弗拉索夫:把大自然的情感交给我们

面对萨弗拉索夫的《白嘴老鸦归来了》,我的心好像又触到许久往昔的时光。我青年时临摹过它。临摹是模仿,模仿的对象就是偶像。于是这幅画深切地融入我人生的记忆中。此刻,我被它首先唤起的是那些遥远的感觉。属于往日的事物常常是那一段人生的载体。一瞬间连我曾经临摹这幅画时那间幽暗而静谧的小屋的气味都闻到了。它几乎成了我的作品!

真没想到,《白嘴老鸦归来了》原作尺寸竟然很小;临近春天开始变软的断断续续的白桦枝条略显柔弱;油彩竟然又这样薄,看上去挺像水彩画。然而自从它在1871年的巡回画展上一露面,就被视作俄罗斯风景画一座永恒的纪念碑。

俄罗斯人由于冬天太长,他们对春之期待,充溢着焦迫的渴望。二三月里,尽管树林光秃秃,天气还冷冽。在白日阳光的照耀下,地上积雪渐渐变薄,水塘的冰面开始消解。看!去年被严冬逼走的白嘴老鸦竟然飞回来了。它们一定是从遥远和温暖的南方飞回来的。此时,它们一群群扑向树顶上去岁的老巢,站在秃枝上相互呼叫。有的白嘴鸦已经迫不及待修整起旧居来,画面左下角还有一只白嘴鸦正在拾取树枝呢。新的生活——大自然新的一轮竟然这样提前开始了。春天是在冬天的瓦解中开始的;寒冷的严冬是被春天硬挤走的。于是,我想起列夫·托尔斯泰在《复活》开篇所写的顽强的春草和肖洛霍夫在《一个人的遭遇》开篇所写的坚冰崩溃的顿河。我还记得肖洛霍夫开篇的第一句话"在顿河上游,战后第一个春天来得特别爽朗,特别蓬勃!"一开始就春潮澎湃,催动人心。这不是对春之描述,而是俄罗斯人对春天的渴望与激情。

这幅《白嘴鸦归来了》所选择的也是寒气犹存的早春。看似平静、空阔、柔和,它的背后却涌动着对春天的迫切期待。听一听,树上那些白嘴鸦的吵闹,那是俄罗斯大地对春天的呼唤!由此我们懂得了这幅画在俄罗斯绘画史上的位置,它的意义远远超出风景画本身。它把俄罗斯人对大自然独有的情感交给了我们。

萨弗拉索夫的另一幅名作《村道》对我同样也有着深刻的影响。记得上世纪九十年代初,我写作陷入迷茫时,在我眼前出现一条泥泞的路,迂回曲折却通向远处。我把它画下来,以鼓励自己去与更艰难的道路较量。我把这幅画取名为《大道》。后来我翻阅一本俄罗斯风景画集时,却忽然明白,这是萨弗拉索夫对我的影响。

萨弗拉索夫与希什金是同时代人,同为风景画家,同时在俄罗斯盛行的巡回画展上展出作品。他们又几乎是同龄人,生卒年月前后只差一两年(萨弗拉索夫 1830—1897 年;希什金 1832—1898 年)。他们都是俄罗斯风景画的大师。然而他们的不同是:希什金完成的是俄罗斯大自然的形象,萨弗拉索夫则叫我们感受到他们对大自然的情感。但是,他们和我所寻求的似乎还差一步,那么是谁触摸到大自然的灵魂了呢?

列维坦:叫我们触到了大自然的灵魂

画家列维坦和作家契诃夫的气质惊人的相似。如果一边读契诃夫的《草原》,一边看列维坦的画集,就会发现他们的作品原是在相互印证。如果他俩交换手中的笔,所做的也会完全一样。那就变成了列维坦的《草原》和契诃夫的画。

他们都不去描述名山大川,只注意身边寻常的景象,乃至再普通不过的事物。比如契诃夫笔下的村民、医生、更夫、雨雪、邮差、犯人、马车、食客、老鼠和厨娘等;比如列维坦笔下的草地、水湾、村舍、洼地、河岸、围栏、麦垛、杂树、墓地和地平线,等等。而且他们全都不事声张,不着意渲染,更不故弄玄虚。他们喜欢用单纯的语调叙述内在的并不平凡的意蕴。他们都是由于被这意蕴感动了,才拿起笔来。这意蕴既是大自然一种动人的本质,其中也融入了他们共同的那种气质,那种情怀,那种伤感、博爱、克制、悲悯和忧郁及其美感。

他们有时连心绪也都十分相像。

列维坦简练的色彩,像像契诃夫那些白描的短句子;列维坦松散的结构,就像契诃夫那些散文式的叙述片段;列维坦很少运用对比的画面,就像契诃夫那些没有故事的小说。

然而,灵魂向来都在最真实和最朴素的地方——无论是人还是物。

所以，面对列维坦的作品，我们不是被优美的视觉感受所感染，而是被其内在的一种东西深深感动着。比如：阳光下林间那种绿色的优雅，秋月下白桦树的落寞与孤单，还有白夜里的村舍那片冷寂。我看着列维坦一幅画中那一片空荡又繁盛的草原，忽然想起契诃夫的呼喊：

"在你看见而听见的一切东西里，你开始感到美的胜利，青春的朝气，力量的壮大，求生的渴望；灵魂响应着可爱而庄严的故土的呼唤，一心想随着夜莺在草原上空翱翔。在美的胜利中，在幸福的洋溢中，透露着紧张与痛苦，仿佛草原知道自己的孤独，知道自己的财富和灵感在这世界上白白荒废了。没有人用歌曲称颂它，也没有人需要它；在这欢乐的闹声中，人听见草原悲凉的、无望的呼号着：歌人啊！歌人啊！"

如果不是画家和作家告诉我们，我们能从这寻常事物看到无言的大自然亘古以来这无边的苦痛吗？

他们听到了大自然灵魂的声音。

在特列季亚科夫画廊中，最有力打动我的还是那幅早已印入心中的《弗拉季米尔的路》。也许我读过太多关于俄罗斯历史苦难与政治苦难的书。这条通往西伯利亚、流放政治犯的漫长必经之路，几乎就是俄罗斯人追求真理之途的象征。几天前，我在图拉州一带，看过与此非常相像的一条路。在广阔的起伏不平的地势上，这条路曲折蜿蜒，纵向万里，渺无尽头。道路上压着一条条车辙的凹痕，道旁还有一些断断续续的蚯蚓状的小道，那是步行的人走出来的。无数人把他们人生的故事与线索留在上边。所以《弗拉季米尔的路》是忧伤的。多云的天空阴晴不定，浩瀚的大地茫茫无涯，兀自竖立的墓碑记录着往日的悲剧，伸向天际的粗砺的路包含着一种绝望。只有在俄罗斯的原野上,道路才会是一部历史与人生大书的浓缩和图像!

　　列维坦与契诃夫也是一对同龄人。

　　契诃夫卒于1904年,享年40岁;列维坦在1900年辞世,死时39岁。他们生前是好友,死后他们留下的作品也常常叫人联想到一起。这二位英年早逝的俄罗斯巨人在一生中都完成了一个伟大的使命:契诃夫从他的小人物中找到了俄罗斯人的性灵;列维坦则从他的寻常景物中找到了俄罗斯大自然深在的灵魂。

　　大自然的灵魂不是大自然的特征。它包含着大自然与人类的共同的历史经历。它们之间从来就是相互感应、相互依托、相互塑造的。因此,最深刻的大自然之魂乃是人的灵魂。从这一点上,我们便认识到列维坦在俄国风景画——乃至世界风景画中独特的意义。

　　我终于从三位画家的作品中一步步走进俄罗斯的大自然。希什金用刻画的手法,给我们展示俄罗斯大自然的形象;萨弗拉索夫用描述的方式,让我们感受到俄罗斯大自然迷人的情感;列维坦用发掘的手段,叫我们触到了俄罗斯大自然深刻的灵魂。

　　触到灵魂时无限美妙。这一瞬,我们整个心灵都感到震撼。当然,还是一种美的震撼。写到这里我忽想,我要用另一篇文章,专门探讨列维坦的色彩与笔触了。

2002.7

绿色的手杖

斯巴斯科耶

一位杰出的作家死了,他的生命分别在三个地方。一是在他的作品中,一是在墓地里,一是在故居那片属于他的土地上。

俄罗斯作家的作品我已经读得很多。现在我就从故居与墓地去探访他们的生命。

我喜欢这种巧合。我到俄罗斯后访问的第一个作家的故居是屠格涅夫的。而我爱上俄罗斯文学乃至整个世界文学恰恰是从屠格涅夫开始的。

车子从莫斯科开出,我们一直在辽阔的大自然的风光里。三个小时进入图拉州,又过两小时进入奥廖尔州。有趣的是,奥廖尔的特色开始一点点出现。先是路边一个个卖甜饼的小摊。这种甜饼是把塞了糖的面团,用手指按进刻着各种民间图案的模子里,再扣出来,放在炉上烘烤;这有点像中国人的月饼,但远没有月饼精致。它又硬又粗又甜,可是嚼起来有劲,又充饥。随后,便可以看见道边的农家在门口摆一张小桌和矮凳,上边放一小篮鲜蛋、一瓶牛奶或一罐蜂蜜,都是最原始、最本色的乡间食品。如果路人想带走什么,放下一点钱即可。没有人守在那里,这是奥廖尔人自古以来的方式。于是,你马上感受到这种民风所包含的一种质朴与纯正。再有——便是一种当地特有的鹰在天空出现。这种鹰很壮,肚子很圆,看上去像一个带翅膀的球,它在天上缓缓翱翔。可是只要它发现猎物在大地上奔跑,便会从百米以上高空像闪电一样即刻冲下来……

我的目光越过一片开满野花的草地看到一片高大的橡树和杉树映衬着的斯巴斯科耶——屠格涅夫庄园的大门。我立即想到屠格涅夫在《贵族之家》中描写的那些画面和那种气息。我感觉我所来到的不是屠格涅夫的庄园,而是进入了他的小说。

无论那座漆成绿顶的白色木楼,一间间房屋中笨重、耐用又考究的家具,长长的马厩,还是光亮的池塘,林荫道上的小径,青草地上的木凳,都不陌生,似曾相识甚至好像曾经来过。我站在庄园的围栏远眺,森林纵横的大地浩浩荡荡起伏着,薄雾如纱笼罩着一片片沼泽,宁静得了无声息,只是从极远而朦胧的山野那边传来田鹬一声声的鸣叫……这对于我怎么会这样熟悉?跟着我明白这一切都来自于屠格涅夫那些小说。作家的高明就是把他生命的体验变成你的体验。

其实屠格涅夫在斯巴斯科耶生活的时间并不长。他1818年生在这里,十岁以前(1821年)就离开斯巴斯科耶。但童年生活给他印象深刻。他母亲卢托维诺娃是这一地区最富有的女地主,拥有几千俄亩的土地和上千名农奴。母亲的专横、任性与残酷,父亲

托尔斯泰的坟墓

的冷漠、孤僻和不负责任,是留给他的终生的阴影。这些阴影不会不进入他的小说。《初恋》中就有他父亲的影子,《木木》的女农奴主便是以他母亲为人物原型的。但更重要的是他从斯巴斯科耶深切地感受到农奴制的残忍与黑暗。当然,童年时代的屠格涅夫对此不可能有太多的思考。他是从一颗纯洁、善良、富于同情的心灵出发的。然而,天性的善良使人最终会站到社会道义一边。

使屠格涅夫的小说拥有那么宽阔的人物形象,也由于他在斯巴斯科耶的生活。那些小地主、仆人、管家、守林人、医生、园艺师、检查员、鞍子匠、警察、车夫、办事员、钓者、狩猎人等,都是在他那个小小年纪里就进入他敏感的心中的。

斯巴斯科耶给他另一重要的财富是大自然的诗情画意。在这里,他终日的朋友是粗壮结实的橡树,百年冷杉与老枞树,高高伸到天上的落叶松,苗条多姿的白杨等,他知道这些树四季的装束、朝朝暮暮千变万化的风姿。他只用鼻子可以识别出丁香、洋槐、菊苣、蔷薇、铃兰上百种花来;他单凭耳朵可以分辨出到底是鹌鹑、布谷、夜莺、黄雀,还是沙鸡、金翅雀、野鸭、白嘴鸭的叫声。这种耳濡目染、日积月累的大自然的情感是他日后文学中"大地情结"深厚的根基与来源。

然而斯巴斯科耶对屠格涅夫的意义远远不止于童年的记忆。

1852年果戈理突然去世,屠格涅夫写了一篇悼念文章。称颂"伟大的"果戈理是"我们民族的光荣"。但这篇激情之作惹恼了沙皇尼古拉。尼古拉对这位《钦差大臣》和《死魂灵》的作者早就恨之入骨。屠格涅夫因之被捕,并被放逐到他的老家——奥廖尔的斯巴斯科耶。

从喧嚣的彼得堡回到乡下,他感到舒适与安详,心灵可以自由呼吸。斯巴斯科耶是他生命的摇篮,他感到异常的稳定与温馨。他读书和思考,反省自己,于是他决定结束那种以《猎人笔记》为代表的田园诗化的早期创作,开始自觉地用文学来探索时代命运的必然了。而且他还感到他真正的写作应该在这里,他的书桌应该放在斯巴斯科耶的大地上。

屠格涅夫的一生行色匆匆,频繁不断地出国与回国。他在世界各地旅行,结识朋友,参与文坛和社会的活动。然而当他有了写作灵感,便立即跑回到他的"栖息之地"——斯巴斯科耶,静下来生活与写作。

只有在旧日庄园,他才心定神安。他喜欢像童年那样钓鱼、划船、下棋、骑马,他一直喜欢在湿漉漉的林间观看游蛇与蟾蜍搏斗,他特别喜欢扛着猎枪沿着捷斯纳河与奥卡河,去寻找走兽与飞禽。这一切他在《猎人笔记》中都精细地描绘过了。每每这时,他感到心舒意展,笔尖流畅,得心应手,这一切我们从他在斯巴斯科耶写出的句子中都可以感受出来。屠格涅夫一生回到斯巴斯科耶十八次。他的长篇小说《罗亭》、《前夜》、《贵族之家》、《父与子》、《烟》和《处女地》,都是在这里写的,它们几乎是屠格涅夫长篇小说的全部。此外还包括大量的中短篇小说与诗歌。

他说:"只要在俄罗斯的农村,写作就会成功。在这里就是连空气也充满思想。我的文思如同泉水一样喷涌!"

这便是斯巴斯科耶的意义。屠格涅夫说:"故乡有种捕捉不到、扣住心弦、让你激动的东西。"能够像感受生命一样感受大地的人,才能写出屠格涅夫那样的作品。

1882年,屠格涅夫在法国患上致命的疾病。他知道自己很难回到祖国与故乡,他写信给好友波隆斯基,请求他——

"当你去斯巴斯科耶时,请代我向房子、花园和我可爱的橡树鞠躬,向我可能永远再也见不到的故乡鞠躬!"

他最终阖上眼睛的一瞬,一定浮现出如诗如画的斯巴斯科耶。

亚斯纳亚波利亚纳

从奥廖尔回莫斯科,我们绕个小弯,去到图拉省克拉波文县去看列夫·托尔斯泰的故居——亚斯纳亚波利亚纳庄园。但今儿不巧,正赶上周一,也是世界绝大多数博物馆的休息日。可是这也不错,索性塌下心来在庄园里散散步。

托尔斯泰与屠格涅夫不同,他一生大多数时间在故居生活。而比起屠格涅夫的斯巴斯科耶,托尔斯泰的亚斯纳亚波利亚纳要更加宏大、开阔和美丽。庄园里有小湖、牧场和森林。到处是花香和鸟鸣;各种花色令你目爽神怡,各种鸟鸣叫你心头快活;一进门那条白桦树夹峙的林荫道真像一幅壮美的油画。这条林荫道曾被托尔斯泰写进他的小说《安娜·卡列尼娜》中——须知,这种情况是不多的。

托尔斯泰与屠格涅夫最大的不同是,屠格涅夫的小说始终有斯巴斯科耶的影子。托尔斯泰的小说场景却跨越出亚斯纳亚波利亚纳,覆盖了整个时代和久远的历史。可是托尔斯泰偏偏说:

"如果没有亚斯纳亚波利亚纳,俄罗斯就不可能给我这种感觉;如果没有亚斯纳亚波利亚纳,我可能对祖国有更清醒的认识,但不可能这样热爱它。"

这就是说,亚斯纳亚波利亚纳不只是他的故乡,而是他的祖国俄罗斯。托尔斯泰终生都在他深深爱恋的祖国的大地上来思考和写作的,这使我们更深刻地知道亚斯纳亚波利亚纳非凡的意义。

托尔斯泰的庄园来源于他母亲陪嫁的资产。他34岁时与宫廷医生的女儿索菲亚结婚,在相爱中生男育女,在亚斯纳亚波利亚纳平稳地度过20年。在农奴时代,搭架在千千万万农奴脊梁上的农奴主生活是极为富足的。亚斯纳亚波利亚纳里有非常宽敞的马厩、鸡舍、养蜂厂,还有种种工匠干活的木屋。可是这一切却与托尔斯泰的社会理想与人道精神矛盾着。开始他感觉别扭不安,渐渐他对自己产生反感。他说:

"回到家里坐在餐桌前,两个穿燕尾服的男仆侍候着我吃饭,我感到我有罪。不仅有罪,甚至我觉得自己是帮凶!"

是不是由于这个原因,他要自己去种树、耕地、缝鞋、制作衬衣?他还有很长一段时间搬到莫斯科的卡莱夫尼基去居住,中年和晚年的托尔斯泰愈来愈关心社会。他作品中"纯小说"的气息几乎已经完全消失,对社会命运的思考充满了字里行间。他还频频地介入各种社会事件,包括灾民调查。他对社会的干预反过来是自我反省,这使得他生命最后几年在亚斯纳亚波利亚纳的生活充满了良心的自我折磨。天天看着奴仆侍候着他的家,他难以忍受。他厌倦自己的生活,甚至感到恶心。这也是他最终于1910年11月10日从亚斯纳亚波利亚纳秘密出走的原因。但他究竟年纪太大,中途感染肺炎,死在了阿斯塔波沃车站上。

庄园内最具诱惑的是一条条林荫小路。每一条弯弯曲曲深入林间的路都深奥难测,吸引着你走进去。而走着走着一条岔路便会分出来,拐向另一片蓝色的树影里,叫你无法选择。

在一条看上去又长又深的小路路口处,庄园派来的一位做向导的研究员对我说:"托尔斯泰童年时,他哥哥对他说,庄园里有一根绿色的手杖,找到手杖就找到幸福。据说托尔斯泰一直在找这根手杖。你们也进去找一找吗?"然后她又说了一句,"现在我们不要说话了,感受一下托尔斯泰在孩子时代的声音吧!"

我们都不做声。小径很软,又有草,走路没有声音。最清晰的是远远近近、各种各样的鸟语。道两边的树木都很高很大。林间有茂密的灌木、花丛、蕨类植物,还有隔年的腐叶与残枝,使清冽的空气充满森林的气息。我看见一大堆肥大的蘑菇,一种从未见过的蝴蝶似的紫色的花,还有倾倒的老树——有的已经被锯成一段段、三角状地一堆一堆码在那里。有的没人去管,长长的枯枝被厚厚的苔藓毛茸茸地包裹着。这就是绿色的手杖吧!

忽然一片空地展开。林间一块绿茵地上,斜摆一个矮矮的长方形的土堆,上边长满碧绿的青草。青草上摆满红色的玫瑰。这便是托尔斯泰的墓地和他著名的土坟。

由于庄园的向导事先没有告诉我们托尔斯泰的坟墓在这里,使我一看到这土坟,如同见到托尔斯泰本人。世界上没有比这更朴素、更自然、更诗意、更美丽的坟墓了。他静静地躺在这里——他的故土也是"祖国的大地"上。死,原来也可以如此的优美。这种情景和诗意只有音乐可以表达。

托尔斯泰去世十年后,他妻子去逝。时间是1920年。转一年,他女儿玛丽亚就把亚斯纳亚波利亚纳捐给国家。托尔斯泰生前与女儿相互非常理解,玛丽亚一直为她年迈而辛劳的父亲做助手。帮他处理函件、写信、誊抄文稿,陪他一起到灾区做调查,一如他的私人秘书。只有真正知道他价值的人才会为他付出一切。所以当她把亚斯纳亚波利亚纳捐献给国家时,托尔斯泰生前的一切全都原封不动。这使我们走进庄园,如同走进托尔斯泰的家中串门。

前苏联政府拨巨款,把亚斯纳亚波利亚纳建成托尔斯泰故居博物馆。原则是一切保持原生态,不准许盖一间新屋,并任命玛丽亚担任亚斯纳亚波利亚纳的馆长。因为只有她才知道什么是历史真实和怎样保护历史真实。

如今玛丽亚已经故去,现在的馆长乌拉基米尔·托尔斯泰是列夫·托尔斯泰的曾孙。这位馆长会见我们时说,亚斯纳亚波利亚纳现有工作人员500人。主要工作是为每年差不多100万来自世界各地的参观者服务。最近将开通一条从莫斯科到这里的专线列车,就叫作"亚斯纳亚波利亚纳号"。到那时参观人数还会成倍增加。因为托尔斯泰是俄罗斯的一根精神支柱。

我注意一眼这位年纪尚轻的馆长。他个子不高,人清瘦,皮肤很亮,衬衫外套着一件摄影背心,显得很干练。我忽然发现,他的眼睛很像他的曾祖父,柔和而又锐利。当谈到他的家族,他说托尔斯泰有15个孩子。如今他直系的家族已有230人,一部分住在世界各地。乌拉基米尔告诉我,为了纪念托尔斯泰与索菲娅结为连理140年,今年8月他们家族要在这里聚会呢。届时他们还要成立世界性的托尔斯泰遗产基金会,以保护好亚斯纳亚波利亚纳,使它能够世代珍存。因为托尔斯泰不仅属于他们家族,属于俄罗斯,也属于全人类。

向契诃夫献花

在俄罗斯最大的遗憾是没能去契诃夫的故居谢尔普霍文的梅里霍沃庄园。在那个简朴和诗意的地方,契诃夫写了《万尼亚舅舅》、《带阁楼的房子》、《套中人》、《醋栗》和《带小狗的女人》等名作。他广泛地参与社会,办学校,出资修路,赈灾,普查人口,支持抗议沙皇的学生,他还重操旧业带上听诊器为至少一千个普通人治病。

契诃夫所做的一切不只是出于思想,更重要的是出于他的天性。这是他与列夫·托尔斯泰不同的地方。他的真诚、儒雅、智慧与富于同情心,使他得到所有相识者的敬重。虽然他爱憎分明,但在他的身上爱比恨宽广的多,这单从他照片上的眼睛里就可以看出来。他由女弟子阿维洛娅称之为"温柔的、召唤的眼睛",因此他更关切的是芸芸众生的愁苦。在他的小说里没有托尔斯泰的史诗般的场面,也很少有屠格涅夫田园诗般的爱情悲剧,而更多的是他心里放不下的小人物们的种种担惊受怕。当然,他还要从这里边挖掘出社会的症结与人性的缺欠。

契诃夫有很浓郁的悲悯的情感,即使他描写大自然——写《草原》时,也与屠格涅夫的《森林与草原》不一样。后者是优美的风景画,前者是伤感的诗。我想这可能来自他非常富于艺术才情的家庭,也可能与他最初的医生职业有关。医生的职业是天天感受痛苦。然而,当这悲悯情感充溢他心中的时候,他还有清醒、锐利的一面,他还要寻找一种更深的心灵的疾患。因为作家的天职是感受灵魂的痛苦。

在俄罗斯作家中,我受契诃夫影响最大。我迷恋他到处闪烁灵气的短句子,他那种具有惊人发现力的细节,他点石成金的比喻;更迷恋他的情感乃至情绪,他敏感的心灵,他与生俱来的善良与无边的伤感。

然而,这次我的主人无论怎样设计,也无法把我的旅行路线通到梅里霍沃庄园。他们看出我深深的失望,便告诉我一个补偿的办法,就是在莫斯科时去新圣母修道院,契诃夫的墓地就在里边。

我读过我的好友、著名俄罗斯文学的学者高莽关于"俄罗斯墓园文化"的书——《灵魂的归宿》。我想,就是我去过梅里霍沃庄园,也应该看一看他的墓地。这是他灵魂永远的驻地。

为此我买了花。

在新圣母修道院的墓地里,埋葬着许多名人。我直奔主题,首先找到契诃夫的墓。

这是一块简朴的墓地。用黑色铁条盘成的围栏中间,是一块方形的草地。里边黑白两座石碑。右边白色的是契诃夫的,左边黑色的是他妻子奥尔迦的。中间简简单单一块石板。镶着几块铜片,上边刻着他们的姓名。生前相爱至深的他们就合葬在下边。没有精工打造,没有豪华装修。契诃夫的墓碑上边做成尖形的屋顶状,大概设计者想为他遮风挡雨。这个细节表达人们对契诃夫无尽的爱惜。因为——高尔基说:"这个人告诉我们究竟什么是幸福以及生活的意义。"这句话听起来简单又普通,但如果你陷在生活的困惑而难以自拔时,就会觉得它意义无穷。

我从矮矮的围栏上弯进腰去,将一朵鲜红的康乃馨插在他墓碑前的草地上。墓碑前已经放满各色的花。我只是又添上一朵。

契诃夫肯定不知道我们这些献花的人,但献花者却会一代代传衍下去。究竟是什么力量使人们自愿并深情地把鲜花放在他的墓前?

如果一个人把爱真诚地播种给大地,他一定会获得永远的回报。这回报是鲜花,也是爱。

2002.7

谁把托尔斯泰留了下来？

从真正博物馆的意义上说，莫斯科莫尔恰诺夫卡街上的托尔斯泰故居是我见到的最好的故居博物馆。我写过这样一句话：作家在作品之外的部分在他的故居里。前提是，他的故居是否一切依旧？

如果什么东西都在那儿，曾经的生活就能呈现出来。

1882年秋天54岁的托尔斯泰在莫斯科买下这座房子，便从雅斯纳亚·波良纳庄园搬过来，只是夏天才回到庄园生活一段时间。

从房间使用上看，这里的一切几乎是庄园生活的翻版。二楼上一间最敞亮的房间用作客厅和餐厅，一间最"偏僻"的房间是托尔斯泰专用的书房，连书桌前的椅子也和庄园那把一样——因近视要把脸凑近桌上的稿纸而锯短椅腿，至于其余六七个房间就是一家人大大小小的卧室了。

托尔斯泰34岁结婚，妻子索菲亚17岁，他们生过13个孩子，死了5个，包括一个只活到7岁、天性敏感、也是最被托尔斯泰看好的儿子；其余8个孩子都在这座房子里长大。托尔斯泰在这里生活了近20年，中年时期一段充满家庭乐趣的人生应该就在这座房子里。

托尔斯泰在莫斯科这个家与庄园不同的是,庄园远在乡下,朋友若去拜访起码要用两三天;这里位于莫斯科中心,人们说来就来。当时托尔斯泰已著作等身,影响巨大,人又好客,常常盛友如云。从客厅的布置就可看出来。座椅很多,还有茶桌、棋桌、餐桌、钢琴;地上一张吓人的大黑熊皮,据说当年一头个头巨大的熊把托尔斯泰压在身下,险些要了他的命,多亏一位猎手救了他。事后托尔斯泰请画家给猎手画了像,现在这画像就摆屋里,显然这都是为了给朋友们的聚会助兴而布置的。家庭里处处精心的布置与装点自然都是妻子索菲亚的事。

索菲亚是沙皇御医的女儿,年轻聪慧,富于活力,兴趣多样。能画画,善织绣,喜欢写作,热爱音乐,会裁衣缝衣;这座房里墙上有她的风景画,床上有她绣的线毯,屋里有她剪裁的工具与衣服,桌上还有她为托尔斯泰的誊抄作品。托尔斯泰写作的速度快,字迹潦草难认,特别是一次骑马摔伤手臂,自己写的字有时自己也不认得,就问索菲亚这些字写的是什么?他的稿子还总是要一遍遍地修改,有时一张稿纸上改得甚至要比写得还多,索菲亚就要一遍遍再抄,直到誊清。

除此之外,索菲亚还要承担家中一切家务,如购物、吃穿、理财、教育、孩子们的生活以及成人后的各种事情;波良纳庄园那边的一切一切也都要她管理与操心。正是她把现实中千头万绪生活的具体操作全揽过去了,才有这个家庭的踏实与美满。那时,在索菲亚的心里这个家庭无比美好,莫斯科的文化精英们大多是她家中的座上客,托尔斯泰还经常给朋友们朗诵作品,甚至弹琴演奏,大家高谈阔论,一边美酒美食。孩子们欢起来,就一条腿跨上楼梯扶手从楼上刷地滑到楼下。

然而,中年之后托尔斯泰的人生观与价值观发生了变化。他渐渐厌烦贵族们寄生生活,同情苦难的底层民众。他在晚年的巨著《复活》中深深透显出自己这种负罪感,并希望家庭与过去彻底决裂。索菲亚不理解,也无法做到。她认为这是托尔斯泰的社会理想,在自己的家庭中怎么实现？托尔斯泰则认为他的家庭出现深刻的分歧,并为此苦恼和焦虑。晚年托尔斯泰的精神危机的一部分转化为自己家庭的破裂。这样,这座房子里的生活与先前不同了,发生了巨变。欢乐成为无法挽回的过去。

晚间,托尔斯泰更多是到楼下打开后门,迎来他思想的崇信者进行交流。其结果,是不断加剧他与索菲亚观念上的对立。他女儿塔季扬娜说:"父亲娶了一个18岁的小姑娘,他塑造她,他的影响在她身上扎根。是他叫她乘坐头等车厢,在最好的商店为孩子们定制衣服。现在却要求他们像农民一样生活,为什么？这就是母亲提出的问题。"索菲亚要坚定保卫她的家庭与生活。

家庭矛盾无法破解,最后导致托尔斯泰痛苦的离家出走,并病死在外。

人们对索菲亚产生非议,说托尔斯泰出走的责任在于她不能放弃世俗生活。但也有人为她辩护,说一个文豪的女人必需要和她的丈夫有一样的思想高度和深度吗？她不能有自己的生活与家庭选择吗？托尔斯泰的宽容与人道精神为什么不能用在为自己贡献一切的女人的身上？于是,种种争议与非议一直缠绕着索菲亚,直到把她送离人间。她死后,《托尔斯泰夫人日记》(《索菲亚日记》)出版了,人们才渐渐平静地对待这个为托尔斯泰付出一生的非凡的女人。

索菲亚故去时,还做了一件伟大的事,她把她的家——托尔斯泰故居的一切完完整整捐给国家,留给后人;也将托尔斯泰真实的生命空间永远留在世上。能说她不理解托尔斯泰的价值,说她没有那种至上的境界吗?

明年是索菲亚诞辰170周年,她的两卷本的传记刚刚出版,博物馆已经开辟一个房间介绍和纪念她,院里立一个牌子,上边有她的照片。还有她的几句话:

"我这一生活得很值得,也许将来有人想知道我是个什么样的女人。本来我会对上帝做一些有益的事,但命运把我和天才的、极其复杂的托尔斯泰紧紧联系到一起。"

人们总说伟人身后一定有个不凡的女人,但很少有人去认真关注这个女人。

2014.9.24

梅里霍沃契诃夫的写作小屋

我看过一帧契诃夫在梅里霍沃的故居的老照片,一幢林间的尖顶木板房被风雪包裹着,那种荒寒又深邃的气息,深深把我吸引。这成为我从莫斯科向南穿过大片森林和草原前往梅里霍沃的原故。

然而——现在,在我面前呈现的契诃夫的这个庄园,却如同一幅展开的色彩光鲜的画。这是一座单层的简朴的木屋,看上去更像农舍,房间不大也不多,如今通过博物馆化,内部丰富又充实,神气活现地呈现出作家生前日常生活的景象。

1890年作为医生却热爱写作的契诃夫长途跋涉,去到沙俄时期政治犯的远东流放地库页岛做采访,实实在在触摸到生活底层的残酷与真实,回来之后开始厌倦莫斯科的生活,他决定从事文学。1892年他跑到离莫斯科70公里之外的梅里霍沃村,从画家索罗赫琴手里买下这座带花园的房子,经过简单收拾便举家搬了进来。这房子位于梅里霍沃村的中心,现在仍在村子中间,只是已改作作家的博物馆了。

走进一扇小门,迎面的衣帽架上放着作家的呢帽与皮帽,都是契诃夫本人用过的,叫你觉得好像作家现在就在房子里边。第一间屋便是作家的书房,也是待客的地方;一张厚实的老式书桌是作家之所爱。据说作家一次在海外写东西,他说坐在别人的桌前写不出东西来。这种感觉我也有过,就像在别人家的床上会睡不着觉那样。床是安顿身体的地方,书桌是安顿灵魂的地方,所以说书桌更重要。

这书房中还有两件东西引起我的关注。一件是挂在墙上的医具箱。决心从事文学的契诃夫来到梅里霍沃村时,虽然不再职业行医,却还常常用这个医具箱给患病的村民看病。另一件是立在一面墙前的高大的书架,上边的书都是契诃夫读过的。其中不少书是他同时代作家的作品,如果戈理、托尔斯泰、陀思妥耶夫斯基等等。在房间的墙壁上也挂着这些作家朋友的照片,如托尔斯泰、果戈理、普宁、柯罗连柯、斯坦尼斯拉夫斯基、高尔基等等,照片上有相赠时的签名,也有他们在一起时的合影。在那个没有电话的时代,他们通过书信彼此联系。契诃夫住在梅里霍沃时每天都会寄出许多信件,也会收到不少书信,为此他建议在不远的洛巴斯尼亚村建立了一家邮局,如今这个村已更名为"契诃夫村",这个邮局也被建成一个上世纪风情异样的邮政博物馆了,里边还保留与契诃夫相关的一些珍贵的文物。

梅里霍沃的契诃夫故居博物馆中,最大的文物是后花园一角两层的尖顶木楼。作家即使在这个远离莫斯科的村庄里,常常也要躲到这个更隐蔽的小楼中,与世隔绝地写东西。小楼被围在浓密的花木中间,一条折尺形的楼梯挂在楼外边;作家就在这个粗陋得如守林人的木屋里写下他大量举世皆知的名著,如《万尼亚舅舅》、《海鸥》与《第六病室》。

他家其它的几间卧室,都很狭小,床也窄仄,但都温馨、舒适、唯美。他的妹妹玛丽亚喜欢弹琴,有绘画秉赋,各个房间极富品味

契诃夫写作的小屋

的装点肯定都有妹妹的用心之作。作家父亲的房间处处摆放着各种各样美丽的干花,大概出自父亲对大自然的热爱。契诃夫的卧室相对简单也简洁,这可能与他原先医生的习惯有关。卧房和书房之外,餐厅独占一间较大的房间,无论家具、餐具和装饰都更"隆重"一些,显示这个公共的、享受食物、兼做交谈的餐室在他的家庭生活中的重要。在欧洲的传统中,餐厅常常是家庭生活的中心。

契诃夫很喜欢在室外活动。喜欢栽植和收拾花木,喜欢在他房前的一个长形的水塘里钓鱼,还喜欢两只短腿的爱犬与他做伴。他在这里,不是贵族在自己的庄园中那样惟我独尊,他和村民关系良好。他是一个天性敏感、悲天悯人的人。作为作家他关切每个农民的命运,作为医生他会为每个上门来求医的村民治病。甚至还在当地为农民的孩子办了几所学校。

契诃夫在梅里霍沃度过人生后期的六年。1899年,由于肺病复发,他听从医生建议搬到南方温暖的克里木半岛的雅尔塔生活。这期间父亲去世,他便到南方安家,搬家时将家中一些生活用品分送给梅里霍沃的村民。但他到了南方五年后便去世了,仅仅44岁。即使当时人的寿命较短,他还是一个英年早逝不幸的巨人。

他死后,房屋易主,生前的一切眼看着烟消云散。幸好妹妹玛丽亚明白契诃夫的历史价值与未来价值,早在二战前就想把梅里霍沃契诃夫花园中那个写作的木楼建成一个小小的博物馆。二战后,一位来到梅里霍沃生活的艺术家尤利·亚迪夫崇拜契诃夫,便与玛丽亚以及契诃夫的侄子谢尔格伊·米哈洛维奇·契诃夫合作,想方设法将当年散失的契诃夫的遗物一样样找到,终于使今天的博物馆充满了作家人生细节和丰盈的生活血肉,因使我们至今仍然可以触摸到作家本人。

现在这座博物馆名为"纪念契诃夫文学特别保护区国立博物馆"。妹妹玛丽亚活了94岁,直到1957年辞世。感谢玛丽亚!

2014.9.16

一个天才的悲剧

诗人阿赫玛托娃就是苦难的化身,翻译家高莽称她为"苦难的十字架";她的命运,她的心灵,她的诗歌全都充满苦难,这是缘自她忧郁又不羁的天性,还是时代性的悲剧?反正我们很少见到个人的不幸与政治的遭际双重地压在一个女人——天才的女诗人的身上。

她三次婚姻三次离婚。第一任丈夫是白银时代重要的诗人古米廖夫,他们在一起八年(1910—1918),由于性格冲突以及古米廖夫另有新欢而分开;第二任丈夫是东方学者希列伊科,他们在一起也是八年(1918—1926),因对方性情暴躁多疑而决裂;第三任丈夫蒲宁是一位艺术批评家,他们共同生活的较长(1926—1938),但最终还是由于意见相左而分手。阿赫玛托娃个性强,不会顺从任何人,如果仅仅由于性格相悖而分开倒不奇怪,最不可思议的是她三任丈夫都是她诗歌的反对者。诗人古米廖夫不认为她有诗人的天资;希列伊科嫉妒她写诗,不准她在朋友面前朗诵诗,还拿她的诗稿烧火;蒲宁也是时时贬低她的诗,在她谈论诗歌时打断她的话,故意伤害她;因使她在与蒲宁十二年的生活中诗作甚少。还有比践踏和伤害诗人高贵的精神自尊更可怕的吗?她几次婚姻为什么始终陷在这种怪圈里?这个纯私人的问题有点宿命的成分。

同时,她又是那个时代的受难者。诗人古米廖夫在肃反时被枪决,据说高尔基曾努力营救他,但没能成功。她儿子列夫由于思想"异端",一次次被捕。她的诗作是官方不喜欢的。1925年中央政府正式决定禁止出版阿赫玛托娃的作品,这等于自己的精神生命遭到枪决。更严厉的打击是二战刚结束的1946年联共(布)中央发布对阿赫玛托娃和左琴科进行全国声讨,公开辱骂她"半修女半淫妇"、"没有思想性"和"颓废",将她开除作家协会,直到1952年才平反。

"我安然冷漠地用双手
把自己的耳朵捂住
免得让那些可恶的声音
将我忧伤的心灵玷污。"

能设身处地想一想她的真实处境与感受吗?

我读了许多她的作品和关于她的书。这一次访俄,特意要到她当年生活的空间里看看,感受一下。我知道圣彼得堡有她的墓地和一处故居。我的时间少日程紧,只能选择一处,我选择她的故居,这里是她与第三任丈夫蒲宁生活的地方,也是她被官方禁止发表诗作那一段人生最苦闷的时期。

今天晴天,不知为什么,一走进离涅瓦大街不远的里捷依内街,就觉得天暗下来,地上到处是黄色半枯的落叶。

阿赫玛托娃就住在一幢名叫"喷泉屋"的公寓楼,楼前是一个乱木横斜的"花园",公寓太老了,已经很破旧,一如诗人当年住在这里的样子,而且现在里边还住着人,所以博物馆没有大字招牌,只有一小块的带着诗人头像的石碑嵌在墙上。她的故居在三楼，偶尔来的访者就像昔时的串门人。

她的公寓不大。朝南一排四间小屋，窗户上全是树影，朝北只是一条两米多宽的穿廊，一端是厨房，另一端堆着杂物，杂物中有书、破箱子、铁盒、旧衣服、纸筒、诗人自己绣花的一个靠垫；最使我注意的是一副滑雪板；莫斯科冬天的雪很大。

穿廊上两个小门，分别通着餐厅和书房。另两间小屋是卧室。一间卧室是她与蒲宁的，另一间是她与蒲宁离婚后暂住的。他与古米廖夫的儿子列夫一度寄宿在后边的穿廊上，也是从这里被抓走的。

阿赫玛托娃屋中只有简简单单几件家具，一张很矮的单人小床铺着黑色的床单，一个衣柜，一台留声机，一个立式的穿衣镜；她没有正式的书桌，只有张小方桌，上边放着几页诗稿和一本诗集。有人说她常在后边厨房的窗下写东西，还有人说她半靠在长椅上写作——因为几幅朋友为她画的写生，都是斜靠在长椅上，其实未必，写诗都是"随遇而安"的，诗人真正的书桌是自己的心灵。

再一件是在一个木制的画架上放着的她崇敬并做过研究的普希金的肖像。

博物馆工作人员告诉我1925年后，为了惩罚她，一度撤掉她的购物证和医疗证，她的经济十分拮据，心情很糟。她偶尔写的诗，由于觉得不安全，便在桌上一个铜质的小烟缸里烧掉。工作人员还指着窗外不远的木叶遮蔽的地方，细看那里有一把黑色的铁椅，据说常常有秘密警察坐在那里盯着她的一举一动。

现在，博物馆在这把椅子上钉着一个铁牌，上边铸着阿赫玛托娃写过的一段文字：

"有人来过,说一个月不准我出门,但要求我不时站到窗前,为的是能从花园里看到我。他们在我窗下的花园里放置了一把长椅,有特务昼夜坐在那里值守。"

从窗里望着下边那把隐隐约约藏在树间的黑椅子,就能体验到当时诗人的心境了。正是这种心境,使我忽然想到她那首著名长诗《安魂曲》中的几句:

"我呼喊了十七个月

召唤你回家

我曾给刽子手下过跪

我的儿子我的冤家

一切都七颠不倒,无法分清

今天谁是野兽,谁是人

判处死刑的日子

要等多久才能来临?"

我知道她曾翻译过两位中国古代诗人——李清照和屈原的诗,我一直不明白她为什么偏爱这两位中国诗人。现在明白了,因为一位充满女性的敏感与忧伤,一位压抑着家国的悲哀与愤懑。她身上兼有这两种体验。

苦难出诗人,愤怒出诗人,压抑出诗人,欢乐只能唱出歌来。

于是我在博物馆的留言簿上写下一句话:

"个人命运的苦难和时代的苦难,都在她一生的悲剧中,也在她永恒的诗里。"

2014.9.12

列宾故居探访记

1899年列宾在圣彼得堡西北芬兰湾一片深邃又幽静的丛林间，买下一个芬兰式的木头房子，经过一通大兴土木的改造，整座建筑充满了画家的奇思妙想。房顶是挤在一起一大堆尖顶与坡顶，里边的房间参差错落，还在这个平房里装上高高矮矮的楼梯——这是画家的一种偏爱——然而这种多变的空间能够给人灵感。这一年，他55岁，《伏尔加河上的纤夫》、《伊凡杀子》、《意外归来》、《查波罗什人写信给苏丹王》等等这些巨作早已挂在他的名字上。他的生命与艺术都处在鼎盛年华。转年他便和诺尔德曼（第二任妻子）结婚，从此在这里生活、交友、作画、享受大自然并从大自然中汲取生命的力量；他称这里是他的"老家"，在这里度过了一生最美好的时光，大量杰作如《国务议会》、《赤脚的列夫·托尔斯泰》、《黑海上的流民》、《1815年1月8日公开学术演讲会上的普希金》等都是在这里画的。这个地方当然应当去看看。

我有一点列宾的电影文献资料，内容是大雪过后列宾和一群朋友在他楼后的雪地里欢快地走着、说笑、抽烟，大饮冰冷的泉水，看得出他活得轻松，快活，随性，甚至挺浪漫，一种典型的画家的生活。

一走进他故居的门，迎面看到一面小锣。立即想到书中说过他平日画画不待客,朋友们都知道只有周三这天可以来见他。这天他家的屋顶上会升起一面浅蓝色的小旗,家里的门是开着的,门口的标语写着"不用等待,没有仆人"、"往前走,直到客厅"等等。常来的朋友们都知道,只要拿起小锤,轻轻敲两下挂在门厅的小锣,在房子里的列宾就知道有朋友来了。

这座房子是一时很难弄清有多少间屋子,每间屋子都形状不一,高矮不同,窗外的风景如画一样挂在墙上。整座楼无处不是艺术品和装饰品。每个屋角,桌面,柜间,地面,都用瓷器、雕塑、干花、地毯、民间艺术品,精心、惟美、别出心裁地布置着,显然这些都是女主人之所为,体现着女主人的品味和浓郁的生活情致。至于所有墙壁全都挂满了大大小小的画。有些是列宾画的,有些不是,它们是随着岁月一件件挂上去的,显出了岁月的深厚与丰盈。列宾出名的"星期三聚会"那天,来者总是很多,朋友们聚在客厅交谈,读书,弹琴,朗诵诗歌,大家快活惬意。

列宾家最能给人带来快乐的是他独特的餐桌。餐桌是两层圆桌,外大里小,里边的小圆桌上面放菜,可以转动,很像我们的"桌餐",但它转动要靠桌面上一圈小立柱。想吃什么,伸手一推眼前的小立柱,菜就转到眼前。列宾主张素食,崇尚自由和自力,不尚虚伪的客套,更不喜欢别人为自己服务,用菜必需自己动手。如果谁犯了规矩就要挨罚,被罚的人必需爬到墙角的台子上做一番自责的演说。可是列宾好客,常常忘了自定的规矩去招待朋友,因而被人指出犯错,照样要爬上讲台挨罚,博物馆里还有列宾挨罚时发表自责演说的照片呢。这种独出心裁的规定与惩罚常常逗人捧腹大笑,给友人们的聚会带来欢愉。

列宾故居最叫我关注的是两房间:书房与画室。他的画室比较大,松散,缭乱,一个真正的画家的空间。几张长短椅子可以随便坐,宽大的沙发床的罩单拖在地上;一个带阶梯的高台上放着座椅,是模特的席位;到处立着画框,一些只画了一半;还有他晚年右手肌肉萎缩而改用左手作画时那个特制的固定在腰间的调色板……他很少让人走进他的画室,可是他的学生是例外,有的学生在这里跟他学画,还有的学生一连许多日子就睡在画室里。

画家们很少像列宾这样专有一个书房。他的书房完全是另一种风格,整齐和严谨。书桌摆在房屋正中,面朝着一排窗子,窗外满园花树,一把宽大的深红色圈椅摆在桌前,可以想象他坐在椅上视野开阔和生意盈盈的感觉。横在桌前一个长长的书柜放着许多雕像。托尔斯泰、屠格涅夫、门捷列夫等等。列宾喜欢写作,有人说,如果他不画画,肯定会是一位出色的作家。我读过列宾回忆录《远与近》中关于创作《伏尔加河上的纤夫》时的随笔,其中一些关于景物与人物的描述真的很棒,文字的感觉绝对够得上一流作家。

俄罗斯那个时代作家和艺术家关系的密切令人羡慕。那时,列宾的家每周三的聚会实际也是一个家庭化的艺术家的沙龙,通常总有三四十人,都是卓有才华的作家、画家、作曲家、诗人、歌唱家、演员等等。他们聚在一起谈诗论画,朗诵作品,相互欣赏,彼此影响,并且愉快地生活着。列宾还在院子里修建一个舞台,发表演说或自编自演一些节目,不求精致,只求快乐。这种生活叫我想起施特劳斯一首圆舞曲的曲名——艺术家的生活。

列宾在这里生活了三十一年。直到过了86岁生日。

死后他葬在离自己的"老家"很近的林间。没有石穴,只有一个木制的墓碑。坟墓是一小小的长方形的坟丘,与托尔斯泰的那个坟丘很像。托尔斯泰的坟丘长满青草,他的坟丘开满鲜花。这

列宾故居

花是大地献给他的。

他葬在自己的园子里,表明他对这块土地永恒的依恋。

2014.9.13

深秋花开应未迟

我相信一个人与一个地方是有缘分的。倘若无缘,失之交臂;倘若有缘,千里相牵。由此而言,我与俄罗斯既是有缘又是无缘的。

先说有缘。八十年代初中国新时期文学发轫,我应是作品最早被介绍到"前苏联"的一个。我的短篇小说《高女人和她的矮丈夫》被译成俄文于1983年2月25日在前苏联《文学报》刊出后,引起他们很大的惊讶:这是中国文学吗?中国文学能这么伤感吗?随后,我的一些中短篇小说也被译了过去,发表在各种中国当代文学的选本中。1985年莫斯科的彩虹出版社出版了我的作品专集《冯骥才中短篇小说集》。不久,由我的小说《神鞭》改编的同名电影在前苏联一些城市上演。这种又象征又传奇又荒诞又被武术化了的电影,他们也是见所未见的。在那个时期,前苏联的一些相关组织一直在邀请我去访问。如果那时我去了,所获得的一定是一种全然异样的"前苏联"的感觉。但我一直未能成行。

我再说无缘。

1983年俄国著名汉学家李福清来华访问我。记得那次我们谈得亲切和热情,意趣相投,话题很广泛。我从述说自己"文革"受难的经历一直到激动地站起来背诵普希金的《致大海》和《窗》。

李福清是我许多小说的译者。他回国后把我们这次谈话写成一篇长达四万字的访谈，发表在前苏联重要的理论刊物《文学问题》（1984年第1期）上。这篇文章给我找了麻烦。被当时心有余悸的文化部门看作"过分揭露'文革'"，而成为我访苏的障碍。为此还将美国爱荷华写作中心对我的邀请拖迟了一年。这算是对我的一种"温柔"的惩罚吧。

从1985年到1989年，前苏联与中国的关系冷暖无定，这些都成了我"访苏"一事时显时隐的缘故。其间，前苏联还想搞一次《神鞭》的研讨会，中途忽又辍止。1989年后，俄罗斯人忙于"国家重组"，自顾不暇，自然想不到把客人请到自己乱哄哄的家里来。待一切安定下来，手头的拮据又成了难题。而我这次访问也同样是经过几番周折，直到登上飞机，才相信我和俄罗斯最终是有缘的。但这中间至少间隔了十五年。

到了莫斯科机场，来接机的中国大使馆文化参赞崔先生给我一本俄文版的厚厚的书，名叫《中国现当代文学作品集》。其中有一篇是我的中篇小说《末日夏娃》。崔参赞告诉我这本书刚刚出版，昨天还是在中国大使馆里举行的图书首发式呢。我拿着这本散发着油墨芬芳的新书，忽有所悟——原来二十年来我与俄罗斯文学的关系一直延绵不断！

我由奥廖尔回到莫斯科时，李福清、索罗金、阿直马穆多娃和妮娜一起来看我。他们都是我的俄文版作品的译者，也是我在俄罗斯的真正的文学知音。索罗金和李福清一样都是老一代汉学家，他的译笔令俄国同行交口称赞。我的中篇小说《啊！》就是经他介绍到俄国的。能够被他的译笔"镀镀金"应是我的福气。妮娜年轻漂亮，汉语说得十分流畅，她是索罗金的弟子。索罗金认为她极有可能成为出色的汉学家。新近在莫斯科出版的《末日夏娃》正是她翻译的。《末日夏娃》采用的是荒诞的手法,从荒诞的构思到荒诞的视觉性,只有理念是非荒诞的。这部小说在国内发表后反响甚微,甚至受到过批评。但妮娜说,俄国人却很能理解。她说这是给世界看的一本书,这使我直到现在也不知道到底应该怎样看待自己这部书。

阿直马穆多娃应是索罗金和妮娜中间的一代人。她是我的中篇小说《感谢生活》的译者。我知道她译得很好,因为那本书在俄国有不少读者。

我对他们笑道:"你们四位连在一起,是我个人在俄罗斯的文学史。从1983年《高女人和她的矮丈夫》至2002年《末日夏娃》整整二十年!"我当然首先要感谢他们。如果没有他们中的任何一个,也无法连成这样一条漫长的溪流。

和他们广泛地一聊,更觉得我是个幸运者。如今俄罗斯文学市场化得厉害,畅销书十分风行。中国的图书多是针灸、武术和风水一类,体现大众的需要。再有便是《易经》、《道德经》和儒家的种种典籍,反映了丢掉原来政治信仰的俄罗斯人广泛的精神探索。然而,纯正的中国文学却鲜有介绍。

在圣彼得堡时,应彼得堡大学之邀前去访问和座谈。在这个俄罗斯著名的汉学摇篮里,我见到了司格林教授等七八位教授和学者。我早在八十年代就结识了司格林教授。他幼时生活在北京,他的北京话像他的俄语一样好;他的俄语也像他的北京话一样好。司格林教授他们将收藏到的我的一些著作陈列出来,表示敬意。这些教授有的讲授中国古典文学,有的研究中国作家与作品。如老舍、沈从文、张贤亮、贾平凹。我尽我所知,帮助他们了解这些作家。但在交谈中,我发现他们对中国文学的现状知之甚少。他们缺乏联系渠道,与中国的文学组织基本没有联系。据说自五十年代老舍曾来过这里,此后没有一个中国作家"光顾"过。他们对中国文学的了解基本是靠着几种杂志,没有更多的信息源。在法国,汉学界对中国文学的了解虽然不是同步,上下却不差一年,但在俄罗斯至少慢了五年八年。难道曾经那么密切的关系一下子就变得如此疏离了吗?

再往深处谈,希望便露出光亮来。如今新一代人重新对中国发生兴趣。这可能是近些年中国的经济奇迹带来的魅力。就在我们座谈之间,一拨拨学习汉学的学生进来旁听。据说新一代人知识结构好,起点高。但由于在俄罗斯很难买到中国书刊,他们常常感到知识的匮乏和眼界的有限。那么谁来帮助他们?如果这一代人不能产生索罗金、李福清这样的大汉学家,我们文化的输出就会失去高质量的通道。

在回到莫斯科时,莫斯科大学的谭傲霜教授约我一见。她送给我一袋很特殊的礼物。是她的学生学习我的《高女人和她的矮丈夫》时所写的感想式的论文。我看了这些书写生疏却工整认真的字迹,很是感动。我想,他们这样苦苦地学习我们,我们还不应该帮助他们吗?俄罗斯的汉学界在世界是一流的。趁着老一代俄罗斯的汉学家健在,应该促使他们巩固自己的汉学界。为了他们,也为了我们。因为,中国文化在世界的光大,一半要依靠汉学界。

2002.7

今天的布拉格

布拉格对我的诱惑,除去德沃夏克、卡夫卡、昆德拉,以及波希米亚人,还有便是歌德的那句话"布拉格是欧洲最美丽的城市"。歌德这句话是二百年前说的,那么今天的布拉格呢?在捷克做过文化参赞的诗人孙书柱对我说:"你不去布拉格会是终身遗憾。"

经历了二十世纪两次世界大战和非同寻常的社会风暴之后,布拉格会是什么样子?我想起九十年代初一个黄昏进入东柏林时那种黑乎乎、空洞和贫瘠的感受。于是,我几乎是带着猜疑,而非文化朝圣的心情进入了捷克的边境。

三天后,我在布拉格老城区一家古老的饭店喝着又浓又香的加蒜末的捷克肚汤时,手机忽然响了,是孙书柱。他说:"感觉怎么样?"我情不自禁地答道:"我感到震撼!"我听到自己的声音很响亮。

布拉格散布在七个山丘上,很像罗马。特别是站在王宫外的阳台上放目纵览,一定会为它浩瀚的气概与瑰丽的景象惊叹不已。首先是城市的颜色。布拉格所有的屋顶几乎全是朱红色的,他们使用的是一种叫石榴石的矿物质颜料,鲜明又沉静;而墙体的颜色大多是一种象牙黄色。在奥匈帝国时代,捷克的疆域属于帝国领土的一部分,哈布斯堡王朝把一种"象牙黄"视为高贵,并致力向民间普及。于是这红顶黄墙与浓绿的树色连成一片。百余座教堂与古堡千奇百怪地耸立其间。这便是在世界上任何地方都见不到的城市景观。

然而捷克之美,更在于它经得住推敲。

在捷克西部温泉城卡洛维发利,我在那条沿河向上的老街上缓缓步行,一边打量着两边的建筑。我很惊讶。没有任何两座建筑的式样是相同的。它们像个性很强的女人,个个都目中无人地站在街头,展示自己。其实,这不正是波希米亚人不尚重复的性格?

在布拉格更是这样。只有在上个世纪五六十年代建造的那些宿舍楼,才彼此一个模样,没有任何美感与装饰。从中我发现,它们竟然和我们同时代的建筑"如出一炉",这倒十分耐人寻味!

而布拉格的城市建筑真正的文化意义,是它保存着从中世纪以来,包括罗马式、哥特式、巴洛克式、青年艺术风格等各个不同时期的建筑作品。站在老城广场上,挤在上千惊讶地张着嘴东张西望的游客中间,我忽然明白,当年歌德看到的,我们都看到了。但跟着一个问题冒出来:它是如何躲过上个世纪的巨烈的政治风暴的冲击?甭说民居墙面上千奇百怪的花饰,单是查理大桥上那些来自宗教与神话的巨大的雕塑早该被"砸得稀巴烂了"!

一个城市的历史总是层层叠叠深藏在老街深巷里。布拉格这些深巷常常使游人迷路。据说卡夫卡知道这每一座不知名的老屋里的故事。他的朋友们常常看见他在这些街头巷尾或哪个门洞里一晃而过。

老街至今还是用石块铺的路。几百年过去的时光从上面辗过,一代代人用脚掌雕塑着它们。细瞧上去,很像一张张面孔,有的含混不明,有的凄苦的笑,有的深深刻着一道裂痕。街上的门都很小,然而门内都有一个小小的罗马式回廊环绕的院子,只有正午时分,阳光才会直下。站在这样的院子里就会明白,为什么卡夫卡把它称作"阳光的痰盂"。

生活在这样世界里的布拉格人,并不因此愁闷与阴郁。他们天性热爱个人的生活,专注于家庭,还有传统。他们对啤酒有天生的嗜好,一如法国人钟爱葡萄酒。每年一个捷克人平均喝掉150公升啤酒。而他们对音乐的热爱不亚于奥地利人。连惹起祸端而招致前苏联军队把坦克开进城中的"布拉格之春",也是音乐带来的麻烦。但即使在那个非常的年代,人们去听音乐会,也照旧会盛妆打扮,这样的人民会去把建筑上的艺术捣毁吗?

我则认为,我们的文化遗产所遭受的最大的破坏还是"文革"。"文革"之前,老房上那些砖雕石雕,谁会动手去砸。我们只是把它作为"无用的历史"弃置一旁。布拉格最著名的圣维特大教堂在二十世纪五六十年代,被当作工厂使用,就像天津的广东会馆。但是"文革"不仅仅举国如狂地毁灭自己的文化遗产,更严重的是对自己文化的轻视与蔑视。蔑视自己的文化比没有文化还可怕。而这种自我的文化轻蔑在功名利禄迷惑人心的当代便恶性地发酵了。于是,我便转而注目于今天的布拉格人怎样重新对待自己的文化遗产。

他们正在全面整理和精心打扮自己的城市。从外观上,将这些至少失修了半个世纪的建筑,一座座地从岁月的污垢清理出来。同时将具有现代科技含量的生活硬件注入进去。他们在修整这些地面上最大的古物时,精心保护每一个有重要价值的细节。由于他们没有经过那种"涤荡一切污泥浊水"的大革文化命,所以历史遗存极其丰厚。连各种店铺的商家也都把这些遗产引以为自豪，并且印成资料与画片，赠送给客人。不像我们胡乱地扫荡之后，待要发展旅游，已经空无一物，只能靠着造假古董和编故事（俗称编段子），将历史浅薄化、趣味化、庸俗化。

从老城广场到查理桥必须经过一条历史名街——皇帝街。这条长长的窄街弯弯曲曲，顺坡而下。街两旁五彩缤纷地挤满各色小店，咖啡店、酒吧、食品店、小旅店，形形色色小商店里经营的大都是本地的特产，如提线木偶、草编人物、民间土布，以及闻名天下的玻璃器具。最小的店铺大约只有四五平米，却都是有声有色、有滋有味，故而皇帝街是布拉格人气最旺的一条步行街。

据说十年前，有人想从美国引资对这条街进行改造。将石块铺成的路面改为平整的柏油路，两边的商店扩宽重建。这引起很大争议。经居民投票民主表决，结果还是顺从当地的人民的意见——皇帝街保持历史的原貌！

东欧国家经过九十年的巨变，几乎碰到同样一个问题：怎样对待自己的城市。从俄罗斯的圣彼得堡、德国的柏林和魏玛、匈牙利的布达佩斯，直到捷克的古城。我看到了一种共同的态度——正像我在柏林拜访过一个负责修整历史街区的组织的名字——"小心翼翼地修改城市"。那就是用心珍惜历史遗产，全力呵护文化财富，一切为了未来。

2003.5.30

离我太远了,皮兰

如果世界上有一个地方从来没听人说过,去了之后却永难忘怀,这个地方就是皮兰。

对我来说,它实在太远;我在"远东",它藏在地球西边亚得里亚海最上端那个海湾里,好像掖在欧洲的胳肢窝里。如果驱车从维也纳向南穿过山重水复的阿尔卑斯山,越过边境,路经斯洛文尼亚那个出名的小巧的首都卢布尔雅那,往西不停地开下去,再沿着亚得里亚海的海边弯弯曲曲前行,然后不知不觉驶入一条狭长的伸入大海极小的岬角上;皮兰就在这天涯海角似的地方。

这个只有四千多人的小小的中世纪的古城,密集着层层叠叠两三层的小楼,全是雪白的墙和砖红色的尖顶。如果艳阳高照,白墙更白;一场雨后,红顶瓦变为深红——再给湛蓝、深郁和辽阔的大海一衬,色彩分外独特又鲜艳。这时,偶尔飞来几只极黑的乌鸦,醒目地落在屋顶或烟突上。如此的景象,叫谁看了不醉?

皮兰就像大地鲜亮的舌尖,伸进大海,舔弄着无穷而清凉的碧涛。

走进皮兰,不像进什么名城,心理上会有意无意做点准备。在皮兰海边散着步,边走边看海上的美景,不经意就走到它城中心的广场上。我试了一下,从海边到广场只需要二百步。广场是圆形的,广场周围的建筑排成 U 形,开口处对着大海。海鸥与海风可以更轻易地来到广场上。这就使我看到它源自一个原始码头而一直开放着的历史。

欧洲的广场无论大小,四周的建筑都是城市的门面。皮兰的门面可没有花团锦簇般的大厦,一律是墙面斑驳甚至是破损的老楼,然而它们简朴、素雅、沉静,像中世纪的农夫农妇、工匠市民平和地站在那里;铺满广场的石板石钉早已磨得光亮,像铁的;一些长长的石条凳围着广场放了一圈,人们三三两两坐在上边消闲,一看便知是本城的百姓;两个女孩儿坐在那里逗狗,一个女孩的长发金得发亮;一位老妇人抱着婴儿晒太阳,旁边坐着个老头,舒舒服服打着瞌睡;一群男子在下棋,其中一个中年男人穿着很漂亮的海员制服,帽檐却斜着。广场上小孩子们在踢球。年轻的父亲在教他的孩子学步,孩子乍着胳膊摇摇晃晃走在前边,父亲笑呵呵跟在后边,走着走着,情不自禁地和孩子走的姿态一样了。

皮兰湾很静,适合扬帆出海,这里有桅樯如林的小码头;皮兰的海水比矿泉水还干净,海边的岩石上常常会躺着一个泳装女子沐日,粗砺的石块和光嫩的皮肤强烈地对比着;海鸥们常常在急转弯时发出一声响亮的尖叫。

偶尔能看到一两个背包的旅行者站在广场中心向四边贪婪地拍照。

皮兰的地标是在城中鹤立鸡群般高高耸起的尖顶的钟楼,它叫人想到威尼斯圣马可大教堂的钟楼,只是更简约更古朴一些。皮兰历史上曾属威尼斯王国管辖。有人称它是"袖珍的威尼斯"。但它在同海的关系上与威尼斯不同:它像是站在海边的礁石上,向大海眺望;威尼斯已经光着两只脚站在海里了。

一对新婚的年轻人刚从教堂走出来

可是，它被威尼斯统治太久了，广场立着一块石头旗桩，上边刻着的年号是1466，它是威尼斯王国时代的遗物吧。在威尼斯统治漫长的五百年里，它骨子里已浸入太多意大利人的气息与气质。尤其是对历史的态度。街头巷尾处处可以看到历史的见证。一棵与一根石柱死死缠成一体的古藤，东一块西一块有刻痕的建筑残石，多半已经锈烂在土里的铁锚……没人去动它们。让它们以历史的原状存在。城中还有些中世纪的残垣断壁，更是地面上的文物。用不着标明"文保单位"，也被人们当作"沉默的老者"倍受尊崇地活在人间。比如一座中世纪的修道院，早已荒芜，仅存中庭，只有一些残损的雕像或兽头放在廊子上，其它空空如也；人们把庭院打扫干净，却任由野草丛生，播放一些古典音乐——用音乐唤起的想象与情感装满它。这不是意大利人擅长做的事吗？

没有人去拙劣地添油加醋，或者去涂脂抹粉"打造"它。历史是不需要加工的。

无形的音乐是一种灵魂。古典音乐是历史的灵魂，皮兰人用它来轻轻唤醒历史。

它原本就是一块音乐的土地。早在17世纪这里诞生了作曲家和小提琴家塔替尼（1692—1770）。塔替尼那部堪称小提琴"绝品"的《魔鬼的颤音》，其指法与弓法难度之高至今无人超越；作品诡异、超凡、变幻莫测与难以捉摸。塔替尼说他这部音乐来自一次梦中魔鬼的指点，他只不过梦醒之后，把依稀记得的音乐记了下来。这并不见得是故弄玄虚，至少他本人再没有写过与此类似的作品。

皮兰人在塔替尼去世二百年时，仍然怀念他，以他为荣，便制作一尊雕像放在广场的中心。雕塑家的想法很有创意，特意将雕像做得和真人一般大小，看上去好像他们的塔替尼又回来了——

拿着小提琴跳在台子上正往前走。在宽阔的广场上,雕塑显得小,但他占满了皮兰人的心。从此皮兰人称这广场叫塔替尼广场。

真正的雕像都是为了一种精神,不是城市广告。

最深厚的皮兰还是在城中往复迥绕的哥特式的老街老巷里。历史的空间向例窄仄。今天的皮兰没有为了"扩大旅游经济"而去放大街道尺度。老墙老屋老门老窗一切依旧,房中的生活设施却正在"现代化"。他们依旧在窗口伸出杆子晾晒衣服,依旧在窗框上挂满花盆,让五颜六色的花朵镶在阳光射入室内的地方;然而,钻进一些地下室地洞似的小门,里边艺术家工作室的照明、通讯与生活设施却十分现代。这些艺术品店很少出售千篇一律乏味的旅游商品,多是艺术家富于个性的创造。不论是陶瓷、玻璃制品、木石雕刻,还是铁艺、布艺与千奇百怪的艺术化的日常物品。他们尊重历史,却又不是"靠山吃山、靠水吃水";不是一个劲儿在"非物质文化遗产"身上拼命挤奶。

这样的文化才是真正活着的。

山上教堂的钟声响后,一对新婚的男女走下来,穿着白纱裙的新娘一手拎着一朵挺大的红玫瑰,眼睛很美;新郎的脸上溢满幸福。两人穿过广场时,没人上去看热闹,只是几个本城人远远站着,笑嘻嘻看着这两位年轻的熟人。

他们手牵手穿过广场,偶尔会情不自禁停下来,亲吻一下,再走,就像他们的祖父祖母。

美好的传统就这么悠然自得地传承下来。

只可惜它离我太远了,皮兰。

2012.10.1

勃朗特三姐妹

自曼城往北一百多公里，在起伏的丘陵隐伏着一个原本平凡的小镇霍沃思，它便是勃朗特三姐妹的故乡。

三姐妹就在这里演绎出世界文学的奇迹。

母亲的早逝把孩子们留给父亲带大。父亲是乡村小教堂的穷牧师，收入甚少。但三个女儿和一个儿子以非凡的文学和艺术的才华，使他们的小楼色彩缤纷。读书、弹琴、画画、写作、还有愉快又充满想象的交谈。同时，又被贫穷死死纠缠着。

艾米丽和夏洛蒂都去做过当时低人一等的家庭教师；夏洛蒂为节省纸张，只能用很小的纸块写很小的字。现在故居里还保存着夏洛蒂一些写满了蝇头小字的纸块。地势较高的霍沃思冬天很冷，连取暖都成了生活的压力。夏洛蒂自制的厚厚的连腿袜套在她的房间里可以看到。夏洛蒂和艾米丽画得都不错，最有绘画才华的是排行老二的兄弟布朗威尔，他被宫廷肖像画师劳伦斯看重，但在一次失恋后堕入无度的狂饮与沉沦之中，不但前途无望，更加重了家庭的困境。然而就在这生活的阴影里，夏洛蒂和艾米丽分别写出使英国文学为之自豪的《简·爱》与《呼啸山庄》。从这两部书中可以感知她们心灵的苦楚与渴望。妹妹安妮也写出她的长篇小说《艾格妮丝·格雷》。

这兄妹几人命运的悲惨也是一种人间的极致。他们都没有活过四十岁。二姐艾米丽去世之前患精神病,她活了 30 岁;三弟布朗威尔死于酗酒与吸毒,29 岁;大姐夏洛蒂婚后不到一年便死去,39 岁;妹妹安妮猝死,年仅 21 岁。这一家人的命运是个不可思议的谜。

有人说霍沃思这地方的人大都短命,活过四十岁便是幸运。我在村中小教堂里去看勃朗特一家人做弥撒的地方时,教堂的神甫告诉我,致命的原由来自饮用的河水。水由高而低,先流过教堂后边的墓地,墓地里死人太多,细菌太多,害人致死。可惜那时代没人想到这个根由。

一家姐妹三人全是杰出的作家,世上没有第二。在音乐上也只有这样一个奇迹,便是奥地利的施特劳斯家族。记得画家吴冠中一次对我说他决不叫儿子学画,他的道理是一个真理:艺术是没有遗传的;或者说,如果一个伟大的作家和艺术家在某处诞生,是因为上帝吻错了地方。

2013.4.5

在莎翁故居看到了什么？

在来到莎翁故居前,我颇有点疑惑,我能看到什么？莎翁已故五百年,还会留下多少遗存？然而走进斯特拉斯福小镇却令我十分惊讶,在一片依旧是中世纪栅栏格式的街区里,莎翁出生的老屋、1574年出生的登记册、去世时举行葬礼的小小的圣三一教堂、演出过莎翁剧作的剧院、克洛泊顿石桥、直到他父亲供职的镇政府的小楼,以及他家那些做铁匠、酒商、肉店、零售商的邻居与亲友的老宅,还都原样地保存在原地。这是谁的决定？怎么从来没人想去拆掉开发建楼呢？

我尤其喜欢古老的都铎式小楼。粗木结构的构架中间填上砖块与灰泥,这种建筑产生于十五世纪末的都铎王朝。现在国内狂拆民居者的一个理由是西方建筑是石头的,坚固易存；中国是砖木结构,很难保留；但同样是木架加灰泥与砖块的都铎式民居都已五百岁以上,现在还在使用。其中镇上保存最好的都铎老屋,便是静静地立在亨雷街上莎翁的"大房子"了。它如今已作为莎士比亚故居博物馆使用。在屋内可以看到莎翁父亲制作皮制品的小作坊,主厅、客厅、睡房和厨房。这里冬天很冷,人们既善于生火取暖又善于防火；童年的莎士比亚一度睡在父母床下特制的抽屉里。

莎翁故居的"展出"方式独特。两三位穿着当时服装的男人与女人"生活"在房间里,做些活计聊聊天,有时参观者多了,他们会即兴表演莎剧本的一个小片断或一段经典的台词。他们以这种方式把人们带进当时的生活氛围和莎翁的艺术里。

莎士比亚在这里度过童年、少年和一部分青年时代,结婚生子,走进生活。他11岁时在这里亲身经历过一次国王豪华的出巡,从而诱使他对宫廷生活迷恋、神往和充满遐想,并直接影响到他日后戏剧创作的题材与生活。

这里的人至今还说五百年前他离开故乡,是由于他跑到镇外狩猎时误入了私人的领地,惹怒领地的主人挨了揍;他用一首讽刺诗报复,没想到这首诗广为传颂,招来更大的忿恨,为此躲到伦敦。然而,此时的英国和中国一样都已是戏剧的天下,致使潜在莎士比亚身上的戏剧才华得到惊人的释放。短短的十几年他写出三十九部戏剧杰作和大量的十四行诗。那时人的生命短暂。人生的阶段与今天完全不同。1612年四十八岁的莎士比亚就翻过他的创作高峰。他返回到故乡颐养天年,四年后去世,当时不过五十二岁。

现今故居中他晚年的遗存并不多。毕竟事隔五个世纪,岁月太久,保存如是已不可思议。我们到哪儿还能找到关汉卿?而人家连狄更斯等人在莎翁故居窗玻璃上的签名还完好地保存着。

说到狄更斯,他应是莎翁故居保护的功臣。19世纪40年代这座房子一度无主,面临拍卖,狄更斯组织了许多活动筹集资金,才把它购买下来,并作为国宝修复。随之便是各界有识之士与本地热心人组成的基金会,发起了范围更广的保护工作,包括镇内外相关遗存,连同莎翁母亲与妻子安乡村的故居。保护修复的态度之认真使人饮佩;连故居院子里栽种的花草都来自莎翁的作品。

莎翁家乡的人如此珍视他,决非因为他给家乡带来"知名度"

和经济效益,而是真正知道他的价值。

莎翁故居之所以至今仍成为世界旅英游人的必往之地,是由于他的戏剧已成为人类共享的精神财富;他那些剧作——《奥赛罗》、《罗密欧与朱丽叶》、《哈姆雷特》、《威尼斯商人》、《李尔王》、《仲夏夜之梦》、《第十二夜》等四大悲剧四大喜剧至今还"活"在戏剧舞台上。文学史看似是以作家的名字连贯成的,实际上是永不褪色的经典串起来的。惟有经典才能穿越时空,所有文学和艺术都逃不过历史的检验。

我还想再提一下狄更斯。一个作家能够如此下力气去保护另一位前辈作家的故居,不正是表现着他对文学真正的热爱与虔诚吗?

2013.4.4

苏格兰风景

我庆幸这次自己选择了一路乘车北上，长达八百公里的行程，得以尽览苏格兰大地的风情。大片大片缓慢起伏着的高原，连接成一片浩瀚的凝固的褐色的海，松软的水墨似的云影在上边缓缓行走；远处是阳光下夺目的雪山。半月前我在法国时，这里下了一场罕见的暴雪，当时狂烈的景象现在仍能见到。有时山道两边的积雪高高的有如雪墙；一些粗大的树木折断，树冠横卧地上；山坳与树丛里的白雪，依然厚厚地不肯融化。由于地高风寒，冰冻不融，干涸的长满蓬草的溪谷静静而耐心地等待春的到来与滋润。丛林高处只有乌鸦边叫边飞，我才知道乌鸦是最耐寒的飞鸟，其它珍禽异卉还在天边。可是在向阳的坡面上草地已微弱地显出一些新绿，一些心急的野花星星点点露出头来。凡是这样的地方，都有些羊群散布其中，叫人感到新一年的生活又开始了。尽管在这高原上一直没见到人影，偶尔却会有一堆结实的石头房屋簇拥着一个小教堂的尖顶从车窗上闪过……就这样，我们渐渐走进英伦三岛上一座传奇般的名城——爱丁堡。

2013.4.5

细雨品京都

牛毛细雨绵绵密密洒落京都。这向例宁静的千年古都,多了雨声,只有雨声。偶有风来,吹飞雨点,在光亮的地方晶晶闪烁地飘舞。伞儿必须迎风撑着遮雨。日本人身小,伞儿也小,雨点儿我的衣服,凉滋滋贴在皮肤上,给游览古迹带来诸多不便。糟糕……可是,一仰头,重峦叠翠,烟雾空濛,清水寺的山门宝塔就立在这之间。日本的塔尖,修长似剑,在细雨霏霏中更显峭拔之势。此时,隔过山谷,飘起一缕轻岚,在空谷中白纱一般地游动,使人想起喜多郎的声音。这缕轻岚,正好从山那边耸立的一座橘色琉璃佛塔前飞过,佛塔一点点模糊又一点点清晰出来,烟岚飞去,塔身竟像给拭过那样洁净光亮……其实这是雨水的反光。在金阁寺里我发现,那雨中镀金的金阁反比阳光下的金阁更加夺目,景象真是奇异。还有花草松竹,给雨水一洗,更艳更鲜更亮更香,而花味草味松味竹味,似乎也更加清新醉人。是来自苍天的雨激发出大地万物的生命气息吗?

金阁寺一株600年的古松,被园林艺人修葺成船的形状,名为"松之舟"。当年列岛上一无所有,最早的一切都是渡海从朝鲜和中国学来的,船就成了日本人的崇拜物。如今它所有松针都挂满雨珠,珠光宝气,倒像一只珍珠船……我想到去年来此,秋叶正红,一些精美娇艳的红叶落在这松船上,我还对同行的一位日本朋友说,应该叫"枫之舟"。如果冬日里它落满厚厚的一船白雪呢?日本大画家的名字"雪舟"两字,忽然冒了出来……

最美的景色,便在任何时候都是美的,无论仲春或残秋。好似一个女人,无论青春年少还是银丝满头,她都美。真正的美是一种气质。那么——

京都的气质呢?

这座至今整整有1200年历史的昔日都城,从皇室故宫、豪门巨宅到庙宇寺观,举目皆是;国宝文物,低头可见。如果导游向你介绍这些古迹古物的由来与传说——他手指的地方,几乎每移动一尺,就能讲出长长的一个故事。但死去的时光并不能吸引我。使我着迷的,是分明有一种东西,一种活着的、长命的、深切的东西,渐渐感到了,它是什么呢?

走出大云山龙安寺,穿过夹在竹栏间的砂石小径,低头钻过低垂下来的湿淋淋的繁枝密叶。陪同我们的朝日新闻社的村漱聪先生和町田智子女士,引我们走入一处庭院。临池倚树是一间精雅的房舍。我们坐在清洁的榻榻米上,吃这家小店特有的煮豆腐,享受着传统生活的滋味。窗扇半开半闭,可见院中怪石修竹,野草闲花,以及它们在池中的倒影。一只巴掌大的花蝶,一直在窗外的花丛上嬉舞,时飞时憩,亦不飞去。好像经过训练,点染风光,以使游人体味到千百年前京都贵族高雅悠闲的生活意趣。日本人对自己的历史尊崇备至,砂锅煮豆腐如今改用电炉丝加热,电门却放在暗处,好让游人的全部身心全都沉湎于历史中。这样我就找到京都的魅力了吗?

近黄昏时,町田智子问我:

"你们想到什么地方用餐？"

"当然是日本馆。中国餐可以回国后天天吃。希望是地道的京都小馆。"

撑着伞走进一条湿漉漉的老街。掀开日本式的半截的土布门帘，进了一家小馆。这种日本民间小馆，一切风习依旧，愈小愈土，愈土愈雅。从文化的眼光看，愈土才愈富有文化的原生态和文化的意味。

进门照例是脱鞋，穿过纸糊的方格隔扇，一屈腿坐在清凉光滑的竹席上。跟着是穿和服的妇女端上陶瓷和大漆的餐具，放在矮腿的小台桌上。但这一切不是旅游性质的仿古表演，不是假模假样的旧习俗的演示，而是千百年来传衍至今的不变的过去。

中国菜讲究"色、香、味"，日本菜讲究"色、形、味"。变了一个形字，日本饮食文化的特征就出来了。墨色的漆盘放一片菱形的鲈鱼片，嫩白的鱼肉上斜摆两根纤细的紫菜，上边再点缀一朵金黄色小小的菊花。日本人真是不折不扣传承自己先人留下的美。那床棚处，依照传统方式，下角摆一个"清水烧"的陶瓶，瓶中插一朵饱满的唐棣花，再撇出几根风船葛，中间竖着一根轻柔的白荻。也人工，也自然。日本的插花是把精巧的人工和充满生机的大自然融成一体。床棚正面的板壁上，垂挂一幅书法，只一个"花"字，淡墨湿笔，字形松散，笔迹模糊，带着花的温情与清雅，也引起人对花的联想。中国艺术的"空白"以及佛教的顿悟——都叫日本人"拿来"了。

妻子同昭忽有所感，对我说：

"雨天里，在这种地方倒蛮有味道。"

町田智子好像被这话启发出什么来，眸子一亮，点点头。

我不禁扭头望望窗外。小小院落,木墙石地,都因雨水而颜色深重。一束青竹,高低参错,疏密有致,细雨淋上,沙沙作响。仔细听——雨打在竹叶上的声音轻,在叶子上积水而滴落的声音重。前者连绵不断,后者似有节奏,好像乐器在协奏。大自然是超时间的,它这声音把历史拉回到眼前,并把墙上书法的境界、瓶中插花的幽雅、桌上和式饭食独有的滋味,还有这说不出年龄的老店的历史感,融为一体,令我莫名地感动起来。我知道,是这列岛上积淀了千年文化的精灵感染了我……带着这感受饭后在老街上走一走,那沿街小楼黝黑而耗尽油水的墙板,那磨得又圆又光的井沿,那千百年被踏得发光的石板路面,以及一盏一盏亮起来、写着黑字的红灯笼……仿佛全都活了,焕发出古老的韵味,以及遥远又醇厚的诗意。这意味和气息是从历史升华出来的。只要你感受到它,过后你可能忘却这些旧街老巷名胜古迹的具体细节与来龙去脉,但会牢牢记住这种气息与滋味。

因为,文化不只是知识,它是人创造的精灵。

1994.10

御影堂上的云影与涛声

鉴真和尚灵气犹在,对我这类炎黄后人分外厚待。朝发神户时,天阴甚浓,可是到了古都奈良,抬脚迈进了鉴真兴建的唐招提寺山门,在那苍松夹峙的石径上,与迎上来的该寺执事远藤证园合十行礼时,天破一隙,一缕阳光射下来,正落在我们的头顶,宛如镀金一般。这阳光还把古树的影子铺了满地。低头一看,我们就像站在一幅巨大的水墨画上。

一千二百年前,大唐高僧鉴真东渡沧海,奔往扶桑,带来了东方大陆的聪慧、智能、文化,以及天国的梦。这智慧与神思,恩泽了列岛上的生灵万物,丰饶了此一方生存天地,抚慰了岛国人特有的不宁的灵魂。然而,时光不住,岁月如驰,千载一扫而过。如今身到此地,举目四望,令人惊异的是:透过光怪陆离的现代生活,且不说来自中华的汉唐文明历历可见,这唐招提寺昔日的灵性亦依然如故。乍然看去,物皆灵透,通彻光明,使人精神为之一振。恍然间,眼前这一身皂袍净袜的执事似乎就是鉴真。超时空的幻觉真是美好无比。

脱落的竹叶好似精心地摆在石板地上,聚散有致;一株小小而红透了的枫树在竹林深处,远看似火;涂抹在粉墙上的图画,全是婆娑的树影;井边的石头无不给绿苔包上厚厚的绒样的一层;一根根竹槽首尾衔接,由远处引来清泉,穿过林间,细流潺潺注入井中。这水冷冽透亮,偶有三五花瓣,随水漂来,它们捎来了谁的信息?

珍存着鉴真雕像和日本当世绘画大师东山魁夷那四海闻名幛壁画的御影堂,就在这一片风景里。

我想,那幛壁画该有怎样精雅,才能与这美丽迷人的景色相配?

艺术家以作品引来世人对他的尊敬。我对东山先生的敬意,多半由于这御影堂的幛壁画,还有他的几篇散文。来此之前,曾对邀请者日本国际交流基金会提出要求,造访东山魁夷先生。本来已有安排,临时先生身体不适,正像当年我在英国欲见雕塑大师亨利·摩尔,也是因为对方年事已高,以及一时的健康原故而失之交臂。但这次接待者却告知,东山魁夷的夫人除了表示歉意之外,还请我到奈良去看唐招提寺御影堂的幛壁画。于是,我对东山魁夷夫人也生出同样的敬意。但看其画,如见其人,这应是挽回遗憾的最好方式。然而她从哪里得知我一直向往着御影堂的壁画呢?

这样,便走进一座洁净古雅已入极致的庭院。此间的感觉,如同听到古筝悠然一响。一时尘埃落定,世虑皆无。此院平日禁绝游人,风物静止一如图画。正中一座深褐色木制大屋便是御影堂了。整座木屋为了防潮,用木腿高高架起,屋下的空间生出一层碧草,大屋似卧绿水之上。这般空灵幽静,其间居者,是避世的高人隐士,还是漫长深远的历史?

远藤证园执事拉开大堂正门。待我脱鞋一脚踏入,根本没有弄明白哪里是画在屏幛上的幛壁画,便如一头栽进大海里。随即瞧见,大海自右而来,铺天盖地,漫无际涯。它一出现就立刻卷起一道排天大浪,拥云卷雪,挟风带雨,直叫近处峰顶上苍松几欲摧折。大海的凶险与紧张赫然呈现。巨浪后边,深邃的远处,幽闃辽阔,又展示出海的渺茫与无情。没有富于浪漫意味的海鸟翱翔,也没有诗意般的闲云飘逸;在这冰冷的、轰响的、了无人迹的世界里,只有连接死亡的绝望。然而,这大海一浪推着一浪,征程漫漫,最终却抵达彼岸。面对滩头,一排急浪如同群马奔涌而上,另一片潮水耗尽激情退落下来;这节奏是日月合唱的拍节。我隐隐觉得这历经艰辛而抵达彼岸的并不是海浪,而是一个隐形的精神和无形的灵魂。他是谁?

远藤证园忽然上来,将这画满海水的屏障从中拉开,引我进入小小一间内室。随后他退出小室,拉上门,让我独享四壁的画。于是一片烟云笼罩的高山密林将我围在中间。从刚刚那奔腾的大海一下子置身于这仙境一般的深山大谷中,顿时万籁俱寂,了无声息,静得耳朵都在发响。我还感到一种山林的气味,清新凉湿,扑面而来。难道画里的景物能给人一种嗅觉上的通感?渐渐明白,原来是室外透入的草树气息和屋子木头散发出的清香……我独自凝视和感觉着壁上的画,足足有三十分钟。世界上只有我和一幅画——便是这次观画一种极其异样和美好的感受。

远藤证园真是懂得怎样让人去体验一件艺术品。好的欣赏方式往往通着艺术的生命内核。

太近距离地观看,就发现了这幅画在艺术上独具的价值。

日本的天平时代,绘画明显照抄中国。对中国画采取赤裸裸的"拿来主义"。直到雪舟,依然不过是马远、夏圭等中国北宗绘

东山魁夷御影堂幛壁画的一个局部

画在日本的翻版或复制。殆自贞观时代,日本人便立足于"以我为主"而对舶来的中国文化进行选择。从而,淡化了中国画以线条直抒情怀的用笔技术,强化了中国画用水墨营造空间和气氛的渲染手法。中国画家往往从自己的艺术标准出发,指责日本画"有墨无笔"。而日本人正是以这样的面貌确立了自身的位置。即境界空漾,景物模糊,形象含蓄,语言暧昧,作品与观者保持着广阔的联想距离。但尽管如此,无论中国画还是日本画,与西方绘画比较起来,最大的特征是:不刻意于具体的一事一物的立体化,而注重于画面整体的空间感。西方艺术是一种客观的立体观,东方艺术是一种主观的空间观。

从这《山云》和《海涛》看,日本画的渲染技术真是高超。几十平米巨幅壁画,通幅皆蓝,山林海涛翕然一色。渲染得博大空远,烟雾弥漫,透彻空明,而又浓浓淡淡,重重叠叠,层次清晰,那些烟云中的树影,不强调树的深浅,而表现云雾的厚薄。尤其使用这种矿物性颜色来晕染,色重而不滞,色轻而不飘。一切状物抒情,尽在渲染之中,而且充满了"空气感"。渲染是日本画极重要的艺术手段,可以说,日本画的渲染技术超过了中国画。

中国画在宋代,多用绢素,晕染不露笔痕;元代以后,改用宣纸,纸的性能不同于绢,渲染的方法有了改变,着意于表露笔痕,以渲染中笔触的千变万化,作为无穷的绘画言语。然而日本画仍是源于"宋画",注重营造空间气氛,渲染时消灭一切笔痕,画面迷离幻化,同时用笔的方式也融化到形象之中,这样就不易看出东山魁夷的染法了。从原作惟一能发现到的,是他采用淡色轻染,渲染的次数极多,惟其这样,才达到如此精美与浑厚。独坐其间,真能感到白云飞过时的窸窣之声。

那么,这旷远与灵动,超逸与庄严,到底意味着什么?从那充满危难的大海一直到达的崇山峻岭又是哪里?白云似答,含混不清;流瀑有声,幽远不明。我却分明感到,在此之间,非但寄寓着一种深意和情愫,还必有一段非凡的故事隐伏其中了。

当远藤证园再将正面的屏障拉开,展现出寝堂中那尊鉴真弟子忍基雕制的高僧鉴真像,以及鉴真故国故乡的风光,才把深藏在山云海涛背后那桩千古相传的故事唤醒——历经十二年,失败五次,樯倾楫摧,舟船翻覆,死掉三十六位同行伙伴,离去二百多位畏难而退的僧俗之众,行程千里而百折不回。大唐天宝十年十二月二十六日,当鉴真登上日本列岛时,他的双目早已被碱涩的海风吹瞎。他看不见身临的国度,却把中华文化送到这个信念的彼岸。这使我想到双耳失聪的贝多芬面对《第九交响乐》获得成功时神圣而辉煌的情景!人类最高尚的幸福乃是奉献者的成功。

我有意回到御影堂大厅,重新面对障壁上恢宏辽阔、庄严深远的海涛与山云。这时我不再感到身在大自然之中,而是在更博大的历史空间里。浪涛是激情,云烟是思绪。那些历史的记忆全变成有声有色的历史画面;历史的认识全化为身临其境的历史感受。这壁画,决不是一种陪衬,一种图像解释,或者一种表浅的美化与装饰。它画的全是山水,但它决不是山水画。它不绝的涛声和飘动的云影,与鉴真雕像那一双满含慈爱与坚忍的盲眼,还有唐招提寺伟大的历史融为一体,然后升华出这再现历史精神与人类精神的巨制与杰作。东山魁夷为此画创作前后长达八年之久,如今它已经成为唐招提寺和御影堂极重要和密不可分的一部分。历史由于艺术而充满感染力,艺术由于历史而更具感染力。

1996.9.9 天津

穿西服的日本人

人,由于好奇而关注。

在中国人好奇而关注的世界里,不包括日本。日本对于普遍中国人来说,是没有新鲜感的。

对于那些文化学者,几乎没人将中国与日本做比较性研究。最热门、最畅销的题目还是东西方文化的比较。因为,东西方之间最具相对甚至相反的性质;捉对成双,进行比较,也最易寻到各自文化的形态与精神。在文化学者的眼中,世界分成东方和西方,尤如人类分成男人和女人。双方之间,对方总是神秘的、新鲜的、充满诱惑的。相反的文化才看得清楚,才引起兴趣,才是一种补充而去吸取。那么日本呢?日本与中国,好似男人与男人或女人与女人,有一种同类感。这是中国对日本的文化感觉。

在中国人眼里,日本人与中国人何其相似,一样地用筷子吃饭,拿毛笔写字,以茶水为饮料,甚至还使用大量的汉字。再看看面孔——黑眼睛、黑头发、黄皮肤;看眼神似乎就知道对方想的是什么。在中国人和日本人之间,往往必须张口说话,才能分辨出是否是自家同胞。日中交流了数千年,正因为"一衣带水",隔海相望,舟船往来,互通有无。东方世界中,再没有其他国家像中日这样有着如此深切的文化血缘。没有去过日本的中国人,大都懵懵懂懂把中国文化当作一种"母文化",把日本文化当作一种"子文化"。中国的文化是鸡,日本的文化是鸡蛋。中国人何须再向日本多看一眼?对于当代的中国人来说,日本使中国人眼羡的,大概只有经济实力、科学水准和家用电器;中国人应向日本人学习的,大概也只有尖端技术、企业管理和殷勤备至、"多多关照"式的服务态度了。哪还提到甚至想到文化?老师还需要向学生学习什么。

这真是天大的误会,也是天大的误解。

日本不仅是东方的一个经济强国,也是东方一个文化古国。日本文化在它的哺乳时期,曾经从早熟的强健的饱满的中国文化肌体中,大口大口吸吮过乳汁。但是早在一千年前的"平安时代",日本就将巨大的中国文化消化在自己强劲的胃里,形成了举世无双的洋溢着大和民族精神的日本文化。

笔者一直对"日本的文化形态"和"在东西方关系上中日观念之不同"这两个题目抱有兴趣。中国学者历来爱谈中西的不同与中日的相同,何不反过来,从背面上看一看中西的相同与中日的不同?

一九九三年深秋和一九九四年盛夏,笔者有幸两次访日。前次应日本国际交流基金会之邀,飞越沧海,赴东瀛做文化考察;后次承朝日新闻社主办"冯骥才现代中国画展",再抵扶桑,亦一文化交流。笔者在这浮出太平洋弯月形的群岛上四处浏览之时,留心察看,着意思索,感受殊深。那便是闪烁在其经济状态表层之下的强劲的独一无二的文化精神。

这精神表现在,它如何融入了中国与西方两种文化,又最终实现了日本化。在中国的唐代之前,几乎"全盘汉化";明治维新之后,又几乎"全盘西化"。但它既没汉化,也没西化,却一再地强化了自己。虽然它兼容着东西两种文化,但无论是西方还是中国都无法与其认同,这就保证了它无可替代的存在价值。令笔者惊讶的是,如今这种文化精神在日本无所不在,日本人依然贪婪地吸收着东西方乃至全世界各种文化。一位日本朋友问我:

"日本最大的力量是什么?"

"是日本化。"我说。这是我对日本精神的结论。

这日本化,是一种文化。不是文化形态,而是一种文化精神。

当代中国需要向日本学习经济技术,更需要学习这种文化精神。这种精神也是笔者访日期间努力寻找和探究的,当然也是引起本书写作的理由。

出版人问我,该给本书起怎样一个恰当又易畅销的书名?

笔者想起第二次赴日,住在神户临海的大仓宾馆。那日正逢假期,一群年轻人在宾馆的礼堂宴厅举办婚礼。按照当今日本人的习惯,前来祝贺新婚的宾客,妇女们依旧着装和服——上了年纪的妇女梳圆髻,年轻姑娘将头发精妆成钵状的"岛田式"发型。衣裙华美,古香古色,腰间带子讲究地打着"太鼓结",脚下登着足袋和木屐,行走如挪,小步踽跚,煞是娇美。有趣的是,来宾中的男人不穿和服,一律黑色西服,打着银白色领带。女人是东方传统的,男人是西方外来的,居然配套,也很和谐。这表现明治维新以来的社会风气——男人属于社会,容易接受外来事物;妇人们属于家庭,固守着传统的生活方式。这样一双双男女,进进出出宾馆大厅,庄重、典雅和谐调,这也是日本文化形态的一种迷人的象征吧。

尤其这些男人,身上虽着西装,脑袋里的思维方式却是日本的。分手告别时,依然行着日本礼节,频频鞠躬,每躬必腰弯九十

度,银白色的领带闪闪下垂,来回晃动,无论在欧美还是中国,哪里还有这样的形象?惟日本耳。故此,我说书名叫作:

"穿西服的日本人。"

1995 年天津

四说美国人

美 国 人

在印第安纳州的伯明顿小城,我去拜访当地一位很有名望的篮球教练。他办公室设在体育馆内。进门就见一大堆漂亮的奖杯和花花绿绿的队旗,中间挂块牌子,写着这教练的一句话:

"我的客人脸上总是带着笑,无论是进来的,还是出去的。"

未见其人,先知其性格。表现个性是美国人最快乐的事,喜怒哀乐形于色,他们没有人生在世要如何做人的观念。自己为人处世无需由别人承认,也不追求与别人一致,我就是我,因此一个美国人一个样。

我夏天里遇到过一位美国教授,他穿一件衬衫,上衣的第二个扣儿敞着,露出胸脯粗糙的皮肤,衬衣口袋插着十几枝笔,好像笔筒。他给我留地址时,先抽出枝圆珠笔写几个字,似乎觉得不舒服,又换另一枝笔。写这几行字之间就换了三枝笔。冬天里我又见到他。他穿件皮夹克,拉链拉了一半,里边的衣服还是没扣扣儿,露在外边的皮肤给冷风吹得通红,皮衣胸前的口袋依旧老样子——插着十多枝笔。他说他搬了家,又写地址,几行字又是换了几次笔。他并不觉得自己怪。他说换笔可以提兴致。我想我写东西时也有这种感觉,但我不会这么做。因为他是美国人。

中国人对人的赞扬是"老实"。一个美国人对我说,他不懂"老实"的实质指什么,是守本分,不欺诈,还是顺从听话。他往往听中国人介绍张三"人很老实",又介绍李四"不错,挺老实",可是相处一段时间,发现张三和李四完全不同,弄糊涂了。他说,老实好像一块布,把人遮起来。又说,他们对人的最高评价是"坦率",不管你的想法怎么样,肯都说出来就好。

他们做事谈报酬时从不客气。价钱讲在明处,很少当面不好意思讲,背后抱怨不合算。相互之间要分得一清二楚,承担责任要摆在前边,所尽义务全由自愿。你跟他们谈这种事时也要直截了当,他们不会因此轻看你,因为这对他们理所当然。

每个人各做各的事,很少相互比较。我的一位搞汉学的美国朋友每月收入八百美元,很低,远不如搞别的收入高。但他过得非常快活,因为他做自己愿意做的事。美国人不习惯与别人比较。你富,是你的事,与我无关;可是往往街上遇到一个乞丐,你问美国朋友,他多半会说,谁知道,也许他高兴这么做。谁也不关心别人。当然他们相信这世上确有许多穷苦无助的人,他们会把自己多余的日用品送到教堂,任穷人去取。但那些人是谁,他们也不问。美国虽然开放,由于他们过分自我,对与自己无关的事情了解并不多。我与一个美国搞电脑的青年人聊天时发现,他还不知道中美早已建交。中国在美国知名度最高的却是熊猫,远不如中国青年对美国了解的更多。

再说美国人

在美国饭店中常可以看见一张招贴画,画一个人坐在椅子上,椅子背后还站着一个人,伸出双臂紧紧勒住他的腹部。这招贴画告诉你,一旦出现异物卡住喉咙应该怎么办。

美国人性急,吃饭卡住喉咙是常有的事。美国菜中的鱼一般是无刺的,和这些急脾气的食客找麻烦的,经常是大肉骨头。

公共场所许多售货机的铁皮箱,上边有许多大瘪坑,大都是机器发生故障时,丢进钱后东西出不来,叫性急的美国人踹的。

性急却不能侵犯别人。要想保护住自我,必须不去触犯别人的自我。包括绝对不能在排队时"加塞儿",在剧场、饭馆不能大声说话影响别人,走路不能挤人、碰人,甚至不能在别人面前嚼冰块,使人听起来不舒服。还有便是不能随便问人年龄。至于打听人家收入、存款和家庭情况,探问人家的私生活内容,这涉及到隐私权,会遭到强烈反感。美国人对别人的私事不感兴趣,很少干涉。

葛浩文——我最钦佩的一位美国汉学家——他说:"我们最讲享受。"

这话不错。他们床上沙发上地毯上扔了许多软靠垫,怎么舒服就怎么拉过来一垫。大饭店都有个特别售货窗口,开车来买饭,到窗口前一停,不必下车,打开车窗就全办了。许多服务性企业也有这样窗口,比如到银行取款等。还有种汽车电影院,开车进去,找到席位(实际是停车位),就在车里看电影。他们所说的享受并非坐享其成,而是享受生活。美国的服务机构尽量满足他们这种特性。简化手续,提供方便,许多公共场所都有自动售货机。大商场有银行设置的电脑取款机。投入信用卡,在按键上按出所需钱数,钞票会自动出来。这种设置在欧洲的国家都远不如美国普遍。所以有人说美国人很懒,但他们玩的时候却很卖力气。

美国人一周工作五天。周五晚大多去采购东西,周六一早便外出度假,尽情玩上两天,周日晚回家。我在爱荷华时,每逢星期天黄昏就见一辆辆车从郊外往回跑。一家人坐在车里,车顶上放着折叠帐篷或游湖用的小舢板。有的在车后拴一些空的饮料罐子,拖在地上哗哗响,表示他们玩得很开心。还不时从车里发出一声兴奋的尖叫,好似余兴未尽,再发泄一下。

十一岁儿童开飞机,水下结婚,从几十层楼往下跳都是美国人干的。大概由于最早由欧洲和非洲到美国的移民都是拓荒者,冒险精神混在他们遗传因子中。做父母的不大担心孩子磕着碰着,这也去禁止那也去阻拦,往往眼瞅着自己两三岁的孩儿从草坡往下翻滚,高兴得连喊带叫。

他们冒险好走极端,所以《吉斯尼世界纪录大全》经常记录他们的姓名。在中国人认为值不得玩命的事,往往他们却付出性命。美国人最喜欢意想不到。

又说美国人

一位苏联旅游者开车从美国东部跑到西部。他说:"美国人吃的只有一种东西——汉堡包。"

美国人拿这笑话挖苦苏联人,意思是苏联人不懂美国。其实美国更不懂苏联。一位美国教授对我说:"苏联没有作家。过去只有托尔斯泰和陀斯妥耶夫斯基。现在可能一个也没有。"我很惊讶,一口气说出二十多个苏联当代名作家,这教授脑袋摇得像拨浪鼓,说:"不知道。"美国人认为他们很富,自给自足,有种优越感,加上极强的个人主义意识,不关自己的事根本不问,知识面很窄。学者们除去自己的事业,别的很少知道。这也与东西方文化传统不同有关。西方科学对世界用"剖析"方式,弄清一点,推进一点。学者们各守一摊,好比小贩,卖烟的不知道咸鱼的价钱。中国对宇宙万物的态度是"天人合一",讲究包罗万象。你问西方学者一个问题,他不知道就摇头,理所当然;你问东方学者一个问题,不知道却不轻易摇头,好像这么一来就显得没学问。西方尚精,东方尚博,故西方学者们的知识多为点的连接,东方多为面的重叠。

再提起开头那笑话,并不假。最普遍的美国饭确实是汉堡包。无论机场、超级市场、游乐中心,还是公路旁,只要看见"M"的标志,便是闻名全美的麦克唐纳汉堡包快餐店。美国人对午餐极马虎,这种面包夹肉片生菜外加一杯冷热饮料的简易食品,极投合美国人胃口,因为他们凡事都图省事,极怕麻烦。美国人家庭做饭大多是成品加热,或半成品加工。烧鸡烤肉全是装在塑料袋里,买回家放在烤箱一按电门,熟了再把配好的作料一浇即可。连鸡汤全都是罐头装的。

所有信封的封口都挂胶。在办公室或邮局,可以看见不管身份多高的人,粘信时都伸出又红又亮又长的大舌头,一舔。他们怎么省事就怎么干。

许多英语词汇到美国都简化了。比如见面时相互问候"你好"这个词儿,到美国变成一个"嗨"就行了。

有个中国留学生讲个笑话:

一次他和美国人吵架,他骂了这美国人半天,美国人回嘴就一句"一样"。意思是"你骂我的,就是我骂你的"。这就算回骂了。连骂街都图省事,这就是典型的美国人性格。

还说美国人

美国人喜欢轻松,追求快乐,互相接触,不论生熟,都要说笑话。逢到冲突的事,常常几句笑话,一笑了之。

芝加哥一位朋友讲过一个故事:

一个女人坐在汽车里按喇叭,招呼她楼上的朋友,大概她的朋友没听见,她就不停地按。街道另一边,一个胖老头坐在椅子上看报休息,听她喇叭声心烦,忍不住就走过来,站在她车前对她说:"我和你约好是七点,现在才五点。"这句笑话挺俏皮。这女人听了微微一笑,回答他也是句笑话:"七点我没时间。"胖老头无话应对,于是两人一笑,胖老头坐回到椅子上,这女人自然也不再按喇叭了。

说笑话需要机智、敏捷,反应快,思维灵巧,口才也要好。所以,在美国幽默感往往是一个官员是否有魅力的标准之一。人说笑话时,心里保持最松弛状态。学者在讲坛,官员在会场,如果能妙语如珠,引得人捧腹大笑不已,必定是气度和智能非同寻常。如果一本正经念讲稿,脸上肌肉抽筋般地僵硬,听者听得厌烦就离席而去,决不肯硬坐在那里打瞌睡,或心猿意马,思维跑到千里之外。他们不勉强别人,更不勉强自己。

但是,美国人的笑话与中国人的笑话不同。美国的笑话重俏皮机智,中国的笑话重后味,笑话里总含着点什么。比如小丑,美国剧中小丑大多纯为逗乐,中国戏中小丑往往含着深意。大概中国长期受封建社会的压抑,话不能直说,便藏在笑话中,也就造就了幽默艺术之高深。美国现代文学中的"黑色幽默"把笑的内涵引入深处,我国一些文学之士们以为时髦,仿效者颇多。黑色幽默的要素为"自嘲",乃是人在困境中无以摆脱,苦中作乐,用嘲弄自己的办法嘲弄社会。其实这法子中国京剧中丑角常常为之,并不足怪。

我在佛拉斯达夫一家小店吃饭,服务人员是个打工的大学生。她说:"我们这饭店无所不能,凡是你想到的都能做。"我说:"就来一份冰雹烩钥匙吧,钥匙烧得嫩点。"她听了很兴奋,马上说:"看来你想象力有限,还是看菜谱吧。"便把菜谱给我。这是美国人一般接触时典型的幽默。

美国的幽默有时叫人难以置信。纽约发生一起抢劫案。两个歹徒各戴一个面具,一个是里根,一个是国务卿舒尔茨。作案也没忘了逗笑。

对于他们,无论做出什么难以置信的事,我也相信,这就是我所理解的美国人。

1987.7.19《今晚报》首发

三千道瀑布

记得十年前,和王蒙、安忆、子建、刘恒等文友在奥斯陆与挪威作家围桌交谈文学,会后承蒙主人盛情去游览该国的西部名城卑尔根。卑尔根与奥斯陆两城在挪威的版图上一西一东,交通的方式可以航飞也可以车行。但车行必需横穿挪威还要翻越盘桓和高耸在北欧大地上的斯堪的纳维亚山脉,谁知这种选择却叫我们领略到这个国家山水的雄奇、纯净和原始。

很少国家像挪威被粗壮而簇密的森林所覆盖。古老的森林随处可见。伐木往往是为了不叫森林生长得过密窒息而死,这不是最理想和良性的生态吗?就是这种一望无际、排山倒海般的森林把甲壳虫乐队的歌手、接着又把村上春树征服了,这位日本作家才用《挪威的森林》作为自己颇具魅力的书名。那天,我们乘坐的大巴车里一路很少关窗,为了享受在山间穿行时森林里冒出来的极充沛的又凉又湿又清彻的氧气。我们称大巴是"活动氧吧"。我还感觉我的肺叶大敞四开,所有肺细胞都像玻璃珠儿一样鼓涨而透明。

然而更叫我震撼的是山间的瀑布。我从来没有见过其它地方有如此丰沛的泉水。车子走着走着,便可听到前边什么地方泉声咆哮,跟着窗外一条雪白的飞泉好像要冲到车子上来。车子在山中跑了两天,轮胎给泉水冲洗得仍然像新换上去的。一天夜里住店歇脚,听到不远地方泉水轰鸣,好像飞机起飞那种声音。怎样的瀑布能发出如此巨响,我们被诱惑起来,出了旅店,摸黑去瞧那个呼吼不已的山间"巨兽",没想到它竟在几里外的地方。待走到跟前,尽管夜很黑,却隐约地看到它巨大的狂滚的有些狰狞的形态。尽管它喷出来的细密的水雾很快湿了我们的衣服,大家激动得又叫又喊,但在瀑布声中谁也听不到别人喊什么,只能看到彼此兴奋而发光的眼睛。子建的目光尖而亮,刘恒的目光圆而明,像灯。

到了卑尔根,我对挪威朋友说,你们的瀑布太棒了。挪威朋友说,那你应该从这里再进一趟峡湾,挪威最应该去的地方是峡湾。我知道挪威西部海岸,陆海交叉,蔚为奇观,大海伸进陆地最长的峡湾是挪威桑格纳峡湾,长达二百余公里,深至一千三百米!冷战时期苏军的一条潜艇曾误入峡湾,使挪威误以为要爆发战争,吓了一跳。

这一次我又来到奥斯陆,决心要去一趟峡湾。我知道挪威人的一个逻辑:如果没去过峡湾就等于没来过挪威。我选择的路仍是从奥斯陆出发驱车前往西部沿海,想再感受一下挪威的山水。然而不同的是,那一次是在夏末,这一次是深秋。季节改观天地。车子不再像上次那样在流水般浓绿的山林中穿行,而是徜徉于金子般炫目的秋色中。漫山黄叶中,偶尔还会有夹着几棵赤朱斑烂,好似开满花朵;或是一株通红通红,好似高擎着火炬一般。溢满车厢里的也全是给太阳晒暖的秋叶的气息了。想想看,从这样金色的山林进入蓝色的峡湾是怎样的优美?

可是,受着大西洋暖流影响的峡湾的气候是莫测的。待到了著名的佛拉姆码头天正下雨,入住旅店后又听了一夜的雨,清晨拉开窗帘依旧是漫天阴云,雨反而更紧一些。我从来不抱怨天气。可是总不能再等一天,冒雨也要进峡湾看看。这样,乘着油轮驶入一片高山深谷中,当想到船驶在海水而非江水上时,感觉确实有些奇异。

浓烟一般的雨雾遮住山色、水光和远处的景物。但是我相信,当老天拿走你一样东西的同时,一定还会给你另一样东西,就看你是否发现?于是我看见了——瀑布!

一条雪白的瀑布远远地挂在高山黝黑的石壁上,直泻而下,中间受阻,腾起烟雾,折返三次,遂落入湾中。由于远,听不见水声,却看得出它奔泻下来时的冲动与急切。

不等我细细观看,船已驶过,然而又一道瀑布出现了。峡湾里有这样多的瀑布吗?是的,随着船的行进与深入,一道接着一道瀑布层出不穷地出现在眼前,而且千姿万态。有的飞流直下,一线如注;有的宛如万串珍珠,喷洒似雨;有的银龙般狂奔激涌,由天而降;有的烟一般地纠缠在峭壁上,边落边飞。途径一处,两边危崖陡壁挂满大大小小瀑布,竟有五六十道,我没有见过如此众多、各不相同的瀑布同时展现,简直是瀑布的博览会!而每一道瀑布的出现都给人们带一种惊喜,大家举着相机争着给瀑布拍照。这瀑布是峡湾的第一奇观吗?船员却说,并不是天天都能看到如此众多的瀑布,正是由于一天一夜的雨,使大量的瀑布出现了!

你说阴雨是给我败兴还是助兴?

我庆幸自己的幸运,但还是难以明白一场雨怎能生出如此壮美的瀑布奇观?

由于我们事先选择另一条路返回奥斯陆,这条路必需翻越一座两千米高的山顶,这便有幸找到了瀑布奇观的答案。

当我们的车子爬到极顶,景象变得奇异甚至有些恐怖。一堆堆殷红的石头,刺目的白雪,枯死而发黑的苔藓,不仅无人,鸟也没有,任何活的生命都看不到,古怪、原始、死寂,好像来到月球上。车子开了很长一阵子,居然没见到别的车开过,担负驾车的伙伴小俞说:"如果这时车子熄了火,咱们可就完了。"这话增加了我心里的恐惧感。

我忽然发现这山顶道路的两边插着很多很长的木杆,排得很密,杆子约四米,在离地三米高的地方划着黑色或红色的标记。据说这是到了冬天山上积雪看不见道路时,为行车的人设置的路标,这么说山顶上积雪竟可以达到三米厚吗?春天积雪融化后跑到哪儿去了?当车子开进山顶腹地,出现了许多巨大的湖,一个连着一个,湖的彼岸常常很远,甚至有水天相接之感。融雪的水纯净而湛蓝,在阳光下静静地闪着光亮。难道它们就是山下那上千条瀑布之源吗?当然是,它们就是峡湾里那些瀑布不竭的源泉。我被挪威大地自然资源的雄厚惊呆了。他们不会在这些地方拦水为坝建发电站,而不管峡湾里的什么奇观不奇观吧。我想到,昨天在长长的峡湾里,我没有见到过一座临美景而开发建造的别墅。如果这峡湾在我们的经济发达的东南沿海会是怎样的遭遇呢。还不成了"商业一条湾"?我反省着我们自己。

回到奥斯陆后我把此行之所见告诉一位久居这座城市的朋友。我说:"我估算了一下,二百里的峡湾里的瀑布至少有一千道。"朋友笑道:"峡湾里的瀑布无法数字化的。你有没有留心山壁处处都是泉水流过的痕迹?如果你那天雨水再大些,那些地方也是瀑布。瀑布还要多上两倍呢,至少三千道。"他不等我说话,接着说,"别忘了,你去的只是桑格纳峡湾。挪威西北部海边可是布满峡湾呀。"

于是,现在一想到挪威,第一个冒出来的形象就是由天而降的雪白的瀑布。

2009.10

从简朴到简约

在北欧,尤其是奥斯陆的大街上,你会感到城市一种非常舒服的整体性。它没有历史与现代的断裂与分离,而是和谐地浑然一体。这不仅是建筑外部,连建筑内部乃至家具风格也是一样。你在他们的博物馆里看到那种传统生活中纯朴的直线、那种很少人文雕琢的简洁、那种木头柔韧的材质与本色的生态美,也鲜明地在他们现代的生活中被使用着、表现着、享受着。

今天的他们依旧喜欢用新鲜的原木把屋顶装饰得像昔时的农舍,喜欢木头立柱,喜欢没有花纹雕饰的桌椅,喜欢用光洁的木板组合起来的衣柜与书架;但这不是不动脑子地去模仿传统。而是加进去一种后工业时代崇尚的简约美与现代科技能力包括精细的切割与抛光的技术,而使其成为现代审美中一种自己文化主体元素。

它给我十分深刻的印象是,他们已经成功地将自己即北欧传统审美的简朴转化为现代审美的简约。审美是文化中深层的要素。他们已经完成了自己的现代文化。

北欧人这种从传统到现代的审美转型,是有历史文化优势的。首先它们的历史较为单纯,没有太多的文化的更迭;再有是地处偏远,距离几个重要的欧洲文化中心如佛罗伦萨、巴黎、法兰克福等都较远,源自这些中心的一些重大的文化思潮,如同发生地震的震中,到了北欧就影响大大减弱。比如崛起于十七世纪意大利的巴洛克文化,那种跃动的曲线,华丽的图案,以及流光溢彩。在巴黎和维也纳几乎沉迷了二百年,弥漫了整个朝野。但对北欧的文化及其审美影响却甚微。在北欧人的审美中几乎找不到巴洛克的文化成分。没有过深过重的人文积淀,反而使北欧较轻松地找到自己在现代文明中的文化位置。

比较起来,中国就麻烦多了。自汉唐以来,中原汉文化的审美似乎一贯而下。特别是明代的审美雍容大气、敦厚沉静,从中可以清晰看到汉之博大与唐之沉雄。然而到了清代,入主中原的满族皇帝们对生活文化表面化奢华的欲求,驱使整个社会的审美发生变异。特别是乾隆盛世,审美的繁缛与炫富感走到极致,完全脱离传统审美的厚重与含蓄。可是到了清代中期之后,国力的衰败便使这种奢华的追求无法企及而日渐粗鄙,审美能力和审美标准遭到破坏。此后则是外来文化的冲击,以及在"不爱红装爱武装"时代,国民的美育和审美品格已不被提倡。当整个社会由传统的农耕社会转向现代的工业社会时,我们已经无所依据和无所凭借。社会审美像没头苍蝇乱撞。或是呆头呆脑地仿古,或是跟着洋人亦步亦趋地做"现代秀"。如何在审美上从传统向现代过渡,成了当代文化的大难题之一。没有现代审美,也就提不到真正意义上的现代文化。

再看看北欧人。看似他的传统的横平竖直和很少雕琢,极容易与现代工业审美结合,其实不然。比方,他们与德国人不同。有着重工业传统的德国人更喜欢用钢铁作为建筑与器物的材料。北欧人则坚持使用他们传统的木头。在这些森林茂密、盛产木材的国家里,他们在温暖的木屋里,使用木头造床、桌椅、盆罐、勺子和笔杆来生活。木的文化深入到他们的骨头里。今天他们依旧坚持使用这种具有亲切感的材质,而且决不刷漆,凸显木头的本色与气息。这样,木头本身的质感与色泽,已成为北欧人简约的现代审美的元素了。如果说德国人的现代审美多一些冷峻,他们则多一些亲和。

北欧人从传统到现代的审美过渡,不是听凭自然,稀里糊涂地完成的。我想它来自两方面。一方面是经过知识界,即建筑界、艺术界、设计师等长期的创造性的努力与探索。瑞典是崇尚发明和设计的国家。瑞典朋友告诉我,他们在使用自己的传统元素时,要做认真的考察和研究,决不草率。在这一点,看看瑞典人的家居装饰的连锁店"宜家"里的各种物品就会一清二楚。另一方面公众的认可。没有公众认可,就不会成为集体审美。只有成为集体审美,才是一种时代的文化特质。

然而,这公众的认可需要全社会有着现代审美的要求,需要整个社会具有较高的审美素质与文化水准,这就必要有美育教育,可是我们至今还没有把美育列入素质教育;还有,知识界的努力是重要的关键。如果我们只去克隆舶来的"现代",或者在传统中找卖点,我们自己的现代审美则无法建立起来。我很欣赏奥运会中的中国印、祥云和开幕式中"画卷"的设计,这是一种积极和精心的努力。当然,还嫌太少,还只是在设计范畴的个别成功的范例,更大的文化问题是我们的现代审美。而这种时代审美是不会自动转换与完成的。如果现代文化建立不起来,留下的空白一定会被商业文化所占据。就像当前充斥我们社会的粗鄙又浮躁的"暴发户审美"。

在这一点上,北欧人会不会给我们一些启示呢?

2009.10

剪纸与安徒生

世界上只有一个国家以作家为标志，这就是安徒生的丹麦——丹麦的安徒生。

这由于安徒生的童话世人皆知。或许有人说丹麦不光一个安徒生，还有美人鱼呢，但美人鱼也来自安徒生一个深切动人的爱情故事《海的女儿》。

与童话紧紧连在一起的国家是无限美好和充满魅力的。它叫人联想到纯洁、无邪、真率与童心。从人的"根"上影响人的还是童话，安徒生是影响着全人类的作家。所以丹麦人以他们的安徒生为荣，在这个国家几乎处处可以看到安徒生童话中的人物和他的自画像，还有一种用纸剪成的类似太阳神的头像——这是安徒生剪纸作品的标志，名叫太阳头。

剪纸对于中国人来说毫不陌生。它为人们喜闻乐见。人们拿它自娱自乐，多用红纸来剪，象征着喜庆。在许多地区的村落里几乎人人擅长。我国的剪纸用途广泛，题材丰富，技艺精湛，已被列入了世界文化遗产。

在欧洲也有剪纸，但与中国不同，通常称作剪影，主要是剪取人物侧面背光的影像，所以多用黑色的纸。欧洲的剪影追求逼真，虽然不剪眼睛，只是一个侧影，也能惟妙惟肖。我曾在巴黎塞纳河边,花五个欧元请一位街头剪影艺人为我剪头像。他取一片小小黑纸,手执银色小剪,站在我的一侧,边看我边剪,如画家画肖像,黑纸片在他剪刀间转来转去,须臾间即完成,笑嘻嘻递给我,竟连我也觉得酷似于我。

然而,安徒生不全是这种传统的欧洲剪影,有些很像中国的剪纸。在他的故乡欧登塞的故居博物馆里,我见到他的一些剪纸作品,看上去很像我国北方赫哲族和满族信仰类的剪纸,生动、随性、纯朴,形象还有些怪异,但这些形象并非神像,而是安徒生脑袋里蹦来蹦去的童话人物。

安徒生对剪纸之爱到痴迷地步。他用来剪纸的剪子,剪刀较长,剪尖很尖,剪把是一对套指的铁圈,很像医生用的手术剪。他爱好旅游,出行时多半要把剪刀戴在身上,以致曾经不小心被剪尖扎伤。

然而,剪纸并非只是他的一种艺术爱好,而是他童话的一部分。他常常在给孩子们讲童话时,一边讲一边剪纸。我国陕西、山西、河南和内蒙古等一些地方也是这样——边说边剪,随心所欲。

他剪纸是即兴的,讲的故事也常常是兴之所至,任意发挥;有时他用剪子把口中故事里的人物剪出来,有时他受到剪纸形象的启发,故事再讲下去就更生动更紧张更有趣。他让这些剪纸形象有声有色有个性有命运。这时,他的剪纸与童话的创作便浑然成为一体了。

依我看,安徒生的剪纸通常是把一张纸左右对折起来再剪,他只剪形象一边的轮廓,打开就是一个完整的形象;剪出一只眼,打开就是一双眼;所以他剪纸的形象大都是对称的。

有时他先把纸左右对折,再上下对折,进而又对角一折,剪出

安徒生博物馆以剪纸作为路标上的形象符号

的图案上下左右相互呼应,十分丰富与热闹。记得我上小学时有手工课,学过这样的剪纸,把纸横竖折好,再剪出各种尖的、半圆的、菱形的花样,最后打开一看,会出现意想不到的一个十分美丽的图案。

安徒生为了叫孩子们感兴趣,所剪的形象大都是夸张的、变形的、有表情的,无论是厨娘、魔鬼、小丑、舞者、牧师、巫婆、海盗、皇后,还是天鹅、城堡、风车、磨坊、禽鸟、昆虫、花草等等;全都是可爱逗趣,神气活现。因为,这些形象都是在安徒生讲故事时出现的,所以个个会笑会哭会说话。我想,当他最后把剪成的纸一打开,一准让在场的孩子惊喜万状。

安徒生启示我们,最生动的童话都是想象出来而不是趴在桌上写出来的。

俄罗斯作家契诃夫一次对他的女弟子阿维洛娃说:"你递给我一只茶杯,我马上就用茶杯写出一篇小说。"接着他说了关于小说写作的一句"伟大的话"。他说:"小说是想出来而不是写出来的。"

安徒生也说过类似的话:"你在纸上点一滴墨水,把纸叠起来,朝四面挤压,就会出现某种图形。你要有想象力和绘画意识,画就出现了;你要是天才,就会有一幅天才的画。"

想象不是凭空的,有时要借助一些由头。

对于有艺术想象潜质的人,想象往往需要诱发,一种意想不到的刺激与启动。比方安徒生,这诱发常常来自剪纸。在对折和多折的纸上可以剪出意想不到的效果。你剪一双大眼睛,没想到打开后这双眼睛在哭;你剪一颗心,打开之后竟然在一个人身上出现两颗心;你在一个半圆的形体下边剪几条曲线,以为是太阳,打开后变成了一条傻乎乎游动的章鱼了。剪纸是可视的形象艺术,它可以直接唤起形象的联想。

尽管童话是用写作完成的,但构思与灵感却常常来自他的剪纸。所以,安徒生说自己"剪纸是写作的开始"。

这是我以前不知道的。我原先只把剪纸作为他的一种爱好。现在才明白,剪纸是他童话创作的一部分。当然他不是写作才剪纸,但剪纸唤起了他创作前期最重要的精神活动——想象。

有人说,安徒生一生留下的剪纸约一千幅。这显然不是他实际剪纸的数量。他生前剪纸都是随意、随性和随时的,不会刻意去保存;再说纸张日久变脆,难以珍藏,因此说,他剪过的剪纸至少还要多几十倍。如今,我们从他留下的剪纸上已经辨认不出哪个是"卖火柴的小女孩",哪个是穿"新衣"的皇帝,也许其中不少剪纸故事没有写出来过,但安徒生的剪纸无疑是他文学世界与童话天地不能或缺的极重要的一部分。

安徒生真是一个独一无二的作家。

2012.10.7

在芬兰的感想

在当代生活中,由于飞机误点和汽车塞车而失约是最容易被谅解的。然而,芬兰的朋友无不遗憾地告诉我,由于我迟到一天,错过了赫尔辛基大学为我在一座古堡里准备好了的别具风情的欢迎仪式。据说我当时可以在那里洗桑拿。

这使我吃了一惊。我跑了那么多国家,还没听说用洗桑拿——让客人裸一次并给蒸汽蒸得像煮熟的海螃蟹那样通红——来欢迎客人。

然而,对于芬兰人来说,洗桑拿是他们的骄傲。因为他们是这种刺激又过瘾的、像扒一层废皮那样快乐的洗浴方式的发明者。他们视桑拿为"国粹",就像我们的"元青花"。

我想,激发出芬兰人这种发明灵感的,大概是它地处北半球极地那种直钻到骨头里的寒冷。其实对于芬兰人来说,寒冷并不可怕,从古代烧炭烤火到当今的电暖气都是人们足以驱寒的手段。可怕的是这里缺少阳光。芬兰北部一年至少五十天完全没有阳光,南部一年也有一个季度每天只有三个小时能够见到阳光。漆黑一团的生活,难免磕磕碰碰,减缓速度,更影响人的心理。想一想一天天全在闷罐似的夜里、一觉醒来还在夜里是什么滋味?

我和赫大的教授高歌先生面对面吃饭时,发现他很少说话。

他的相当不错的汉语足以与我交谈,但他一声不吭埋头吃着冰岛烤鱼。后来我发现其他芬兰人的话也不多;他们习惯缄默,性格含蓄,耽于安静。但安静并不沉闷,而是一种习惯了的适然。人的气质就是城市的气质。芬兰是安静的。不像法国人激情四溢,巴西人总在不停地摇动,美国人匆匆忙忙,动不动张着嘴巴哈哈大笑。

据说我来到芬兰的六月是他们"最好"的时候。直到晚间十时半了,朝西的景色依旧给阳光照耀的明媚夺目,有的树给照得像光鲜的翡翠一般。这时候,芬兰人决不会呆在家里,或坐在广场上,或躺在河边,享受着太阳神一年一度稀有的恩赐。人总是缺少什么渴望什么。大自然总是给你一半的同时叫你还想着那一半。不满足是生活的本质,也是人的本质。

然而对于大自然不同的是,古人充满敬畏,更多是依赖;人对于大自然的要求只是生活之必需。可是被高科技武装起来的当今人类却变得欲海无边和胆大妄为了,有限的地球资源正在被挥霍。人们并不知道为了满足自己而预支了明天。我们不是正在疯狂地剥夺我们的后代吗?

芬兰人与大自然太密切了,一千八百个围着海水的岛屿加上一千八百个陆地上的湖泊构成了他们的疆土。为此,他们国旗的颜色是蓝和白,很单纯;蓝色象征着湖水和海水,白色象征着大雪覆盖的大地;而这大地上还有百分之七十是黑压压的森林。谁也无法把自己隔绝在大自然之外。然而,他们却不会填湖造地,再炒地开发;从赫尔辛基到图尔库这些城市也不去搞什么公园化,"打造"什么"花园城市",而是遵从大自然的天意,连草地都是自然生长出来的野草,草里开着野花,很少铺设人工栽培的草皮。一句话,他们更欣赏天然而非人为。还迷恋着先人留下的一种生活方式——湖边桑拿。在今天,拥有一座祖先遗留下来的湖边木屋的人,便被视为"富翁"。所谓"富",就是可以在假期里来到湖边,全家人钻进这近乎原始的充满木头气味的房子里呆几天,吸足了大自然醉心的气味。在今年被评为"欧洲文化之都"的图尔库市,有一种向客人们一半推荐一半炫耀的特制的水杯,是用树皮包着一个素白的瓷杯。显然他们喜欢手指接触树皮——这种自然生命的触感。

芬兰和瑞典一样是讲究艺术设计的国家。他们在一切生活用品上都崇尚新颖与创意的设计。但他们的设计很少商业化的花里胡哨与挤眉弄眼,而是一种与大自然的谐调,现代的简约,以及他们质朴与喜欢单纯的本性。

在刚才提到的芬兰人沉静的性格里,还有一种韧性的东西——这离不开他们的历史。由于地缘关系,他们地处俄罗斯与瑞典两个强国夹峙之中。虽然早早立国,但很快就称臣于瑞典,时间竟长达六百年,随后又成为瑞俄战争的胜利者沙皇俄国隶属的大公国。直到1917年俄国十月革命后才宣布独立。六七百年来受制于他人,还会有自己吗?在如此漫长岁月等待着国家光复而从不言弃的芬兰人靠着什么活下来的?是一种坚韧顽强、令人钦佩的国家精神。我在他们民族英雄马达汉博物馆的留言簿上写了一句话:

世上的爱国者都是人民心中的圣人。

芬兰人心中另一个英雄是驰名世界的大音乐家西贝柳斯,他的《芬兰颂》就像法国人的《马赛曲》和中国人的《义勇军进行曲》。这是一种真正融化到人们血液里的灼热的音乐。能进入人们血液的音乐才有生命,决非那种我爱你不爱的哼哼唧唧。

其实,精神一直为芬兰人所尊崇。

在芬兰文学协会,我看到他们收集和整理的自己民族的民歌25万首,全都井然有序地陈放在书架上和编入数据库中。这个协会成立于1831年,远在他们国家独立之前。这件事告诉我,在他们国家没独立时,他们的文学、他们的精神一直是独立的。

我知道,芬兰是世界上人均拥有大学最多的国家。散步在赫尔辛基大学绿荫重重的校园里,当我听说这里有四万名学生和500名教授,产生过5名诺贝尔奖得主,一时觉得学院里的空气都饱含着精神与学术的氧了。

有一种说法,说芬兰是"知识分子治国",也有人反对这种说法,说"芬兰人差不多都是大学毕业,官员也都学历很高。"其实有知识和知识分子并非一码事。所谓知识分子是具有知识分子独立立场的人。在芬兰即使一些知识分子成为国会议员,依然保持其批评性。

批评是思想的生命方式之一,也是寻求科学与真理的最重要的途径。

在赫尔辛基海边码头上我看到一些芬兰人,坐在简易的木椅上晒太阳;成群的海鸥在他们头上飞来飞去,从海上吹来的凉爽的风撩动着他们的额发与衣袂。他们有的捧着笔记本电脑上网,有的饮着本地人酷爱的咖啡,大多缄默不语,静静地享受着自然、传统,还有现代的文明——这便是我看到的芬兰最平凡的图画。

我没有去拍照,因为它已经深深印在我脑袋里了。

2011.8

古希腊的石头

每到一个新地方,首先要去当地的博物馆。只要在那里边呆上半天或一天,很快就会与这个地方"神交"上了。故此,在到达雅典的第二天一早,我便一头扎进举世闻名的希腊国家考古博物馆。

我在那些欧洲史上最伟大的雕像中间走来走去,只觉得我的眼睛——被那个比传说还神奇的英雄时代所特有的光芒照得发亮。同时,我还发现所有雕像的眼睛都睁得很大,眉清目朗,比我的眼睛更亮!我们好像互相瞪着眼,彼此相望。尤其是来自克里特岛那些壁画上人物的眼睛,简直像打开的灯!直叫我看得神采焕发!在艺术史上,阳刚时代艺术中人物的眼睛,总是炯炯有神;阴暗时期艺术中人物的眼睛,多半暧昧不明。当然,"文革"美术除外,因为那个极度亢奋时代的人们全都注射了一种病态的政治激素。

我承认,希腊人的文化很对我的胃口。我喜欢他们这些刻在石头上的历史与艺术。由于石头上的文化保留得最久,所以无论是希腊人,还是埃及人、玛雅人、巴比伦人以及我们中国人,在初始时期,都把文化刻在坚硬的石头上。这些深深刻进石头里的文字与图像,顽强又坚韧地表达着人类对生命永恒的追求,以及把自己的一切传之后世的渴望。

然而,永恒是达不到的。永恒只是很长很长的时间而已。古希腊人已经在这时间旅程中走了三四千年。证实这三四千年的仍然是这些文化的石头。可是如今我们看到了,石头并非坚不可摧。世界上没有任何东西可以把人带到永远。在岁月的翻滚中,古希腊人的石头已经满是裂痕与缺口,有的只剩下一些残块和断片。

在博物馆的一个展厅,我看到一截石雕的男子的左臂。虽然只是这么一段残臂,却依然紧握拳头,昂然地向上弯曲着,皮肤下面的血管膨脖鼓胀,脉搏在这石臂中有力地跳动。我们无法看见这手臂连接着的雄伟的身躯,但完全可以想见这位男子英雄般的形象。一件古物背后是一片广阔的历史风景。历史并不因为它的残缺而缺少什么。残缺,却表现着它的经历,它的命运,它的年龄,还有一种岁月感。岁月感就是时间感。当事物在无形的时间历史中穿过,它便被一点点地消损与改造,并因而变得古旧、龟裂、剥落与含混,同时也就沉静、苍劲、深厚、斑驳和朦胧起来。

于是一种美出现了。

这便是古物的历史美。历史美是时间创造的。所以它又是一种时间美。我们通常是看不见时间的。但如果你留意,便会发现时间原来就停留在所有古老的事物上。比如那深幽的树洞,凹陷的老街,泛黄的旧书,磨光的椅子,手背上布满的沟样的皱纹,还有晶莹而飘逸的银发……它们不是全都带着岁月和时间深情的美感吗?

这也是一种文化美。因为古老的文化都具有悠远的时间的意味。

时间在每一件古物的体内全留下了美丽的生命的年轮,不信你掰开看一看！

凡是懂得这一层美感的，就绝不会去将古物翻新，甚至做更愚蠢的事——复原。

站在雅典卫城上，我发现对面远远的一座绿色的小山顶上，爽眼地竖立着一座白色的石碑。碑上隐隐约约坐着一两尊雕像。我用力盯着看，竟然很像是佛像！我一直对古希腊与东方之间雕塑史上那段奇缘抱有兴趣。便兴冲冲走下卫城，跟着爬上了对面那座名叫阿雷奥斯·帕果斯的草木葱茏的小山。

山顶的石碑是一座高大的雕着神像的纪念碑。由于历时久远，一半已然缺失。石碑上层的三尊神像，只剩下两尊，都已经失去了头颅，可是他们依然气宇轩昂地坐在深凹的洞窟里。这时，使我惊讶的是，它竟比我刚才在几公里之外看到的更像是两尊佛像。无论是它的窟形，还是从座椅垂落下来的衣裙，乃至雕刻的衣纹，都与敦煌和云岗中那些北魏与西魏的佛像酷似！如果我们将两个佛头安装上去，也会十分和谐的！于是，它叫我神驰万里，一下子感到世纪前丝绸之路上那段早已逝去的令人神往的历史——从亚历山大东征到希腊人在犍陀罗为原本没有偶像崇拜的印度人雕刻佛像，再到佛教东渐与中国化的历史——陡然地掉转过头，五彩缤纷地扑面而来。

原来时间隧道就在希腊人的石头中间！在这隧道里，我似乎已经触摸到消失了数千年的那一段时光了。这时光的触觉，光滑、柔软、流动，还有一些神秘的凹凸的历史轮廓。我静静坐在山顶一块山石上，默默享受着这种奇异和美妙的感受，直到夕阳把整个石碑染得金红，仿佛一块烧透了的熔岩。

由此，我找到了逼真地进入希腊历史的秘密。

雅典卫城

我便到处去寻访古老的文化的石头,从那一片片石头的遗址中找到时光隧道的入口,钻进去。

然而,我发现希腊到处全是这种石头。希腊人说他们最得意的三样东西就是:阳光、海水和石头。从德尔菲的太阳神庙到苏纽的海神庙,从埃皮达洛夫洛斯的露天剧场到迈锡尼的损毁的城堡,它们简直全是巨大的石头的世界。可是这些石头早已经老了。它们残缺和发黑,成片地散布在宽展的山坡或起伏的丘陵上。数千年前,它们曾是堆满财富的王城、聆听神谕的圣坛或人间英雄们竞技的场所。但历史总是喜新厌旧的。被时光筛子筛下来只有这些破碎的房宇,残垣败壁,断碑,兀自竖立的石柱,东一个西一个的柱头或柱础。

尽管无情的历史遗弃它,有心的希腊人却无比珍惜它。他们保护这些遗址的方式在我们看来十分奇特。他们绝不去动一动历史遁去之后的"现场"。一棵石柱在一千年前倒在哪里,今天绝不去把它扶立起来。因为这是历史的本来面目。尊重历史就是不更改历史。当然他们又不是对这些先人的创造不理不管。常常会有一些"文物医生"拿着针管来,为一些正在开裂的石头注射加固剂,或者定期清洗现代工业造成的酸雨给这些石头带来的污迹。他们做得小心翼翼。好像这些石头在他们手中依然是活着的需要呵护的生命。

他们使我们认识到,每一块看似冰冷的古老的石头,其实并没有死亡,它们犹然带着昔时的气息。它们各自不同的形态都是历史的表情,石头上的残痕则是它们命运的印记与年龄的刻度。认识到这些,便会感到我们已身在历史中间。如果你从中发现到一个非同寻常的细节,那就极有可能是神奇的时间隧道的洞口了。

迈锡尼遗址给人的感受真是一种震撼。这座三千多年前用巨石砌成的城堡，如今已是坍塌在山野上的一片废墟。被时光磨砺得分外粗糙的巨大的石块与齐腰的荒草混在一起。然而，正是这种历史的原生态，才确切地保留着它最后毁灭于战火时惊人的景象。如果细心察看，仍然可以从中清晰地找到古堡的布局、不同功能的房舍与纵横的甬道。1876年德国天才的考古学家谢里曼就是从这里找到了一个时光隧道的入口，从隧道里搬出了伟大的荷马说过的那些黄金财宝和精美绝伦的"迈锡尼文化"——他实际是活灵活现地搬出来古希腊一段早已泯灭了的历史。谢里曼说，在发掘出这些震惊世界的迈锡尼宝藏的当夜，他在这荒凉的遗址上点起篝火。他说这是2244年以来的第一次火光。这使他想起当年阿伽门农王夜里回到迈锡尼时，王后克莉登奈斯特拉和她的情夫伊吉吐斯战战兢兢看到的火光。这跳动的火光照亮了一对狂恋中的情人眼睛里的惊恐与杀机。

今天，入夜后如果我们在遗址点上篝火，一样可以看到古希腊这惊人的一幕；我们的想象还会进入那场以情杀为背景的毁灭性的内战中去。因为，迈锡尼遗址一切都是原封不动的。时光隧道还在那些石头中间。于是我想，如果把迈锡尼交给我们——我们是不是要把迈锡尼散乱的石头好好"整顿"一番，摆放得整整齐齐；再将倾毁的城墙重新砌起来；甚至突发奇想，像大声呼喊着"修复圆明园"一样，把迈锡尼复原一新。如若这样，历史的魂灵就会一下子逃离而去。

珍视历史就是保护它的原貌与原状。这是希腊人给我们的启示。

那一天，天气分外好。我们驱车去苏纽的海神庙。车子开出雅典，一路沿着爱琴海，跑了三个小时。右边的车窗上始终是一片纯蓝，像是电视屏幕的蓝卡。

海神庙真像在天涯海角。它高踞在一块伸向海里的险峻的断崖上。看似三面环海，视野非常开阔。这视野就是海神的视野。而希腊的海神波塞冬就同中国人的海神妈祖一样，护佑着渔舟与商船的平安。但不同的是，波塞冬还有一个使命是要庇护战船。因为波斯人与希腊人在海上的争雄，一直贯穿着这个英雄国度的全部历史。

可是，这座世纪前的古庙，现今只有石头的庙基和两三排光秃秃的多里克石柱了。石柱上深深的沟槽快要被时光磨平。还有一些断柱和建筑构件的碎块，分散在这崖顶的平台上，依旧是没人把它们"规范"起来。没有一个希腊人敢于胆大包天地修改历史。这些质地较软的大理石残件，经受着两千多年的阵阵海风吹来吹去，正在一点点变短变小，有几块竟然差不多要湮没在地面中了；一些石头表面还像流质一样起伏。这是海风在上边不停地翻卷的结果。可就是这样一种景象，使得分外强烈的历史感一下子把我包围起来。

纯蓝的爱琴海浩无际涯，海上没有一只船，天上没有鹰鸟，也没有飞机。无风的世界了无声息。只有明媚的阳光照耀着古希腊这些苍老而洁白的石头。天地间，也只有这些石头能够解释此地非凡的过去。甚至叫我们想起爱琴海的名字来源于爱琴王——那个悲痛欲绝的故事。爱琴王没有等到出征的王子乘着白色的帆船回来，他绝望地跳进了大海。这大海是不是在那一瞬变成这样深浓而清冷的蓝色？爱琴王如今还在海底吗？他到底身在哪里？在远处那一片闪着波光的"酒绿色的海心"吗？

等我走下断崖时,忽然发现一间专门为游客服务的商店。它故意盖在侧下方的隐蔽处。在海神庙所在的崖顶的任何地方,都是绝对看不见这家商店的。当然,这是希腊人刻意做的。他们绝对不让我们的视野受到任何现代事物的干扰,为此,历史的空间受到了绝对与纯正的保护!

我由衷地钦佩希腊人!

希腊人告诉我们,保护古代文明遗产,需要的是对历史的深刻理解与崇拜,科学的方法,优雅的美感和高尚的文化品位。因为历史文明是一种很高的意境。

创造古希腊的是历史文明,珍惜古希腊的是现代文明。而懂得怎样珍惜它,才是一种很高层次的文明。

2001.4.11 天津

永恒的敌人

——古埃及文化随想

我面对着雄伟浩瀚、不可思议的金字塔,心里的问号不是这二百三十万块巨石怎样堆砌上去的,也没有想到天外来客,而是奇怪这人类历史上最伟大的建筑竟是一座坟墓!

当代人的生命观变得似乎豁达了。他们在遗嘱中表明,死后要将骨灰扬弃到山川湖海,或者做一次植树葬,将属于自己最后的生命物质,变为一丛鲜亮的绿色奉献给永别的世界。当天文学家的望远镜把一个个被神话包裹的星球看得清清楚楚,古远天国的梦便让位于世人的现实享受。人们愈来愈把生命看作一个短暂的兴灭过程。于是,物质化的享乐主义便成了一种新宗教。与其空空地企望再生,不如尽享此生此世的饮食男女。谁还会巴望死亡的后边出现奇迹?坟墓仅仅是一个句号而已。人类永远不会再造一个金字塔吧。

但是,不论你是一个怎样坚定的享乐主义者,抑或一个无神论者和唯物主义者,当你仰望那顶端参与着天空活动的、石山一般的金字塔时,你还是被他们建造的这座人类史上最大的坟墓所震撼——不仅由于那种精神的庄严,那种信仰的单纯,更重要的是那种神话一般死的概念和对死的无比神圣的态度与方式。

古埃及把死当作由此生渡到来世的桥梁,或是一条神秘的通道。不要责怪古埃及人的幼稚与荒唐,在旷远的四千五百年前,谁会告诉他们生命真正的含义?再说,谁又能告诉我们四千五百年后,人类将怎样发现并重新解释生与死的关系,是不是依旧把它们作为悲剧性的对立?是不是反而会回到古埃及永生的快乐天国中去?

空气燃烧时,原来火焰是透明的。我整个身体就在这晃动的火焰里灼烤,大太阳通过沙漠向我传达了它的凛然之威;尽管戴着深色墨镜,强光照耀下的石山沙海依然白得扎眼;我身上背着的矿泉瓶里的水已经热得冒泡儿了,奇怪的是,瓶盖拧得很严,怎么会蒸发掉半瓶?尽管如此,我来意无悔,踩着火烫的沙砾,一步步走进埋葬着数千年前六十四个法老的国王谷。

钻进一个个长长的墓道,深入四壁皆画及象形文字的墓室,才明白古埃及人对死亡的顶礼膜拜和无限崇仰;一切世间梦想都在这里可闻可见,一切神明都在这里迷人地出现。人类艺术的最初时期总与理想相伴,而古埃及的理想则更多依存于死亡。古埃及的艺术也无处不与死亡密切相关。他们的艺术不是张扬生的辉煌,而是渲染死的不朽。一时你却弄不清他们赞美还是恐惧死亡?

他们相信只要保存遗体的完好,死者便依然如同在世那样生活,甚至再生。木乃伊防腐技术的成功,便是这种信念使然。沉重的石棺、甬道中防盗的陷阱、假门和迷宫般的结构,都是为遗体——这生命载体完美无缺地永世长存。按照古埃及人的说法,世间的住宅不过是旅店,坟墓才是永久的居室;金字塔的庞大与坚固正是为了把这种奇想变成惊人的现实。至于陪葬的享乐器具和金银财宝,无非使法老们死后的生活一如在世。那么这一切到底是为了装饰着死,还是创造一种人间从未发生过的奇迹——再生和永生?

即使是远古人,面对着呼吸停止、身躯僵硬得可怕的尸体,都会感到生死分明。但是在思想方法上,他们还是要极力模糊生死之间的界限。古埃及把法老看作在世的神,混淆了人与神的概念;中国人则在人与神之间别开生面地创造一个仙。仙是半神半人,亦人亦神。在中国人的词典里,既有仙人,也有神仙。人是有限的,必死无疑;神是无限的,长生不死。模糊了神与人、生与死的界限,也就逾越死亡,进入永生。

永生,就是生命之永恒。这是整个人类与生俱来最本能、也最壮丽的向往。

从南美热带雨林中玛雅人建造的平顶金字塔,到中国西安那些匪夷莫思的浩荡的皇家陵墓,再到迈锡尼豪华绝世的墓室,我们发现人类这样做从来不只是祭奠亡灵,高唱哀歌,而是透过这死的灭绝向永生发出竭尽全力的呼唤。

死的反面是生,死的正面也是生。

远古人的陵墓都是用石头造的。石头坚固,能够耐久,也象征永存。然而四千五百年过去了,阿布辛比勒宏伟的神像已被风沙倾覆;尼罗河两岸大大小小几乎所有的金字塔,都被窃贼掏空。曾经秘密地深藏在国王谷荒山里的法老墓,除去幸存的阿蒙墓外,一个个全被盗掘得一无所有。没有一个木乃伊复活过来,却有数不尽的木乃伊成为古董贩子们手里发财的王牌。不用说木乃伊终会腐烂,古埃及人绝不会想到,到头来那些建造坟墓的石头也会朽烂。在毒日当头的肆虐下,国王谷的石山已经退化成橙黄色的茫茫沙丘;金字塔上的石头一块块往下滚落;斯芬克斯被风化得面目全非,眼看要复原成未雕刻时那块顽石。如果这些石头没有古埃及人的人文痕迹,我们不会知道石头竟然也熬不过几千年。这叫我想起中国人的一句成语:海枯石烂。站在今天回过头去,古埃及人那永生的信念,早已成为人类童年的一厢情愿的痴想。

世界上最古老的神庙——卢克索神庙和卡纳克神庙,已经坍塌成一片倾毁的巨石。在卢克索神庙的西墙外,兀自竖立一双用淡红色花岗岩雕成的极大的脚,膝盖以上是齐刷刷的断痕,巨大的石人已经不见了。他在哪里,谁人知晓?这样一个坚不可摧的巨像,究竟什么力量能击毁并把它消匿于无?而躺在开罗附近孟斐斯村地上的拉美西斯二世的几十米的石像,却独独失去双脚。他那无与伦比的巨脚呢?我盯着拉美西斯二世比一间屋子还大的修长光洁的脸,等待回答。他却毫无表情,只有一种木讷和茫然,因为他失去的有比这双脚更致命的东西便是:永恒。

永恒的敌人是什么?它并不是摧残、破坏、寇乱、窃盗、消磨、腐烂、散失和死亡,永恒的敌人是时间。当然,永恒的载体也是时间,可是时间不会无止无休地载运任何事物。时间的来去全是空的。在它的车厢里,上上下下都是一时的光彩和瞬息的强大。时间不会把任何事物变得永恒不灭,只能把一切都变得愈来愈短暂有限和微不足道。可是古埃及人早早就知道怎样对抗这有限和短暂了。

当我再次面对着吉萨大金字塔,我更强烈地被它所震撼。我明白了,这埋葬法老的人类最伟大的建筑,并非死亡象征,乃是生之崇拜,生之渴望,生之欲求。

金字塔是全人类的最神圣的生命图腾!

想到这里,我们真是充满了激情。也许现代人过于自信现阶段的科学对生命那种单一的物质化的解释,才导致人们沉溺于浮光掠影般的现实享乐。有时,我们往往不如远古的人,虽然愚顽,却凭直觉、直率又固执地表现生命最本能的欲望。一切生命的本质,都是顽强追求存在以及永存。艺术家终生锲而不舍的追求,不正是为了他所创造的艺术生命传之久长吗?由于人类知道死亡的不可抗拒,才把一切力量都最大极限地集中在死亡上。只有穿过死亡,才能永生。那么人类所需要的,不仅是能力和智慧,更是燃烧着的精神与无比瑰丽的想象!仰望着金字塔尖头脱落而光秃秃的顶部,我被深深感动着。古埃及人虽然没有跨过死亡,没有使木乃伊再生,但他们的精神已然超越了过去。

永恒没有终极,只有它灿烂和轰鸣着的过程。

正是由于人类一直与自己的局限斗争,它才充满活力和不断进步。

1996.9.1 天津